古宮九時
illust chibi
Unnamed Memory IV
アンネームドメモリー
白紙より
もう一度

五番目の魔女と王の御伽噺は、
密やかに幕を閉じた。
そうしてここより紡がれるは
新たな物語。
四百年の眠りから目覚めた女と
呪われし王。
二人の出会いが再び幕を開ける。
これは、白紙よりもう一度始まる、
長い長い無名の御伽噺。

Contents

Unnamed Memory《アンネームドメモリー》

白紙よりもう一度

IV

古宮九時
illust. chibi

主な登場人物

＜ファルサス＞

オスカー
大国ファルサスの次期王位継承者。魔法を無効化する伝説の王剣・アカーシアを所有する。

ラザル
オスカーの幼馴染で従者の青年。常に主君に振り回される苦労人。

アルス
将軍。もっとも若い将軍で実力者。オスカーの稽古相手。

カーヴ
魔法士。ティナーシャを忌避しない、好奇心旺盛な青年。

シルヴィア
魔法士。金髪の美しい女性で、心優しいが少し天然気味。

ドアン
魔法士。次期魔法士長と名高い、才能ある青年。

＜トゥルダール＞

ティナーシャ
幼少期にオスカーに救われた精霊術士。トゥルダール城の地下で長い眠りについていた。

ミラ
ティナーシャが使役する精霊。深紅の髪と瞳を持つ美しい少女。

カルステ
魔法大国トゥルダールの現国王。王としてはまだ若く、穏やかな面持ちをしている。

レジス
トゥルダールの王子。淡い金髪の青年で、カルステの一人息子。

レナート
レジスの側近である宮廷魔法士。タァイーリ出身。

＜その他＞

トラヴィス
最上位魔族。四百年前、一度ティナーシャと戦ったことがあるらしく……。

デリラ
オスカーを訪ねてきた妖艶な女性。彼の呪いのことを知っている。

ネフェリィ
東国ヤルダの王女。諸事情でファルサスに滞在することとなる。

ゲート
ネフェリィの側近の魔法士。彼女と共にファルサスに滞在する。

ヴァルト
ネフェリィの護衛として来た魔法士。強力な魔力を隠蔽している。

～Unnamed Memory 大陸地図～

1654年（ファルサス暦526年）現在

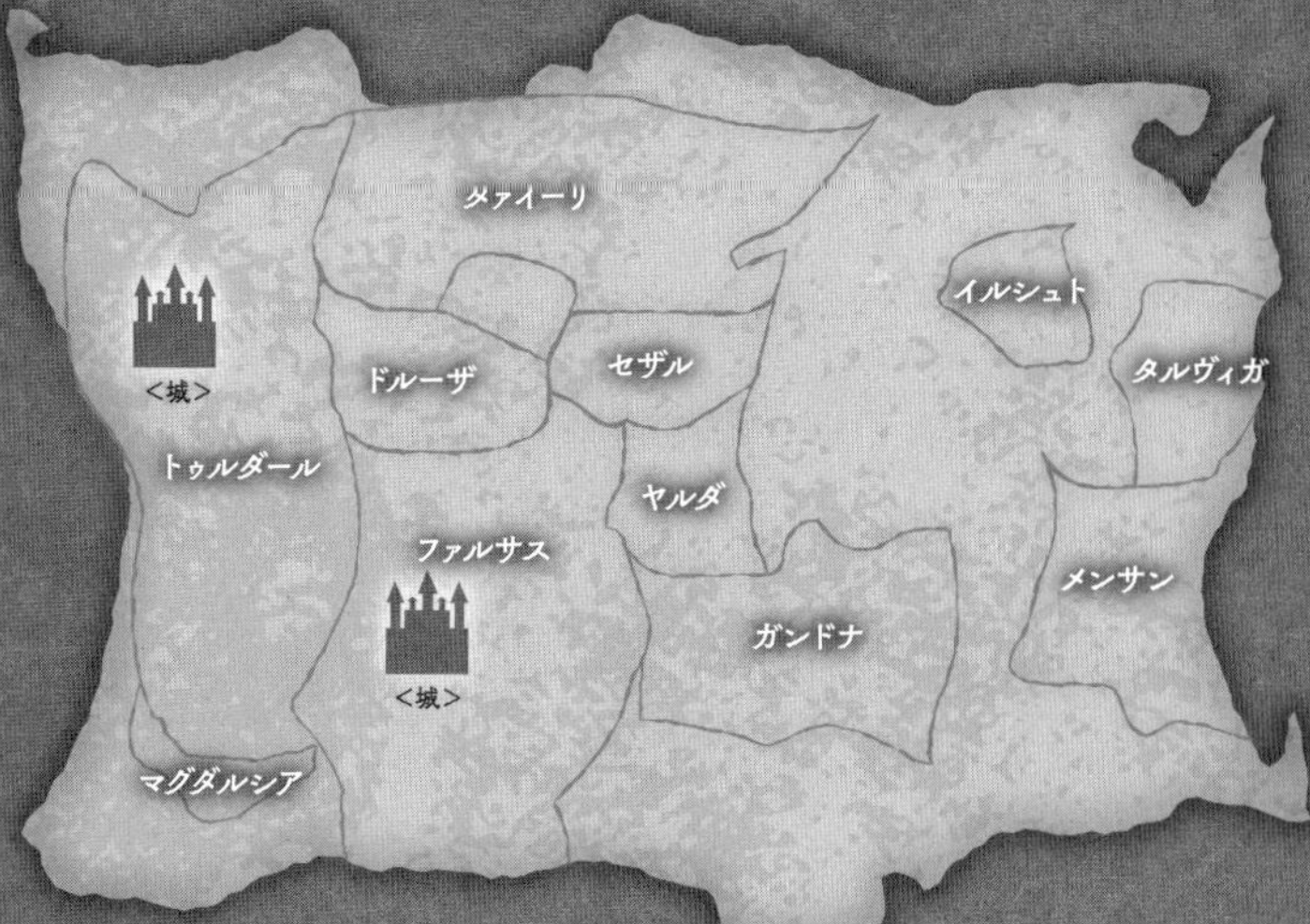

かつて魔法士は「魔者」と言われ、迫害の憂き目にあっていた。

人々に忌まれる彼らの運命を変えたのは、魔法士が作りし一つの国。

魔法大国トゥルダール。

其は魔法士の庇護者であり禁呪の抑止者だ。

十二の精霊を擁し、代々強力な魔法士を王としてきた此の国は、

建国から九百年経った今なお――大陸に神秘の国として在り続けている。

1．無言歌

溢《あふ》れ出《だ》す血は、自分の体のどこにこれほどの量が詰まっていたのか不思議なくらい、大きな血溜《ちだ》まりを作っていた。

痛みはもはや麻痺《まひ》しきってよくわからない。鎮痛の魔法はかけていたが、その構成がまだ生きているかは不明だ。ティナーシャは朦朧《もうろう》とした意識で顔を上げる。

月の光が差す城の中庭は、無残な有様《ありさま》となっていた。庭木は切り裂かれ、あちこちに大きな穴が空いている。立ち並んでいた石柱は一本も無事ではない。そのうちの一つは半ばから砕け散り、残る部分にティナーシャは背を預けて座りこんでいた。

まるで悪辣な嵐が暴れ狂ったような惨状。にもかかわらず、今の中庭は物音ひとつしない静寂の中だ。それは既に明確な勝敗がついてしまったからで、ティナーシャは己の命の残りを計らざるを得なかった。彼女は半ばえぐり取られた脇腹を見下ろす。

「……カル……ミラ……」

精霊の名を呼んでみる。だが応える者はいない。さっきからずっとそうだ。十二の精霊は全てただ一人の男によってねじ伏せられた。せめて彼らにまだ息があればいいと思う。主人である自分が死ねば、彼らは自由だ。逃げ延びることもできるかもしれない。どうかそうして欲しい。

ティナーシャは血の匂いがする息をつく。

「――オスカー」

彼の名を口にするだけで、胸がずきりと痛む。自然と涙が滲《にじ》んで、ティナーシャは唇を噛《か》んだ。

その時、彼女の前に影が差す。

「誰を呼んだ？　まだ助けが来るのか？」

嘲笑《あざわら》うような男の声。それは、彼女と精霊たちを圧倒的な力で叩《たた》き伏《ふ》せた男のものだ。

大した理由もなく、感情もなく、ただ「面白そうだから」で彼女たちを蹂躙《じゅうりん》した相手。

死そのものの男に、ティナーシャは薄く笑う。

「助けなんて来ませんよ。……あの人は、今この時どこにもいない」

子供だった彼女を助けてくれた男はどこにもいない。消えてしまったのだ。彼女を救う代償に彼は己自身を払った。それから五年もの間、ティナーシャは必死で国を治めて……けれど今はこのざまだ。最強の女王などと言われても、結局上には上がいた。

自嘲気味に笑う女に、男は怪訝《けげん》そうな顔を見せる。

「今はいない？　どういうことだ？」

「そんなの聞いてどうするんです……ただの思い出話ですよ」

ティナーシャは浅い息を吐いて目を閉じる。そんな彼女に、人ならざる男は美しい顔で笑った。

「聞かせろよ。この俺が遊びに来たんだ。せっかくだからもう少し楽しませろ」

眠る。

眠り続ける。深く深く、夢も見ないほどに。

草のそよぐ音が聞こえる。ささやかな小川のせせらぎも。

小さな箱庭の中のそれらは、どれほど月日が過ぎようとも変わることはない。秘された楽園のようにただ在り続けるだけだ。

否、ここは楽園ではなく、夢の欠片《かけら》のようなものだろう。

眠り続けるための箱。固く封じられたそれに触れられる人間はいない。

だから今はただ、無の眠りを。

いつか再び幕が上がる日まで。


ただ一人を、待っている。

※

初めて訪れる国の景色は、彼の知らぬ種類の洗練を持っていた。

白い壁の街並み自体はそう珍しいものではないが、よく見ると壁にも看板にもあちこち魔法の紋様が刻まれている。通りに面した店々の窓は、硝子《がらす》ではなく薄い水の膜が張られているようだ。好奇心で指を伸ばした彼は、あっさりと膜を通り抜けた指先に目を丸くする。

「本当に水だ。面白いな」

「この国では透明度の高い硝子より、水膜を張る魔法具の方が安価なんですよ」

濡《ぬ》れた指先を弾《はじ》く青年に、付き従っていた魔法士の男が苦笑する。

言われて青年はぐるりと辺りを見回した。

「魔法の国トゥルダールか……」

大通りを行きかう人々の服装自体は、隣国とあってそう変わりはない。だが上下の繋《つな》がったこの国固有の魔法着姿の人間が、十人の中に一人は混ざっている。彼らが本当に皆魔法士であるのなら、確かにこの国には他国の数倍以上の魔法士が集まっているのだろう。

興味津々の様子でいる彼の後ろで、従者である幼馴染《おさななじみ》ががっくりと頭を垂れた。

「気が重いですよ、殿下……」

「何だ。俺は殿下と呼ばれるのが実は好きではない」

「そんなどうでもいいこと、今言わないでください」

疲れたようにこぼす従者を、彼は呆《あき》れた顔で振り返る。

大国ファルサスの王太子である彼は、今年二十一になる青年だ。均整の取れた長身に秀麗な顔立ちは自然と人目を引くもので、先程から道行く人々がちらちらと振り返っていた。

青年は平然とした態度で幼馴染に返す。

「お前が魔女のところに行くのは嫌だって言うから、こっちに来たんだろうに。もう少し前向きになったらどうだ」

「確かに申し上げましたけどね！　だからって何でアカーシアなんてお持ちになるんですか！　敵意ありと取られたらどうするんです！」

「何となくだ。用心にな」

あっさりとした返答に従者はうなだれる。その肩を魔法士の男が叩いた。

「ラザル、あきらめた方がいい。もう来てしまったし」

「どうしてこんなことに……」

王太子の幼馴染であり従者でもあるラザルは顔を上げた。白い石造りの王宮が眼前に見える。

彼らが立っているのは、魔法大国と呼ばれ、その技術と力の粋を誇るトゥルダールだ。

身分を隠すため軽装姿で来ている青年が、自分の懐を軽く叩く。

「大丈夫だ。一応親父《おやじ》に紹介状を書いてもらった」

「それを先に仰《おっしゃ》ってくださいよ！　突然訪ねていくのかと思いましたよ！」

「いや突然は突然だな。昨日思い立ったし」

「前もって約束をとりつけましょう、せめて！」

代わり映えがしない会話を続ける二人を放置して、魔法士の男は城門に向かうと衛兵と交渉を始める。やがて話がついたのか男は振り返った。

「殿下、大丈夫らしいですよ。行きましょう」

「助かる、ドアン」

「多少は顔が利くので……」

魔法士であるドアンは、以前二年ほどトゥルダールの王宮に留学して魔法を学んだ経験があるのだ。今でも顔見知りの人間は多く、今回もそれを見込んで同行させられている。彼は主人に一礼するとその後ろに続いた。王太子の背を見ながら口の中で呟《つぶや》く。

「ここで何とかなればいいんだけどな……」

ドアンは道中で聞いた呪いの話を思い出す。ファルサス王族に仕える者なら誰しも唖然《あぜん》とするだろうその呪いは、魔女によってかけられたものだ。

『後継を作れない呪い』

王唯一の子である彼にかけられたその呪いは、彼の子を身ごもる女を出産に至る前に殺してしまう。ただでさえファルサスは十五年前に子供の失踪事件が続出して、王家の若い直系は彼の他に残っていないのだ。この呪いはそのまま王家断絶に繋がると言っていい。

だが、十五年も解呪の手立てが見つからなかったこの呪いを、果たしてトゥルダールが解くことができるのか。

この国は確かに魔法技術において他国の追随を許さない。だがそれは国単位の話であって、個々人の力で言うならトゥルダールの国王でさえも世界で三人しかいない魔女には敵《かな》わないのだ。それくらい魔女とは圧倒的な力そのもので、生ける災厄だ。彼女たちから振りかかる災いを防ぐには、最初から関わらないことしかない。

それでも、わずかな期待があれば縋《すが》らずにはいられない。

魔女を相手にするとは、つまり絶望と同義なのだ。


突然の来訪にもかかわらず、トゥルダール国王カルステはすぐに彼らを広間の一つに通した。

それは彼らの持ってきた紹介状が、隣国の王からのものだったためだろう。

にこやかに彼らを迎えたカルステは、ファルサス国王と同年代の王だ。他国と比べれば大分若く、柔和な物腰と知性を感じさせる穏やかな面持ちの男だ。カルステは呪いについての相談を受けると、渋面を作って当の青年を見返した。

「大体の事情はわかりましたが、呪いというものは必ずしも解けるものばかりではないのです」

カルステはそう言うと、簡単に呪いの仕組みについて説明する。それは要約すると「魔女ほどの術者がかけた呪いならまず解くのは不可能だ」という内容になった。

真っ青な顔になるラザルとは対照的に、彼の主人は一見平然とした顔で聞いている。何だかここを出たら「じゃあとりあえず魔女のところに行くか」とでも言い出しそうだ。ドアンは頭痛のし始めたこめかみを押さえた。

カルステはもっともらしく説明をしめくくる。

「――ですから、理論上は魔力に強い女性を母体にすれば、出産に耐えられるかもしれません」

「なるほど。参考になります」

あっさりと返す青年に、カルステは本人以上に気の毒そうな顔になった。だが王は、後ろでラザルが抱えている長剣に気づくと目を瞠《みは》る。

「その剣は……」

「ああ、申し訳ない。普段から持っておりまして。ファルサスに伝わるアカーシアという剣です」

王剣を預かるラザルが「だから置いてくればよかったのに」という顔をしたが、青年はそれを綺《き》麗《れい》に無視する。

カルステはしばらく考え込んでいたが、何かを決意したのか立ち上がった。

「その呪い、私にはどうすることもできませんが、もしかしたら解決策があるかもしれません。かなり可能性は低いですが……」

歯切れの悪いトゥルダール王の言葉に、三人は怪訝そうに顔を見合わせた。


三人は王の案内で城の奥に入ると、地下への階段を何度か下っていった。

やがて長い地下通路に出る。人気のない通路をしばらく歩くと、その先は大きな石造りの広間になっていた。円形のだだっぴろい広間には、十一体の彫像が円状に置かれている。

ドアンは人とも動物ともつかぬそれら彫像を見回すと、感嘆の声を上げた。

「ひょっとしてこれは……トゥルダールの精霊像ですか」

「ええ。王の使役下にない精霊はここに彫像が現れます。ですがお恥ずかしい話、ここ百年ほど私を含めて精霊を使役できた王はいないのです。かつてのトゥルダールでは、国でもっとも強い魔法士が王を務めておりましたが、王位を血脈で受け継ぐように変わってから、王自身の魔力はそれほど抜きん出たものではなくなっているのです」

カルステは自嘲気味な微笑を浮かべる。彼が一国の王にしては低い物腰で話すのも、あるいは自身の能力に対して引け目があるのかもしれない。

ドアンは気まずい気分で頷《うなず》きながら、彫像の数を数える。

「……一体足りない？」

トゥルダールに建国時から伝わる精霊は全部で十二体いるはずだ。けれど何度数えてもここには十一体の彫像しかない。王が使役していないのなら、最後の一体はどこにいるのだろう。

ドアンは内心首を捻《ひね》ったが、さすがにそこまで踏みこんだことは聞けない。そうしている間にもカルステは先へと歩を進める。彼はそのまま広間の中央を通り過ぎると、奥にある扉の前に立った。入ってきた扉の正面に位置する扉は白い石作りの小さなもので、表面には複雑な魔法紋様が彫りこまれている。

トゥルダール王はそこで三人を振り返った。

「私が案内できるのはここまでです。ここから先は長い間入れた者がいないのですよ」

「それはまた……何故《なぜ》ですか？」

「さぁ……招かれていないから、としか言いようがありません。ですので、もし貴方《あなた》がここから先に進めるのなら、呪いについても解決策が生まれるかもしれません」

要領を得ない話に青年は首を傾《かし》げた。彼は腰に佩《は》いたアカーシアを確かめる。

この剣を見て案内されたということは、やっかいな魔法の仕掛けがあるのかもしれない。大陸で唯一、絶対魔法抵抗を持つ王剣、その主人である彼は、軽い疑念を持ってカルステを見た。

「失礼ですが、何故そこまでしてくださるのです？　深刻な呪いといっても他国の話でしょう」

彼の率直な物言いに王は苦笑する。カルステは一歩扉の脇に避けると、複雑な紋様を眺めた。

「そうですね……もしこの先に貴方が行くことができたのなら、我が国にも有益な結果がもたらされるでしょう。つまりはお互い様ということでしょうか」

王の言葉は意味がわかるようでわからない。青年は不審に思いながらも頷いて扉の前に立つ。

——結局こういうものは行ってみないと何もわからないのだ。

彼は少なくない好奇心を自覚しながら、白い扉を押した。

触れた掌《てのひら》に軽い痺《しび》れが走る。

それはけれど、雪片が溶けるようにすぐに消え去った。

扉は半ば独りでに奥へと開いていく。彼はそれを追うように踏み出した。躊躇《ためら》いのない主人に、ラザルとドアンがあわてて後を追おうとする。

だが、続く二人の体は見えない壁に弾かれた。

「え!?」

「げ……」

尻餅をついたラザルとよろめくドアンを振り返って、青年は目を丸くする。

「二人とも何してるんだ？」

「何してるって……殿下は何でもないんですか？」

言われた当の青年は、一人だけ何事もなく扉をくぐりぬけている。ドアンがそっと手を伸ばし、主人との間にある壁に触れた。そこには確かに不可視の障壁があって、人の侵入を拒んでいる。

「何の構成も見えないのですが……結界でしょうか」

「……やはり」

そう呟いたのはカルステだ。彼は緊張を顔に滲ませると、扉の向こうに立った青年を見つめる。

「何があるかわかりませんからお気をつけて」

「肝に銘じます」

青年は長い廊下を一人歩き始めた。扉が遠ざかるに従って廊下は暗くなっていく。

やがて扉がはるか遠く小さな光の点になった頃、彼は新しい扉に辿《たど》りついた。廊下の行き止まりにあるその扉は、先ほどと同じく白い表面に紋様が彫りこまれている。

青年は腰の剣に手をかけながら扉を押し開いた。明るい光が通路に溢れる。

眩《まぶ》しさに目を細めながら彼が中を確認すると、そこは精霊の像があった部屋よりもずっと広々とした空間になっていた。

高い天井。真四角の大きな部屋には家具もなにもない。

ただ灰色の石床の中央には――巨大な赤いドラゴンが丸くなって眠っていた。

「な……」

部屋の半ばを占めるドラゴンに、彼はさすがに絶句する。それだけでなくドラゴンの背の上では、赤い髪の少女が座って本を読んでいた。予想だにしなかった光景に、青年は啞然として立ち尽くす。

来訪者の気配に気づいたのか、少女がふっと顔を上げた。

少女の瞳は髪と同じく深紅だ。年齢に似合わぬ整った顔立ちに、真意の読めぬ双眸《そうぼう》。明らかに異質を感じさせる少女は、彼を見て首を傾げる。

「あれ、一年早いよ？　でもここに現れたってことはそうなのかな」

少女は本を閉じると、無造作にドラゴンの頭を叩く。

「ナーク！　起きなさいよ！　私、顔知らないんだからね！」

ぽんぽんと叩かれたせいかドラゴンがゆっくり頭をもたげた。少女は体重を持たないものの軽さでその背から飛び降りる。閉じられていた大きな瞼《まぶた》が開き、炎のような両眼が彼を見つめた。

「……っ！」

青年は反射的にアカーシアを抜いた。

まさか城の地下にドラゴンが眠っているとは思わなかったのだ。王剣があるとは言え、果たして逃げ場のない空間で戦えるか、緊張が全身に走る。

ドラゴンは彼をしばらく見つめていたが、不意にその輪郭を歪《ゆが》ませた。あっという間に鷹《たか》くらいの大きさに縮むと、弾むような声を上げて彼の方へ飛んでくる。

青年はそれを斬り落とそうかとも思ったが、どうも敵意はないらしい。彼が躊躇いながらも左手を差し伸べると、ドラゴンはその手を伝って肩に止まった。まるで猫のように青年の頭にすりつくドラゴンを見て、少女は笑い出す。

「あ、やっぱりそうなの？　じゃあいいよ。どうぞ」

その言葉と共に、今まで何もなかった奥の壁に扉が現れる。三枚目の白い扉を見て青年は息をのんだ。彼は正体の知れぬ少女に問いただす。

「お前は何だ？　ここで何をしている」

彼女は、その容姿も気配も明らかに普通の人間ではない。第一このように封印された場所にいることからして異常だ。警戒を見せる青年に、少女は薄い肩を竦《すく》める。

「私はただの守番。でも私のことなんてどうでもいいでしょ？」

少女は扉の傍《そば》に立つと、芝居がかった仕草で膝を折った。

「どうぞ？　世界に二つとない至宝よ」

「……至宝？」

意味がわからない。さっきからずっと煙《けむ》に巻《ま》かれている気がする。

だが、ドラゴンと同じく少女に敵対する意思はないようだ。青年は不信感を抱きながらも、彼女の言葉に応えて扉の前に立った。

触れてもいないのに扉は勝手に奥に開いていく。

――その先に見えたものは、緑の庭だ。

「は……？」

降り注ぐ柔らかな光は、地上と何ら変わりがない。

広い室内には見渡す限り背の低い草が覆い茂っており、ところどころに青々とした葉を揺らす木々が見える。

彼は自分の眼《め》を疑いながら扉の先へと踏み入った。入り口の左右には白い石壁が続いているが、それも途中から木々に遮られて見えなくなっている。

まるで地上の庭園を、そのまま白い箱に閉じこめたかのような景色。

どこからか水のせせらぐ音が聞こえてくる。穏やかに吹く風に、彼は呆然《ぼうぜん》と呟いた。

「何だここは……」

魔法で作られた幻かとも思ったが、足下の草の感触は本物だ。部屋の中を巡る風が木々の向こうにある天蓋の紗布《しゃぎぬ》を揺らす。それは明らかに人の手によって作られたものだ。

――こんなところに寝台があるのだろうか。

彼は疑問に思うと、慎重に歩を進めていく。

近づくにつれ細部まで見えてくるそれは、確かに寝台のようだった。

青年は抜いたままの王剣を手に、白い寝台の前に立った。緊張しながら紗布を手で避《よ》ける。

そして息を止めた。

そこには一人の女が眠っていた。

女の年齢は十八かそこらだろうか。絹のように艶のある長い黒髪が、敷布《しきふ》の上に広がっている。肌は白磁のように透き通っており、閉じられた大きな瞼には長い睫毛《まつげ》が淡い陰を添えていた。

高く通った鼻梁《びりょう》と小さな赤い唇。その造形は彫刻家が一生を費やして作り上げたかのように繊細で、ただただ美しい。

これほどまでに印象に残る女は初めてだ。彼は瞳が閉ざされていることを残念に思う。一体何色なのか、その色を確かめたいと思った。

頬は白いが、血の気がないというほどではない。生きているのか死んでいるのか気になって注視すると、白いドレスの下でわずかに胸が上下しているのが見て取れた。

彼は女を見ながら寝台の端に腰を下ろす。

起こしてもいいのか、起きるのかはわからない。それでもこの部屋は、彼女のために在る部屋なのだということはわかった。

――ならば彼女こそが、呪いに対抗する鍵となるのだろうか。

もしかしてカルステの言う「呪いに耐えられる力のある女」こそが彼女なのかもしれない。

青年は空いている左手を伸ばして、彼女の頬に触れた。滑らかな肌には確かに温度がある。

そのまま軽く叩いてみようとした彼は、けれど長い睫毛が揺れるのに気づいて手を離した。ゆっくりと白い瞼が上がる。

その下から覗《のぞ》く瞳は深い黒、夜よりも濃い闇色だ。

睫毛が何度か上下する。深淵《しんえん》を思わせる双眸が、宙をさまようようにして彼の姿を捉えた。

――意思のある目だ。

彼はそのことに少しだけ驚く。

女は、夢の中を思わせる曖昧な動きで細い躰《からだ》をよじると、両腕をついて上体を起こした。視線はずっと彼を見たままだ。青年は何か言うべきか迷う。見ているだけで闇色の双眸に捕らわれそうだ。

女は起き上がると、白くしなやかな両腕を彼に伸ばす。それを振り払うべきか躊躇《ちゅうちょ》した彼は、しかし肩の上のドラゴンが飛び立った気配に気を取られた。

その間に女の両腕が彼の首に巻きつく。華奢《きゃしゃ》な躰が預けられる。

「オスカー……」

囁《ささや》かれるその声は、涙と同じ熱を持っていた。


彼女の温かな感触に自失しかけたオスカーは、しかし自分の名を呼ばれてぎょっとした。片手で細い体を引き剝がすと彼女を睨《にら》む。

「何者だ。何故俺の名を知っている」

それを聞いた彼女は、一瞬闇色の目を見開いた。

見通せない深淵の中に不分明な光がよぎる。

まるで傷ついたようにも見えるそれは迷子に似て、ひどく遠くを探っているようだ。

しかし彼女がゆっくりとまばたきをすると、その光は綺麗に消え去った。ささやかな変化をオスカーは怪訝に思ったが、見間違いだったのかもしれない。

彼女は体を引いて彼の手から逃れると、少し寂しげに微笑《ほほえ》んだ。

「名前は……あらかじめ伺ってました。ファルサスの王剣を継ぐ方ですよね」

「ああ、なるほど」

オスカーは腰の王剣を見やる。この大陸においてアカーシアを佩いているのは、本来ファルサス国王ただ一人だ。オスカーは例外的に即位前から王剣を継いでいるが、特にそれを伏せているわけでもない。この剣を見れば王太子である彼の名はわかるはずだ。

「本当に……貴方なんですね」

吐息交じりの言葉。オスカーが彼女を見ると、闇色の目は彼だけをじっと見つめている。

――先の見通せない、夜のような目だ。そこには隠しきれない想《おも》いが滲んでいる。

子供のように剝《む》き出《だ》しで、ひどく熱を持った感情。今まで彼に似たような視線を向けてきた女は何人もいた。だが目の前にいる彼女のまなざしは、そのどれよりも真摯で重い。見返し続けているとその熱が伝染してしまいそうで、オスカーは我知らず止めていた息を吐いた。

彼はさりげなく視線をそらしながら問う。

「で、お前はこんなところで何してるんだ？　城の地下にいるって何者なんだ？」

「あ……眠ってました。魔法士なので魔法を使って……」

「眠るために魔法が要るのか？　魔法大国は変わってるな」

「そういう魔法があるんです。体内時間を制止させて時を超えるっていう魔法構成が。男性には不向きな構成ですし、実践されることはほとんどありませんけど……」

「よくわからないが、魔法を使ったというのはわかった」

オスカーが率直な感想を口にすると、彼女は嬉《うれ》しそうにはにかむ。そんな表情は見た目の年齢より幼い少女のようだ。彼女は寝台に両手をつくと彼の前ににじり寄る。美しい顔が彼を見上げた。

「貴方が来てくれたってことは、今はファルサス暦五百二十七年ですか？」

「いや、五百二十六年だ」

「あれ？　一年前？」

「何が一年前なんだ？　トゥルダール暦だと確か六百五十三年だぞ。大丈夫か？」

「あ、だ、大丈夫です」

彼女は赤面した頰を押さえる。そのまましばらく考えこむと、おずおずと尋ねた。

「あの、ちなみに誰か他の方と結婚などは……？」

「してない。他の方ってどういうことだ？　——お前はどこまで知ってる？」

呪いの打破のために通された部屋でこんなことを聞かれるということは、彼女は既にある程度の事情を把握していて、自分を花嫁候補だとみなしているのだろうか。いささかの警戒をもってオスカーが聞き返すと、彼女はますます真っ赤になる。

「す、すみません。そんなつもりはなくて……不躾《ぶしつけ》でした」

「それはいいんだが」

恥ずかしがる様子は可愛《かわい》らしいが、どうやら呪いに絡んでの質問ではなかったらしい。不審ではあるのだが、面と向かってそう指摘するのも躊躇われる。

その間に彼女はずりずりと寝台を移動し彼の隣まで来ると、草の上に足を下ろした。そのまま立ち上がろうとして、次の瞬間尻餅をついてぺたりと座りこむ。

オスカーは呆れながら彼女の腕を支えて引き上げた。

「何してるんだ。大丈夫か？」

「長らく歩いてなかったので……筋肉は衰えていないはずなので大丈夫です」

縮こまる彼女に苦笑すると、オスカーはアカーシアを鞘《さや》に戻した。両手を伸ばし彼女を抱き上げる。細身の体は羽でも詰まっているかのように異様な軽さだ。

「で、どこに行く？　っと名前を聞いてないいな」

彼女は闇色の目を瞠ると、嬉しそうな笑顔を見せる。

「ティナーシャと申します。初めまして」

花のように鮮やかに微笑む女につられて、オスカーは微笑んだ。

オスカーが女を抱き上げて部屋を出ると、深紅の髪の少女は声を上げて喜んだ。

「ティナーシャ様！　起きた？　大丈夫だった？」

「おかげさまで。ありがとうございます、ミラ」

ミラと呼ばれた少女は、ティナーシャに労《ねぎら》われると満足そうに笑って姿を消す。オスカーはその唐突さに眉を顰《ひそ》めた。

「一体何なんだ……人間じゃないだろう？」

「彼女は私の精霊ですよ。一応使役関係にありますけど……友人みたいなものです」

言いながらティナーシャは宙に手を伸ばす。その手に先程の小さなドラゴンが飛んできた。彼女は抱き取ったドラゴンをオスカーの肩に乗せる。

「この子はナークといいますが、貴方の命令を聞くようになってます。貴方が主人ですよ」

「俺が主人？　本当か？」

「本当です。なついてるでしょう？」

「なついてるドラゴンを見たことがない」

ティナーシャは声を上げて笑い出した。鈴が鳴るようなその声は心地よく彼の耳に響く。

オスカーは彼女を抱き上げたまま長い通路を戻っていった。皆と別れた扉が近づいてくる。

そこで待っていた三人はティナーシャを見て唖然となった。中でもカルステは、信じられないものを見るように彼女を注視する。オスカーはそんな王の様子に首を傾いだ。

「中にいたのはドラゴンと彼女でしたが……これは彼女を私の花嫁としてファルサスにくださるということでしょうか」

「ええ!?」

叫んだのはカルステではなく、抱き上げられているティナーシャの方だ。彼女は真っ赤になった頰を両手で押さえてオスカーを見上げた。

「な、何でいきなりそこまで話が進んでるんですか」

「つまり呪いが……」

そこまでしか言っていないのに、彼女は「ああ！」と納得の声を上げた。

「やっぱり来てよかった……」

安堵《あんど》の呟きを洩《も》らすティナーシャを不審に思いながらも、オスカーはカルステに視線を戻す。

トゥルダール王はそこでようやく唖然とした表情を渋面に変えた。

「申し訳ありませんがそれはできかねます。彼女はこの国の次期女王となるべき人間ですから」

「えええ!?」

ティナーシャは再度驚愕《きょうがく》の叫びを上げた。

「何でそんなことになるんですか。だって私は……」

「貴女《あなた》が何者であるかは存じ上げております。だからこそお願いしたいのです。この国にはもう百年も精霊を使役できる王が出てきていない。それくらい王家の魔力は衰えてしまっているのですよ」

「──王に必要なのは魔力ではありません」

澄んで通るティナーシャの声は、毅然《きぜん》として冷ややかなものだった。オスカーが驚いて彼女を見ると、闇色の眼はわずかに細められ、そこには威厳を伴う強い光が浮かんでいる。

──王者の眼だ。

人を従える力のあるその目は、王族であってもそう多くが持つわけではない。

感心するオスカーに、ティナーシャは下ろして欲しいとせがむ。彼はその華奢な体を支えながら立たせてやった。ティナーシャは二、三歩よろめきながらも姿勢を正すと、カルステを見据える。

「王が必ずしも強力な魔法士である必要はないでしょう。個人が強大な力を持っていたとして、それが届く範囲はさして大きいものではありません。それよりももっと国には大事なものがあるのではないですか？」

「その大事なものがなんであれ、国を守れるだけの力が必要なことには変わりません。貴女は今そこの国に必要な方なのです」

「過ぎた力は警戒を生みますよ」

二人はどちらも退く気がないように見えた。

面食らっているファルサスの三人に気づいたティナーシャは、困ったようにオスカーを見上げる。

「すみません。私は少しこの人と話があるので、外で待ってて頂けませんか？」

「それは構わないが……」

「呪いのことは必ず私が何とかしますので」

自信ありげににっこりと笑う彼女を見て、オスカーはよくわからないまま頷いた。


最初にカルステと面会した広間へ戻った三人は、事態についていけず困惑の顔を見合わせていた。

ラザルが当然の疑問を口にする。

「殿下、彼女は一体何者なんですか？」

「俺にもわからん。あの奥で寝てたから拾ってきたんだ」

「何者かお聞きになっておいてくださいよ！　何をしに行かれたんですか！」

「次期女王だと言ってたじゃないか……名前は聞いたぞ。ティナーシャと言ってた」

「魔女殺しの女王と同名ですね」

今まで黙って聞いていたドアンがぽつりと言う。その指摘にオスカーは大陸の歴史を振り返った。

「あれはタァイーリとの戦争の時だったか？　そんな名前だったのか」

「確かそうですよ。件《くだん》の女王も大層美人だったらしいです」

ラザルは二人の会話についていけず、きょろきょろと視線をさまよわせた。

「え、な、なんですか。魔女って。女王って」

「お前もちゃんと歴史の勉強しろ」

「したことはしました……って痛い痛い！」

オスカーにこめかみを締め上げられるラザルを見て、ドアンは溜息《ためいき》混じりに説明を始める。

「四百年前にトゥルダールとタァイーリが戦争しただろ？　タァイーリが迫害した魔法士を、トゥルダールが受け入れ始めて攻めこまれたやつだ」

「記憶にあるようなないような……」

覚束《おぼつか》なく返すラザルを、オスカーが小突く。

「どう考えても歴史の転換点だろう。トゥルダールが他国に国を開き始めたのもその頃からだ」

「うう……申し訳ありません」

うなだれるラザルに構わず、ドアンは続けた。

「その時はどっちが勝ったかうやむやのうちにタァイーリが手を引いたんだ。それというのも戦争中にトゥルダールの女王に刺客が差し向けられて、しかもそれは魔女だった。女王は魔女を返り討ちにしたが、その際魔女がタァイーリのグウィード王の恋人であったという話が漏れたらしい。真偽の程は今でも定かでないが、グウィード王が魔女を差し向けたとしたら……」

「……それはタァイーリの王としては大変な醜聞でしょうね」

「そう。グウィード王は内部から突き上げられて軍を退き、退位せざるを得なくなった。その後はタァイーリも、トゥルダールの魔法士受け入れを黙認するようになったしな。——で、その時のトゥルダールの女王の名が確かティナーシャだったと思う」

「それで魔女殺しの女王ですか。すごい話ですね」

「そうなんだけど、当の彼女の方もそれからすぐに退位したんだよ。魔女を殺せるほどの力の持ち主なら、彼女も魔女と言っていいんじゃないかと国内で問題になったらしい。その女王は国交を開いたのを始め色々革新的なことに着手していたし、旧体制派に睨まれてたんだな。タァイーリとの関係もあって、彼女も退位することで両国は痛み分けとなったのさ」

「そこまで頑張ったのに退位させられるなんて、不条理な話ですね……」

不思議そうなラザルの感想を聞いて、オスカーは苦笑する。

「現れる時代が早すぎたんだろ。よくあることだ」

「魔法士の間では有名な女王だから、さっきの彼女もその名前にあやかったんじゃないかな」

ドアンは軽く手を広げて話を終える。納得したらしいラザルは、天井を見上げて呟いた。

「それにしても彼女、美人でしたね」

「くれると思ったんだがな、つまらん」

「次期女王なんかに手を出さないでくださいよ！　それこそ国交に響きます！」

「まぁ代わりにこれをもらったけどな」

オスカーはそう言って自分の肩の上を見やった。そこに座るドラゴンが小さく鳴く。臣下の二人は不思議そうに小さな赤いドラゴンを見やった。

「気になってはいましたが、何ですかそれ。ドラゴンですよね。生きてますよね」

「ちゃんと生きてるぞ。俺が主人なんだと。最初はもっと大きかったから伸縮自在なんじゃないか？」

「はぁ……」

「でも呪いは何とかしてくれるそうで、目的は果たせましたね」

これで魔女のところに行かなくて済んだと、ドアンは内心安堵する。彼の主人はそんな安堵も知らず軽く答えた。

「何だろう。妻にでもなってくれるんだろうか」

「手を出さないでくださいって言ったばかりじゃないですか！」

「うるさいやつだな……」

その時、扉が開いてカルステと女が戻ってきた。

カルステはすました顔をしており、ティナーシャはそれとは対照的に苦い顔をしている。

彼女はオスカーを見ると、気まずそうに口を開いた。

「半年後に王位を継ぐことになりました」

「それまではお好きになさって結構ですよ。久しぶりの外を見て回られるのもよいでしょうし。城に部屋をご用意しましょう」

愛想よく勧めるカルステを、ティナーシャは白眼で見やる。

「私はまずこの人の呪いの解析をします。そうでないと来た意味がありませんから」

「ご自由にどうぞ。ただくれぐれもご自分の立場を弁《わきま》えるようお願いいたします。できれば貴女には私の息子と結婚して頂きたいので」

「そこまでは責任の範囲外です」

険悪な雰囲気の二人に、ドアンとラザルは顔を見合わせた。

ティナーシャは美しい貌《かお》に苛立《いらだ》ちを色濃く滲ませていたが、オスカーを視界に入れると表情を和らげる。彼は話が一段落ついたと見て立ち上がると、ティナーシャを手招きした。

「で、俺はどうすればいい？」

「色々準備もありますし、解析の触媒も必要ですから……できれば近くにいて頂けると助かります」

「どれくらいかかる？」

「が、頑張りますけど……確実を期すと半年はかかっちゃうと思います。まったく一から解析するとしたらどれくらいかかるか見当もつかないんですが、私は一応正解を見たことがあるので」

「正解？」

ティナーシャはそれには答えず曖昧に微笑んだだけだ。何を言っているかわからない部分はあるが、「半年ほどあれば解呪できるらしい」ということはわかった。十五年も解けなかった呪いなのだ。そんな期間で解けるなら言うことはない。彼は目の前に来た女に微笑《わら》う。

「なら即位までの間ファルサスに来ればいい。魔法士ならトゥルダールと転移で行き来することもできるだろう？」

「え、いいんですか！　本当に？」

「こちらが解呪を頼む立場だからな」

ティナーシャはそれを聞いて嬉しそうに微笑む。まるで少女のようにも見えるあどけなさは可愛らしい。カルステを見ると、トゥルダール王はオスカーに向かって作られた笑みを見せる。

「この方をよろしくお願いいたします」

その声に牽制《けんせい》する響きを感じて、オスカーは苦笑をしつつ頭を下げた。同様のものを嗅ぎ取ったのか、ティナーシャが不愉快そうな目で王を見返している。

だがひとまずこれで、彼がこの国に来た目的は果たされたのだ。

ここから彼も知らぬ、彼自身の運命を覗きこむ物語が始まることは、まだ誰も知らない。

※

「荷物はこれだけか」

ファルサスに戻り、ティナーシャに与えた部屋を訪ねたオスカーは率直な感想を漏らした。

彼女がトゥルダールから持ってきたものは、古びた魔法書十数冊と、魔法具一抱えだけだ。それらは大きな木箱一つに収まるほどで、ドレスや装飾品の類はほとんどない。

オスカーは、カルステによって名目上「トゥルダールの王女」とされたティナーシャを見やる。

「入用なものがあったら言えばいい。服も作ってやる」

「ありがとうございます。……服？」

侍女もつれず、精霊の少女と二人だけで来たティナーシャは長い睫毛をしばたたかせた。だがすぐに彼の言葉を冗談と受け取ったのだろう。「そんなに荷物はないから大丈夫です」と微笑む。

その返答に、彼女にどんなドレスが似合うか考えていたオスカーは落胆したが、本人の意志は尊重するつもりだ。彼は箱に歩み寄ると、大きな石板を手伝って取り出す。

「それにしても王女か。王族なら俺も過し方を改めないとな」

「え、いいですよ。何か落ち着きませんし。今のままでお願いします」

「と言われても。次期女王なんだから周りがかしこまるのは仕方ないだろ」

「周りには別に慣れてますけど、貴方は別です。王太子殿下」

「…………なるほど」

元々オスカー自身「殿下」と呼ばれるのは好きではない。それはいずれ王になる彼にとって、否が応でも自らが半人前だという事実を思い出させるからだ。彼女の方も同様に何かこだわりがあるのかもしれない。オスカーは黒に近い茶色の髪を手でかき回した。

「なら俺のことも名前で呼べばいい。その方が楽だ」

立場的に彼女は対等なのだから、これくらい許されるだろう。オスカーが子供じみた我儘《わがまま》でそう言うと、ティナーシャは顔を上げて彼を見る。闇色の目が驚いた子猫のように丸くなった。

「それは……私と結婚する可能性があるから、とかですか！」

「ないだろ。どうしてそうなった」

謎の地下室で出会った時点ならその可能性もあったかもしれないが、彼女が次期女王に決まった時点で微塵《みじん》もなくなった。即答で切り捨てられたティナーシャはがっくりと肩を落とす。

「万が一のもしかしてを考えたんですけど、やっぱりなしですよね……」

「名前で呼べと言っただけで間を飛ばしすぎだろ……。恐《こわ》くなるからやめろ」

そもそも初対面で名前を言い当てられた時もぎょっとしたのだ。非現実めいて美しい女が呼ぶ自分の名は、体の中に響いて今も綺麗な波紋を生み出し続けている気さえする。

その感覚を思い出す彼に、ティナーシャは微苦笑した。夜の窓に似た双眸が彼を見つめ——小さな唇が動く。

「オスカー」

澄んで届く声。

囁くようなその内には、抑えきれない熱が込められているようだ。彼の知らない多くを含んだ響き。まるで眩暈《めまい》を呼び起こす呼び声に、オスカーはけれど意識して平静を保つと頷いた。

「それでいい。楽なようにしてくれ。あと結婚はしない」

「念を押さないでくださいよ！　一回言えばわかりますから！」

「そう言えばお前、トゥルダール王家と血縁関係なのか？」

唐突に切り替えられた話題に、ティナーシャはじっとりとした目で彼を見上げる。

「貴方はもう……。血縁はありませんよ。私、未婚でしたし。王女って言われるとなんか変な感じしますけど、カルステは私に重石《おもし》をつけたかったみたいですから、これくらいは妥協します。王太子妃《ひ》候補とかにされちゃうよりはずっといいです」

王女の地位を妥協で受け入れる、とは彼女の口ぶりから察するに冗談でもなんでもないようだ。実際オスカーが見たところ、カルステは自分の息子と彼女を結婚させたがってはいたが、それをしつこく主張することでティナーシャの機嫌を損ねたくもないようだ。代わりに彼女に課した重石が王族の身分で、けれど今のところ彼女はそれを気にする風もない。次期女王の話を受けるだけあって、ある程度の胆力があるのだろう。

オスカーは石板を棚の上に置きながら言う。

「解呪を頼んでおいてなんだが、即位までの羽伸ばしと思って好きに過ごせばいい」

「ありがとうございます。本当は即位なんてするつもりなかったんですけどね」

「そもそもお前は何者なんだ？　どうしてあんなところにいたんだ」

どうにも質問の順番が逆な気もするが、今までの会話でまったく彼女の正体が摑《つか》めなかったのだから仕方がない。

ティナーシャはそれを聞いて少し首を傾げると、ふわりと宙に浮かび上がった。驚くオスカーの前にまで飛んでくると、彼女は浮いたまま微笑む。

「あの場所にいたのは、ただの私の我儘です」

「我儘？　城の地下だぞ」

「それくらいは融通が利いたんですよ」

本当か嘘《うそ》かわからないことを嘯《うそぶ》いて彼女は綺麗に微笑する。

だが不意にティナーシャは、痛みに耐えるように形のよい眉を顰めた。細められた目が彼を見る。

「……触れてもいいですか？」

囁く言葉。闇色のまなざしは、初めに出会った時と同じくどこか遠くを見ているようだ。悲しげにも見える彼女に、オスカーは間をおいて頷いた。

彼女は少し高さを下げると、出会った時のように両腕を彼の首に絡ませ体を寄せる。頼りないその体を、オスカーはそっと抱き取った。

「私は子供の頃、ある人にすごく色んな……返せないものをもらったんです。だから少しでも何かしたかったんです。たとえもうないのだとしても……会いたかったんですよ」

彼女の声はまるで泣いているようにも聞こえた。

オスカーはそれ以上聞くのをやめて、ただ黙って頷いた。

――王位を退くことになった時、自分のすべき事はもう終わったのだと彼女は感じていた。

自分がいなくなっても、自分の意志を継ぐ人間たちが国を導いてくれる。過去を振りきるように
ひたすら女王として尽力した五年間は、あっという間のことだった。

そしてそれが過ぎ去った時、彼女は一人の男を思い出す。

彼女に命を、そして愛情をくれた男のことだ。

ほんの一ヶ月足らずの彼との生活は、彼女のそれまでの人生においてもっとも鮮やかで……何よりも幸福だった。思い出すと涙が零《こぼ》れる。

その思い出を胸に残りの人生を過ごそうとしていた彼女の前に、だがある日、一人の男が現れた。

「魔女を殺した女に興味がある」と言って現れた男は、ほんの気まぐれのように彼女を叩き伏せた。

十二の精霊がついていてなお、ティナーシャは敗北したのだ。

だが男にとっては、彼女をねじ伏せたことは単なる退屈しのぎの一つだったらしい。彼は虫の息だったティナーシャを治癒すると、ころころと変わる興味を以《もっ》て彼女の過去について聞いてきた。

そして、渋る彼女から全てを聞き出すと言ったのだ。「ならば追えばいい」と。

――もう一度出会えばいい。

あの頃、彼は言っていたではないか。自分たちは夫婦であったと。

四百年の時を越えて一度は出会った事が事実ならば、きっと可能性は残っているのだ。

まだ始まってもいない。間に合うはずだ。

たとえ自分が記憶を持たず、そして彼も持たず、共にいた事実が世界のどこにも残らなくても、

同じように添って生きられる保証がなくても、せめて何かを返したかった。

ただもう一度会いたかった。


そして彼女は長い眠りを経て、再び世界に生まれる。

魔女に匹敵するその恐ろしい力と共に。


「四百年って長いですよね。魔法の研究も大分進んでるし、時代に取り残された感が濃いです」

「そうは言っても基本法則が変わるわけじゃないし、構成に差異があれ大した変わりはないですよ」

ファルサスの自室に置かれたテーブルを囲んで、ティナーシャとミラはお茶のカップを手にしていた。ティナーシャは精霊の言葉に苦笑する。

「でもちょっと勉強しないと駄目ですね。まぁすぐ取り戻しますよ」

「ティナーシャ様、真面目」

「勉強好きなんですよ」

カップを横に置くとティナーシャは魔法書をめくった。分厚いこの一冊は、彼女が持ちこんだ本ではない。ファルサスの図書室から借りてきた新しいものだ。彼女が女王であった頃にはほんの一部の者しか知らなかった理論が、現代の本では実に明解に説明されているのを見て、ティナーシャは目を細めた。精霊の少女はにこにこと主人を眺めながら問う。

「ティナーシャ様はアカーシアの剣士と結婚したいの？　トゥルダールの国王が邪魔なら殺してくるよ？」

「ほいほい殺しちゃ駄目ですよ。貴女も一応トゥルダールの精霊なんですから。オスカーのことも……結婚はともかく、ちゃんと会えたからいいです」

「欲がない！」

「そうですか？」

そうは言われても今は現状で満足なのだ。彼の役に立てるということが純粋に嬉しい。

ティナーシャはテーブルの上の古い紙を手に取る。それはかつて少女だった頃、オスカーの血から呪いと祝福の構成を抽出した時の書付だ。

「これ、やっぱり一度解いたの私なんですかね……」

「ミラにもわからないです。というか今でも過去に戻れるなんて眉唾。本当にアカーシアの剣士は同じ男なんですか？」

「私も半信半疑だったんですけどね……。記憶はないみたいですけど間違いないです。私を助けた時あの人は『過去を改竄《かいざん》した』と言ってましたから、史実にも影響が出たんでしょう」

子供だった彼女を助けたオスカーは、彼女があの夜、禁呪の触媒にされることを知っていたのだろう。本来ならあの時彼女は、自分を襲う凶行に一人で相対しなければならなかった。それを改竄したのだから、大なり小なり変化は出ているはずだ。少なくとも今のところ彼と結婚できる兆しは皆無であるし、トゥルダールの女王に即位したなら他国の王に嫁ぐことはあり得ない。やっぱり彼女自身に関しては、歴史は変わってしまっているようだ。

自覚のない落胆を抱えながら、ティナーシャはテーブルに頬杖《ほおづえ》をつく。

「色々あの魔法球は不審なんですよね……。トラヴィスは何か知ってるみたいでしたけど」

「あの方は危険だから名前を呼んじゃ駄目」

嫌そうな顔のミラにティナーシャは素直に謝る。

「ごめんなさい」

ともかく、過去に戻れるという話は本当だったのだ。

例の魔法球はティナーシャが宝物庫の奥深くに封印したままだが、過去のオスカーが言ったことが正しいのなら今頃ファルサスの宝物庫にもう一つがあるのかもしれない。

ティナーシャは手元の紙に書かれた、美しいとも言える複雑で繊細な構成群を見やる。

――もし前の自分がこれを一から解いたのだとしたら、今の自分より遥《はる》かに優れた魔法技術を持っていたということになる。

何故前の自分は四百年を越えてオスカーに出会ったのか。どうしてこんな人知を超えた技術を持ち合わせていたのか。

だがその話、王と五番目の魔女の物語は、今はもう誰も知らない、存在もしない話なのだ。

2. 思いのない言葉

お茶のよい香りが執務室の天井にまで届いている。

穏やかな陽気で過ごしやすい午後、オスカーは受け取ったカップに口をつけると目を瞠った。

「美味《うま》い」

「え、本当ですか？　ありがとうございます！」

お茶を淹《い》れたティナーシャは白い魔法着姿で破顔した。純粋に嬉しそうなその笑顔にオスカーは呆れた目を向ける。

「なんで王女がお茶淹れ上手なんだ。趣味なのか？」

「いえ、対暗殺用です。自分の口に入るものって、できるだけ関わる人間の数を減らしたいじゃないですか」

「減らしたいって、当然のように言われても。お前一人だけ暗黒時代に生きてるのか？」

「ちなみに料理も一通りできます。召し上がりますか？」

「結婚させられそうだから食べない」

「そういうんじゃないですから！」

ティナーシャが叫ぶと、オスカーは喉を鳴らして笑う。ティナーシャは解析のために彼の血液を採りにきて、ついでに書類に埋もれているラザルに代わってお茶を淹れたのだ。

オスカーは自分の身の回りのことを女官たちにさせるのが好きではないらしく、大抵のことは自分でやるかラザルがやっているらしい。幼馴染という理由でこの王太子に仕えている青年には、普段から多種多様の仕事が集中しているのだろう。ラザルは申し訳なさそうに頭を下げた。

「申し訳ありません。ティナーシャ様にお茶まで淹れて頂いて……」

「あ、あんまり気にしないでください。私ってちょっと魔力が多い精霊術士ってだけで、別に生まれがいいわけじゃないんです。お茶を気に入ってくださったのならいつでも淹れにきますので」

「なんだお前、精霊術士だったのか」

「一応。よく使うのは精霊魔法ですね」

精霊術士が魔法士の中でも特殊な部類に入るのは、魔法に詳しくないオスカーでも知っている。他の魔法に比べて同じ魔力でも遥かに大きい効果を得られる精霊魔法は、その代わり純潔を失うと途端に構成に使う魔力が跳ね上がるのだ。

昔はもっと単純に純潔が使用条件と思われていたそうだが、現在ではトゥルダールの研究によりその実態も明らかになっている。理論上は魔力が膨大か、もしくは構成力が飛びぬけていれば純潔を失っても精霊魔法は使えるらしいが、その例外に入れる魔法士はまず存在しないと言っていい。

——ならば、はたして彼女はどうなのだろうか。

トゥルダール王があれほど次期女王に、息子の妻にと執着するくらいなのだから、かなりの力を持った魔法士ということは察しがつく。ただオスカーは、実際彼女が精霊魔法を使うところを見たことがなかった。

生まれがいいわけではないとは言うが、その立ち振る舞いを見ると明らかに上流の教育を受けている。城の地下で眠っていたことといい、普通の出自ではないはずだ。オスカーは仕事の手を止めて彼女の後姿を注視した。ティナーシャは彼の視線に気づかなかったらしく、あどけなく笑って部屋を出て行く。幼馴染と二人に戻ると、オスカーはやる気なく頬杖をついた。

「何というか、つかめない女だな。時々ひどく子供みたいに見える」

「そうですか？」

ラザルは首を傾げた。彼女をそんな風に感じたことはないのだが、主人にとっては違うらしい。オスカーはつまらなそうに彼女が出て行った扉を眺めていたが、軽く息をつくと仕事に戻った。


自室に戻ったティナーシャは、懐から硝子瓶《がらすびん》を取り出すと軽くそれを振った。中に詰めた血液がとろりと揺れる。それをしながら彼女は、部屋の中央に設置した水盆の前に立った。

薄く水を張った盆の底には、施術用の基礎構成が紋様として刻まれている。ティナーシャは硝子瓶の蓋を開けると、慎重に瓶を傾けた。水盆の中にぽたりぽたりと血の滴が落ちる。

その一滴が水の中に広がる度、底の紋様が淡く光った。

ティナーシャは数滴を落としてしまうと、瓶をしまい水盆に向き直る。

「よし」

呪いを解くために必要なことは、まずその呪いの全貌を把握することだ。

構成を抽出し、更にそれを解析せねば呪いを解くことはできない。そもそも術者の独自言語で組まれる呪いは解析自体困難なのだ。ティナーシャは詠唱をしながら水盆に構成抽出をかけていく。

四百年を越えてここに来た理由の一つが、この呪いの打破だ。ティナーシャは息をするのも忘れるほどに集中していく。わずかな血から、彼にかけられた呪いの構成が広がっていく。それは恐ろしいほど緻密で底知れないものだ。

ティナーシャはそれから三時間ほどかけてオスカーにかけられていた構成を抽出する。

「……これは」

水盆の上に広がる構成は、おおよそ一個人にかけるようなものではない。むしろ国一つにかけるに相応する複雑さだ。否、実際にこれは国にかけられたものなのだ。王太子の後継ができなければ王家の血は断絶し、王剣アカーシアが宙に浮く。そこまでを考えて作られた構成なのだとしたら、確かにこれだけのものでなければ不十分だろう。

ティナーシャは嘆息を飲みこむと、傍に置いた本を手に取る。その中に挟まれた古い紙を取り出した。紙に記されているものは、四百年前に自分がオスカーの血液から抽出して書いた構成図だ。

「やっぱり……同じだ」

過去の自分が記した一つの構成。そのうちの祝福と同じものが、今目の前にある。

当時オスカーは「強すぎる祝福をかけられて、相殺するために呪いをかけてもらった」と言っていたが、それは事実だった。彼にかけられているのは呪詛《じゅそ》ではなく祝福なのだ。

寸分違わず同じ構成ということは、歴史の改竄は彼自身から呪いを取り除くまでは及ばなかったのだろう。過去の改竄と言っても、その影響は大勢には影響ないのかもしれない。

ただ事実として存在するのは、彼には複雑極まる枷《かせ》がかけられているということだ。

何故こんな重い祝福が彼にかけられたのかは気になるが、それを疑問に思うのは自分の役目ではない。むしろ今は、かつて見た構成と今目の前にある構成が同じだったことを安堵すべきだろう。もし同じでなかったら半年どころではない。下手したら一生解呪できないかもしれないのだ。

——ただ問題はこれからだ。

今から彼女は自力で、相対する祝福と呪いを同時に読み解いていかねばならない。

恐ろしいほどに突出した技術で生み出された二つの構成。それを為《な》した術者と今の己との力の差を考えると溜息を禁じえないが、同時にぞくぞくするような興奮をもまた感じている。

新しい構成を組むのも、それを整理するのも、既存の構成を解析するのも、とても刺激的な作業だ。頭の中が綺麗になっていく。技術が研ぎ澄まされていく。

難題であればあるほど答えを思いつく瞬間が痺れるほど気持ちいい。彼女が研究を好きな理由の一つだ。今までそれを繰り返して、彼女は構成技術においても随一の女王となったのだ。

——どれほど遠くても必ず行き着く。追いついてみせる。

ティナーシャは不敵な笑みを浮かべると、構成に向かって詠唱をかけ始めた。

※

その日女官のカルラは、すっかり暗くなってしまった城の廊下を足早に歩いていた。

ファルサス城に仕える彼女は、今日一日食器倉庫を整理していたのだが、予想以上に時間がかかって気づいた時は夜になっていたのだ。

夜の城は、半数以上の者が宿舎か城外に帰っており人気がない。カルラは静まり返った廊下を宿舎へと向かいながら、ふと何とはなしに窓の外を見た。そしてぎょっとする。

――外庭にある木の下に、黒づくめの男が立っている。

目深にフードを被《かぶ》った全身黒色の男は、明らかに城の人間ではない。どんな容貌をしているかは見えないが、顔の向きからして城の方を見上げているようだ。そうとわかった瞬間、カルラの背中を戦慄が駆けぬけた。

「誰かに言わないと……」

おそらく侵入者か、それに類する者だ。あわてて駆け出したカルラは、しかしもう一度男を確認しようと隣の窓から外を振り返った。――そこで凍りつく。

「え……、なんで？」

目を離したのはほんの二、三秒だ。

しかし木の下にはもう誰も立っていなかった。

一体さっきの男はなんだったのか。見てはならぬものを見てしまった気がして、カルラは悲鳴をのみこみながら宿舎へと駆け戻った。そうして部屋についた彼女は、眠りにつこうとしていた同僚たちを起こし、あわただしく先ほどの話をする。

だが——カルラはその三日後謎の死を遂げた。

そしてその日からしばらくして、城には不思議な噂話《うわさばなし》が流れ始めた。

※

「幽霊の見える窓があるらしいですよ」

恐々と声を潜めて言うラザルを、執務中のオスカーは冷たい目で見やった。彼は持っていたペンを上げてそっけなく返す。

「お前、どうせ持ってくるならもっと面白い話にしろ。幽霊なんかいるわけないだろ」

「それが本当らしいんですよ。三階の窓のどれかからしいんですが」

「三階ってどこの」

「城のです」

「は?」

まさかこの城のことだとは思わなかった。思わず呆れ声を上げたオスカーは、ラザルに詳しいことを問いただそうとする。だがちょうどその時、部屋の扉が叩かれた。返事をすると黒髪の美しい魔法士が入ってくる。

「失礼します。近くまで来たのでお茶を淹れにきましたよ」

一礼したティナーシャは顔を上げると微笑んだ。その微笑は部屋の空気を華やかにするほどで、オスカーもつられて微苦笑する。彼女がお茶の支度を始めると、ラザルは再び口を開いた。

「それでですね、実は」

「待て」

「幽霊のせいで死人が……え？」

「待てと言っただろうが……」

止められなかった話題にオスカーは眉を顰めた。こういった話を苦手とする女性は多い。ましてや他国の城では余計に嫌だろうとティナーシャに聞かせたくなかったのだが、時既に遅しだ。だが当のティナーシャは、平然とした顔でお茶の支度を続けている。オスカーの視線に気づいたのか彼女は振り返って笑顔を見せた。

「幽霊なんていませんよ。精神は肉体なしでは存在できませんし、魂は生きている動植物の核となる力の在り方です。死ねば自然と四散して何も残りません」

魔法士からのさらっとした答えにラザルは目を丸くする。

「でもよく幽霊の話を聞きますが……」

「そういうのは大抵魔物か魔法の産物ですね。仮に肉体を失った魂を魔法で留《とど》めたとしても、人格や形は残りませんよ」

「そうなんですか……」

ラザルは安心と残念をかき混ぜたような表情を浮かべる。一方オスカーは、ティナーシャが非常に理性的であったことに安心した。彼は改めて幼馴染に続きを問いただす。

「とりあえず詳しいことを話せ。死人が出てるのか？」

「出てます。カルラという名前の女官です。何でも彼女が一週間ほど前の夜、城の庭に黒づくめの幽霊がいるのを見たらしいんですよ。で、それを皆に話した三日後に、突然おかしな死に方をしてしまって……。それ以来、夜その窓から外を見ると幽霊が見えるとか」

「さて、どこから突っこめばいいんだ」

オスカーは署名に使っていたペンの背でこめかみを押さえた。うさんくさいにもほどがある話だが、死人が出て噂が広がっているとしたら放置しておくわけにもいかない。

「まず、目撃された黒づくめだが、どうして幽霊ってわかったんだ？」

「それが、見て二、三秒後に隣の窓から見直したらもう消えてたそうなんですよ……」

「どう考えても不審者じゃないか」

「そ、そうかもしれませんね」

不機嫌そうな主人に、ラザルは顔を強張《こわば》らせながら相槌《あいづち》を打つ。ティナーシャがくすくす笑いながらカップにお茶を注いだ。オスカーはその笑い声に若干の居心地の悪さを覚える。

「で、おかしな死に方ってのは何だ」

「急に吐血して、苦しみもがいて死んだそうです。不審死なので魔法士に検死もさせたんですが、怪しいものは出なかったとか」

「ふーん」

「彼女の死体は残ってますか？　私が調べましょうか？」

そう言ったのは、オスカーの前にカップを置いたティナーシャだ。美しい外見に合わない発言に、男二人は彼女を注視する。ティナーシャはその視線にうろたえて二人を見回した。

「え、え、何かおかしなこと言いました？」

「いや……できるなら頼むが……」

「い、遺体は遺族が引き取ったそうですが、研究室に行けば血液など残ってるかもしれません」

「研究室ですね。ありがとうございます」

引き気味なラザルとは対照的に、彼女は愛らしく微笑む。オスカーはそんな彼女に眉を寄せた。

――やはり不審な女だ。見かけと中身がどうにもそぐわない。

思えば彼女の前歴も不明のままだ。言いたくなさそうなので聞いていないが、意外に修羅場をくぐった経験があるのかもしれない。

オスカーは気づかれぬよう嘆息すると書類に署名をした。改めてラザルを睨みつける。

「で？　その窓から幽霊が見えるっていう最後のは何なんだ！」

「怒らないでください……そういう噂なんですよ。どこの窓かは女官なら知ってると思います……」

「なら、お前が責任とって調査するか!?」

「ひぃ」

逃げ出しそうな幼馴染に、オスカーは書き損じの紙を丸めて投げた。紙玉は情けない顔をしているラザルの頭にぽんと当たる。

「まぁお前にそういうのは無理だな。検死をした魔法士が誰だかわかるか？」

「クム師と……リタという魔法士だったと思います」

「クムは忙しいから、その魔法士とドアンにでもやらせるか。っと、ティナーシャ」

「はい、何をしますか？　何でもどうぞ」

笑顔のティナーシャは、ぴんと尻尾を立てた子猫のようだ。オスカーは呆れ顔になる。

「なんで嬉しそうなんだ……。死体の確認をしてくれるのなら書類を書くぞってだけだ」

「やります。お任せください」

「じゃあ頼む。と言ってもあまり期待してない。完全に駄目元だ」

「本人を前にそこまで言います!?　さすがにそこまで根拠のない自信は持ってませんよ！」

「冗談だ。駄目なら駄目で構わないのは本当だ」

「……ぐう」

小さく呻《うめ》くティナーシャを無視して、オスカーは新しい紙に調査命令を書くとラザルに手渡した。

彼はようやくそこでお茶のカップを手に取る。普段より豊かな茶葉の香りが顔をくすぐるのは、彼女が淹れたからだろう。一口飲むとその香りが肺に染み渡り、たまった疲れが取れる気がした。

オスカーはふとあることを思い出し、ティナーシャに言う。

「そういえばお前、あまり昼食を食べないと女官たちが困ってたぞ。暗殺対策か？」

「え？　ち、違いますよ。解析に夢中で気づかないだけで……。朝晩は食べてますし！」

「そんなに根を詰めなくていいんだが。無理なら無理で言ってくれ。もともと駄目元だ」

「だから本人を前に言わないでくださいって！　ちゃんと解析してますし、万が一解析ができなくても私が子供を生むから大丈夫ですよ！」

「……は？」

突然の発言に、男二人の啞然とした視線が集中する。一方当のティナーシャは何がおかしいのかわかっていないらしく、腰に手を当てて憤然としている。

呆然と立ち尽くしているラザルを横目に、オスカーは整った顔を顰《しか》めた。

「お前……そうまでして俺と結婚してどうするつもりだ。何が狙いだ？」

「ち、違いますってば！　いい加減その誤解から離れてくださいよ！　単に私の魔力ならその呪いに勝って子供が生めるってだけです！」

「ああ、なるほど。やっぱりそうなのか」

トゥルダール王は「魔力に強い女性を母体にすればいい」と言っていたが、やはりティナーシャもそれが可能な一人だったのだ。彼女は苦い顔で付け足す。

「もちろん、私が生んだ場合国母としての権利は全放棄しますし、ファルサスに不都合はないようにします。第一、結婚しなくても子供は生めますしね。ちゃんと責任は取りますよ」

「それはありがたいが……お前がかけたわけじゃあるまいし、責任はないだろ」

彼女自身がこの件で負わなければならない責などないはずだ。極端な話「他国のことなのだから」と解呪を断られても仕方ない。

しかしティナーシャはそれを聞いて軽く目を瞠ると、物憂げに微笑む。

「私がかけたわけじゃないですけど……解呪の方は、やっぱり私の責任なんです。でもそれが理由で私の血をファルサスに入れるのも申し訳ありませんし、解析を待っていてください」

ティナーシャは目を閉じる。

何故か遠さを感じさせるその微笑は、彼女の貌を孤独なものに見せていた。


ティナーシャが部屋から退出すると、ラザルは大きく息をつく。

「すごい方ですね」

「あれは王族としての教育を受けたことがあるんじゃないか？　変に肝が据わってるな」

彼女からはその覚悟が疑いようもないほど身に染みついている印象を受ける。

だが同時に、自分自身を軽く見ているようなところがオスカーには気になった。女王になるならそこは直した方がいいだろう。王とは民の支えとなるべき国の象徴だ。それが自らを軽んじれば仕えるる臣下たちが報われない。

オスカーは指でペンを回しながらラザルを見た。幼馴染でもある従者は釘《くぎ》を刺したそうな苦い顔で彼を見返している。その視線に応えてオスカーは人の悪い笑みを浮かべた。

「ああ言ってるなら生んでもらおうか」

「絶対駄目です！　最後の手段を最初に使おうとしないでください！」

やっぱりか！　と言いたげにラザルは叫ぶ。予想通りの返答にオスカーは声を上げて笑った。

「冗談だ。綺麗なだけの女は嫌いじゃないが、興味はないな」

あっさりとした言葉はむしろ辛辣なほどだ。普段の主人からすると珍しい物言いに、ラザルは安堵を通り越して表情を曇らせる。

「ひどいこと仰いますね。殿下はあの方をお気に召されてるかと思ったんですが」

「面白いとは思うが、まだよくわからんしな。それにどうせ向こうも俺を見てないさ」

「そうなんですか？」

「そう」

そんなことは彼女の目を見ればわかる。オスカーは興味がなさそうにそこで話を打ち切ると、お茶のカップを片手に次の書類を手に取った。


ティナーシャは一旦白室に戻って解析を進めると、きりのいいところで魔法士たちのいる研究室を訪れた。そろそろラザルがティナーシャの調査を連絡してくれた頃だと思ったのだ。

案の定部屋を覗くと、宮廷魔法士長であるクムが彼女を出迎えてくれた。高い実力で知られる彼は、艶《つや》やかな頭を撫《な》でつけて彼女に一礼する。

「お手数をおかけして申し訳ありません」

「いえ、こちらこそ出すぎたことを申し出まして。お許しください」

「よ、よろしくお願いします！　リタといいます！」

クムの隣で若い女が勢いよく頭を下げた。名前からして彼女が検死を担当した魔法士だろう。リタはおどおどした笑みをティナーシャに向ける。その間にクムが奥から三つの小瓶を持ってきた。

「採取したのは血と胃の内容物と皮膚です」

差し出されたそれらをティナーシャは何の抵抗もなく手にする。かつては女王として自ら戦線に立ったこともあるのだ。凄惨な人の死にも幾度となく立ち会ってきたし、彼女自身その魔法で人を殺したこともある。それが暗黒時代に玉座に在った者の生き方だ。

魔法士たちが注視する中、ティナーシャは全ての小瓶の蓋を開けると詠唱し始める。複雑な構成が次々瓶の中へと注がれていく光景に周囲は息をのんだ。

トゥルダールから来た美しい魔法士は、詠唱が終わると半眼で三つの小瓶を見ていたが、不意に顔を上げるとリタに尋ねた。

「死体の様子はどうだったんですか？」

「え、あ、あの……吐血して、目は見開いて充血が確認できました。全部の爪には自分の体をかきむしったらしく皮膚と血が入っていましたし、喉や胸元には爪痕がありました」

その答えに、ティナーシャは重ねて問う。

「頭は見ました？」

「あ、頭？」

「頭皮です。死後すぐにですが、見ました？」

「い、いえ、見てません……」

びくびくと答えるリタに代わってクムが問いを返した。

「何かお気づきのことがおありでしたか？」

「多分魔法薬による毒殺ですね。かなり古い種類の魔法薬ですが、一つ心当たりがあります」

「……それは」

魔法士たちに緊張が走る。カルラの死は魔法薬が検出されなかったからこそ、原因不明の死とされたのだ。もしそれが魔法薬のせいならば話は大分変わってくる。

ティナーシャは苦笑しながら一同を見回すと、三つの小瓶に蓋をした。

「ちょっとこれらをお借りしていいですか？　魔法薬の痕跡を抽出して製作者を割り出します」

「製作者を割り出す!?　そんなことできるんですか！」

「あれ、この技術絶えてるんですか？」

「初めて聞きました……」

呆然としたクムや他の魔法士の反応を見て、ティナーシャは無言になる。

目覚めてからここまで、四百年間の空白を埋めるために必死で勉強しているのだが、それでも書物に記されていないことは多い。

魔法薬の製作者を割り出す魔法は難解な構成のため、かつてはトゥルダールでもほんの数人しか使えなかったが、四百年も経《た》てば改良されて広まっているだろうと思った。だがどうやら現実はその逆であったらしい。ティナーシャは、集中する視線を前に頭痛を堪《こら》えた。

別に昔の人間であることを隠し通さねばならないわけではないが、進んで明らかにしても正気を疑われるだけだ。ティナーシャはにっこり笑う。

「私の特技なんですよ」

「そ、それはあなたが編み出した構成ということですか」

「違うんですけど、構成の詳細についてはまた今度で。今は調査しちゃいますね。持ち出しは大丈夫ですか？」

「え、あ……大丈夫です。よろしくお願いいたします」

ティナーシャは平常心を心がけながら小瓶を懐にしまう。クムはそんな彼女にまだ何か聞きたそうな顔をしていたが、諦めたのか軽くかぶりを振ってリタに命じた。

「ちょうどいいから噂になっている窓もご案内しなさい」

「え……私がですか……幽霊が出るのに……？」

代わりを探して部屋の中を見回すリタに、ドアンが小さく手を挙げる。

「窓の調査はしなきゃ駄目だろ。殿下からそう指示されてる。俺も一緒に行くよ」

「一緒にって私もってことじゃ……」

「当たり前だろ」

魔法士たちのやりとりに、ティナーシャはそっと口を挟む。

「あの、場所を教えてくだされば一人で行きますよ。お仕事もあるでしょうし」

「これが仕事なのでお気になさらないでください。リタ、行きなさい」

「はい……」

重ねてのクムの命令に、リタはうなだれて返事をする。

名乗り出たドアンが先頭に立って、三人は昼の城内を歩き始めた。長い廊下を行きながらリタがおそるおそるティナーシャに尋ねる。

「ほ、本当に製作者を割り出したりできるんですか？　というか魔法薬の形跡があったんでしょうか。私たちには見つけられなかったんですが……」

「見つけられないのは仕方ないです。予備知識がなければわからない類のものですから。元々痕跡の残らない魔法薬って何種類か存在してるんですよ。最初からそれらを疑ってかかれば、ある程度得られるものはあります。——マセイラって知ってます？」

「え、え」

言葉に詰まるリタの代わりに、前を行くドアンが返す。

「私は存じあげません。それが犯行に使われた魔法薬ですか？」

「おそらくそうじゃないかと。もうちょっとちゃんと調べないと確定できませんけどね」

ティナーシャは細い肩を竦める。そうしているうちに三人は幽霊が見えるという三階の廊下に到着した。嫌な仕事は早く終わらせたいのか、リタが駆けだす。

「ど、どの窓なんでしょうね」

彼女は小走りに一つ一つの窓に触れていく。その後をティナーシャとドアンがのんびり歩いて調べていった。長い廊下に並んでいる窓は約百枚。その全てをドアンが見てしまうのに三十分ほどかかる。彼は軽い疲労に溜息をついてティナーシャを振り返った。

「特に何もないようですね」

「みたいですね」

「よ、夜じゃないと駄目なんじゃないですか？」

戻ってきたリタの思いつきにドアンは首を傾げる。

確かに昼間幽霊が出るという話はあまり聞かない。だがそれは「幽霊が本当にいるとしたら」だ。

信じていないドアンは面倒くささを表情に出しかけて、ティナーシャの手前それを押し隠した。

「では、夜に外と窓を見回ります。外は兵士に頼むので、中は私とリタで……」

「わ、私ですか!?　私、幽霊はちょっと……あ、お腹《なか》が。アイタタ」

冷ややかな目でリタを睨むドアンに、彼女は腹を押さえて見せる。ティナーシャが可笑《おか》しそうに笑いながら仲裁に入った。

「まぁ夜ですし、差支《さしつか》えがなければどなたか男性と代わられてもよろしいのでは」

美しい王女の言葉に、ドアンは少し考えると頷いた。どうせリタはいても大して役に立たないだろう。それならば別の人間を連れてきた方がいい。

「わかりました。ならそうさせて頂きます。何かわかりましたらご報告させて頂きます」

「よろしくお願いします」

ティナーシャはそこで二人と別れると、執務室に立ち寄ってから自室へ戻っていった。

日が変わる真夜中、ドアンは魔法士のカーヴと連れ立って問題の窓を見回っていた。

夕食後から一時間おきに見に来てはいるが、今のところおかしなところはない。窓の外を見ても時々見回りの兵士が持つ明かりが揺れているだけだ。ドアンは軽く肩を竦める。

「やっぱり噂は噂か」

「でもトゥルダールの王女は魔法薬が使われてるって言ったんだって？　製作者を割り出す構成があるなんて凄《すご》いな。教えてくれないかな……」

「それだけの技術、普通他国に漏らさないだろ」

言いながらドアンは、トゥルダール王女の姿を思い返す。恐ろしいほどの美貌と魔力を持つ女。だが彼女は現王の娘ではないのだ。ならば一体何者なのか。城の地下に眠っていた正体不明の女など、はたしてファルサスに招いてしまって本当によかったのか。

「まさか、本当は魔女だったりしないだろうな……」

大陸に現存する三人の魔女は、名前も容貌も明らかになっていない。ティナーシャがそのうちの一人だとは思いたくはないが、今のところ否定もしきれない。

ドアンは夜の窓から外を見やる。

――その時、鈍い爆発音が響き渡った。

「なんだ!?」

城の壁を伝う震動に二人は顔を見合わせる。

そして眠りの中にあったファルサス城は、慌ただしい喧噪《けんそう》の中へと叩き起こされた。


ドアンが爆発音を聞く少し前、ティナーシャは自室で眠りについていた。

広い室内は、整然として物は少ない。壁の本棚の半分ほどには種々の魔法書が並べられ、空いた場所には魔法具が置かれている。

そして窓際にある机の上には、借り出した採取物の小瓶が三本、月光の下に佇《たたず》んでいた。

部屋の奥にある寝台は、天蓋から紗布が垂らされた作りのものだ。それはオスカーが、トゥルダール城の地下にあった寝台に近いものを用意させたからで、今はそこから部屋の主人の寝息が微《かす》かに聞こえていた。

月光が差しこむ窓。換気のため薄く開けられたそこが、外からそっと押し開かれる。

そうして足音を殺して入ってきたのは、一人の侵入者だ。

侵入者は寝台を見やってティナーシャが眠っていることを確認すると、机から小瓶を手に取る。月光にその中身をかざして確かめた侵入者は、ほっと息をついた。小瓶を懐にしまうと、開けたままの窓に手をかける。

しかしそこから一歩踏み出そうとした瞬間、窓には通行不可の結界が張られた。

同時に部屋に魔法の明かりが灯《とも》る。

「わかりやすいなぁ。もうちょっと捻った方がいいですよ」

呆れたような女の声。

侵入者が驚愕して寝台を振り返ると、眠っていたはずのティナーシャが足を組んで座っていた。

紗布を白い手でかき上げた彼女は、唇だけで薄く笑う。

「何か言いたいことがあるなら聞きますよ？」

首をあどけなく傾げたティナーシャの眼には、氷のような冷たさが湛《たた》えられている。

そしてその傍にはいつの間にか一人の女が立っていた。

武官であるメレディナは、剣を抜いて侵入者を見据える。

「魔法士リタ、どういうことだか説明してもらおう」

メレディナは切っ先を侵入者に向けながら、そう言い放った。

※

「魔法士たちの中に犯人がいる？」

「おそらく」

自室に戻る前、執務室に寄って一通りを話したティナーシャは、オスカーの言葉をさらりと肯定した。彼女は白い指で自分のこめかみをつつく。

「殺害に使われたのはマセイラという魔法薬だと思います。こっちこそとっくに絶えてると思ったんですがびっくりです」

「こっちこそってなんだ」

「この薬、四百年前にトゥルダールで使われた前科があるんですよ。当時これを使った連続殺人が起きましてね、症状は大体今回の被害者と同じです。で、実は死後すぐに頭皮に黒い斑点が浮かび上がるんですが頭髪があるんで気づかないんですね。なおかつこの薬は、死体にある術をかけると体内の痕跡が消せるんです」

「そんなものがあるのか！」

宮廷魔法士たちからも聞いたことのない話に、オスカーは目を丸くする。ティナーシャはそんな彼に微苦笑した。

「ありますよ。ただその代わり消すためにかけた構成の方はわずかに残ってしまいます。痕跡の上書きみたいなものですね。けど残る構成の方は微細ですし、人を害するようなものではないので見過ごされちゃうんです。狡猾《こうかつ》なやり口ですよ」

「魔法で上書きできるってことは、城の魔法士の誰かがそれをしたってことか」

「そうなります」

オスカーは椅子の背もたれに寄りかかると嘆息する。これはティナーシャがいなければ単なる不審死で終わっていたに違いない。青い顔のラザルが口を挟んだ。

「だ、誰がそんなことをしたんでしょう」

「大体目星はついてますけど、すぐにわかると思いますよ。さっき魔法士たちの前で『魔法薬の製作者を割り出せる』って言ってきましたから。私を殺すか採取物を取り返すかしにくるでしょう」

にっこり笑うティナーシャに、ラザルはぽかんと口を開けた。オスカーが深い溜息をつく。

「お前は馬鹿か……」

「なんでですか！」

「信じて送り出したらこれだ。駄目元を通り越して駄目にもほどがある」

「本人を前にそこまで!?」

ティナーシャは心外、といった顔で叫ぶが、駄目は事実なのでどうしようもない。オスカーは延々と叱りつけたい気持ちをかろうじて飲みこむ。

「やってしまったことは仕方がない。犯人が来るなら今夜だろうから、誰かと入れ替わらせよう」

「入れ替わりは無理ですよ。私の魔力って独特ですし。魔法士相手にはばれます」

「護衛をつける！　これは決定事項だ！」

「はーい」

叱責混じりの彼の言葉に、ティナーシャはぴんと背筋を正して返す。人を食ったその様子からして実は叱られ慣れているのかもしれない。たちの悪い子供と同じだ。

内心舌を出していそうな彼女を見上げて、オスカーは力なく頬杖をついた。ふと疑問が口をつく。

「というかお前、製作者が割り出せるならそのまま捕まえればいいだろうが」

「あ、それ無理です。薬の方の痕跡は残ってなかったので。代わりに罠をかけてきただけです」

「お前……」

——摑めない女だとは思ったが、予想以上にいい性格をしている。

どういう育ち方をすればこの年齢でこうなってしまうのか。振り回されるばかりの予感しかしない。オスカーは彼女のことを考えかけている自分に気づくと顔を顰めた。

「油断するなよ、相手は宮廷魔法士だ」

付け足しのような忠告に、ティナーシャは闇色の目を瞠ると、柔らかく微笑む。

「ご安心を。私はトゥルダールの王位継承者です」

※

「な、何を……」

メレディナに剣を向けられたリタは、蒼白《そうはく》な顔で二人の女を見返した。手の中の小瓶を一瞥《いちべつ》する。

――罠だったのだ。見え透いた手にかかってしまった。

普段であれば「魔法薬の製作者を割り出せる」などという話に踊らされなかったはずだ。ただ相手がトゥルダール王族だということに惑わされた。

リタは歯噛《はが》みしたが、今更後悔している時間はない。彼女は顔を上げると小瓶をメレディナに向かって投げつけた。詠唱を叫ぶ。

「形あるものよ、焼け落ちろ！」

巻き起こる火炎の渦が二人へ向かう。

小瓶を受け止めようと手を伸ばしかけたメレディナは、慌てて隣のティナーシャを抱きしめて庇《かば》った。しかし炎は二人に達する直前で見えない壁に遮られる。

リタはその間に身を翻すと、窓に向けて破砕の魔法を放った。張られていた結界もろとも窓硝子が吹き飛ぶ。彼女はそこから空中へと飛び出した。粉々になった硝子の破片が火の赤さを受けて煌《きらめ》く。その中を、リタは浮遊の魔法を操りながら上昇していった。

「っ、失敗した……！」

宮廷魔法士として潜りこむまでにはかなりの苦労をしたのだ。だがそれもささいな失敗の積み重ねで台無しだ。今はとにかく逃げるしかない。

リタは国境外を設定し、転移構成を組む。

だがその時、目前に一人の女が音もなく転移してきた。

長い黒髪を夜風に委ねて微笑む彼女は、血のように紅《あか》い唇を開く。

「殺すつもりはないので投降してください」

白い右手がリタに向かって伸ばされる。そこに尋常ではない魔力が集まっていくのを見て、彼女は息をのんだ。

――格が違い過ぎる。常識が通用する相手ではない。

リタは逃げられないことを悟って転移詠唱を中断する。そして、代わりに叫んだ。

「我が呼び声に応えて黒き竜よ、出《い》でよ！」

強風が渦巻く。ティナーシャは舞い乱れる髪を押さえた。

リタが残酷な笑いを上げる。

次の瞬間ファルサス城の上空には、三頭の巨大な黒いドラゴンが出現していた。

月光を全て吸いこんでしまうような漆黒のドラゴンは、空中に異様な姿を曝《さら》している。

低い唸《うな》り声に似た音は、彼らの喉を空気が滑る音だ。

ティナーシャは三体のドラゴンとリタに囲まれ、空中で細い肩を竦めた。

「邪竜《じゃりゅう》とか久しぶりに見ました。ひょっとして貴女はモルカドの流れを継いでるんですか？」

「彼は我らが偉大なる始祖よ」

「猟奇殺人者じゃないですか……」

今回の殺害に使われたマセイラを使って、かつてティナーシャの治世に連続殺人を起こしたのが他でもない狂魔法士モルカドだ。彼は当時いくつもの禁忌を犯して告発されたが、その一つが邪竜との契約だった。邪竜は他の種類のドラゴンと違い、徒《いたずら》に人を食らい殺戮《さつりく》を好む種族として、トゥルダールでは召喚が禁止されていたのだ。にもかかわらず彼はその邪竜を使い、一つの村を襲撃した。それが女王の逆鱗《げきりん》に触れ、彼はティナーシャの手によって捕らえられたのだ。

しかし処刑を目前にしたある日、モルカドは十二人の魔法士を殺して脱獄してしまった。ティナーシャは手を尽くして彼を追わせたが、モルカドが国外へ逃亡し、更にまもなくタァイーリとの戦争に突入してしまうと、国の混乱もあいまって彼の足取りを摑めなくなった。

ティナーシャとしてはどこかで野たれ死んでいることを期待していたのだが、その血脈と技術は四百年後まで受け継がれていたようだ。ティナーシャは心底嫌そうな顔でリタを眺めた。

「とりあえずもう一度だけ言い直しますけど、生け捕りしたいので投降してください」

「……よく暢気《のんき》なことを言ってられるわね。状況がわかっていないの？」

「いや、視力は普通なんでわかりますよ」

「――ティナーシャ！」

夜を切り裂く怒声に、ティナーシャはびくりと全身を震わせる。

彼女の名を呼び捨てる声は、リタのものではない。二人の真下から響くものだ。

ティナーシャは恐る恐る下を見やり……露台に立っている男を見つける。この国の王太子である青年は、強い威を込めた目で彼女を睨んだ。

「何をやってる！　降りてこい！」

「げ……」

どうやら先程窓を破られた音は、彼のところにまで届いてしまったらしい。それとも部屋に置いてきたメレディナが彼を呼びに行ったか……どちらにせよ、今はまだ彼女が支配する領域だ。魔法士同士の戦いにおいては、この場にティナーシャ以上の適役はいない。

彼女は眼下のオスカーに言う。

「大丈夫ですよ！　真下は危ないから中入っててください！　すぐに片づけますから！」

「そんなわけいくか！　いいから降りてこい！」

即座に叱られてティナーシャは肩を竦める。そもそもどうして犯人のリタではなく自分の方が怒られるのか。ティナーシャは一瞬の釈然としなさを覚えて……彼の命令を無視することに決めた。ひらひらと笑って眼下に手を振ると、リタに向き直る。

「あの女……！」

露台にいるオスカーは、降りてこないティナーシャに顔を引きつらせた。

後ろに控えるメレディナは既に蒼白な顔色だ。護衛を命じられた相手があの状態では無理もない。悪いのは明らかにティナーシャの方だ。空には巨大なドラゴンが三体もいるというのに、一人でどうするつもりなのか。

オスカーは魔法士を呼ぼうと振り返りかけて、あることを思い出した。思いついた名を呼ぶ。

「ナーク、来い」

主人に呼ばれて、露台に小さなドラゴンが現れた。赤いドラゴンは嬉しそうな鳴き声をあげる。

「大きくなれるか？」

オスカーの問いにナークは首を垂れると、小さな翼をはばたかせた。そうしてドラゴンは露台から離れると見る間にその姿を変じた。夜空に浮かぶ黒竜と同じ大きさになる。

それに気づいたらしいティナーシャは、初めてぎょっと顔色を変える。

「ナーク、駄目！　来させないでください！」

「俺が主人なら俺の言うことを聞け！」

「駄目ったら駄目！　そこにいなさい！」

ナークは二人の相反する命令に首をきょろきょろと動かしたが、やはり今の主人の言うことを優先することにしたらしい。彼を背に乗せるとゆっくり旋回しながら上昇し始める。

「う、裏切り者……」

愕然《がくぜん》と細い肩を震わせるティナーシャにリタは嘲りの声を上げる。

「バカバカしい。けど、ちょうどいいわ。計画とは違ったけど、トゥルダールの王族とアカーシアの剣士を葬れるなら重畳よ！　ここで死になさい！」

リタの手の中から、夜を退ける閃光《せんこう》が走る。

同時に二体の邪竜がティナーシャの左右からその爪を伸ばした。

三方向からの苛烈な攻撃。――だがそれらは一つもティナーシャに達することはなかった。

闇を切り裂く閃光が、前触れもなくふっと消《き》え失《う》せる。

同時に二体の邪竜は、針で縫い留められたように空中で動かなくなった。

何の詠唱もなくそれを為したティナーシャは、軽く首を傾げた。

「どうして今逃げなかったんです？　邪竜を囮《おとり》にして逃げ出すのが貴女の取れる最善手でしたけど」

「な、何を……」

「だって本当のことですし」

ティナーシャは腕を広げると、そこに一つの構成を組む。歌うような詠唱が続いた。

「我が呼ぶは根源なる息。生と死を分かつ雫《しずく》。息を拒みしものはまた生も拒みしものなり」

夜空に広がっていく構成は、緻密に描かれた地図のようだ。

魔力の強大さよりも、その構成の深奥にリタは絶句する。

ティナーシャは白い指を宙に走らせた。

「――破砕せよ」

その一言で、左右の竜は粉々に弾け飛ぶ。

どす黒い血と肉片がばらばらと地に落ちていくのを、リタは信じられない思いで見つめた。

「あなた……何者？　まさか魔女？」

「違いますよ一応。似たようなものですけど」

オスカーの様子を振り返っていたティナーシャは軽く指を鳴らすと、酷薄な微笑を見せた。

「さ、貴女も来たらどうです？　もっとも貴女の言う偉大な始祖――モルカドは、私に傷一つつけられませんでしたけど」

それは詠唱よりも澄んで響く強者の宣告だった。


三体いた黒いドラゴンのうち、残りの一体は夜空を旋回すると、ナークの方へ向かってきた。深く息を吸ったかと思うと、赤い炎熱をオスカー目がけて吐き出す。

だがその炎は、同様にナークが吐いた白い炎によって相殺された。

二つの炎の衝突に、夜の城が真昼よりも明るく照らし出される。渦巻く熱風に彼の肌はちりちりと痛んだ。オスカーは腕で目を庇いながら、ドラゴンに命じる。

「ナーク、相手の左側ぎりぎりを飛べるか？」

主人の命令に、赤いドラゴンは体を斜めにした。向かってくる邪竜の左をすり抜ける。

邪竜はそれを追って素早く転回しようと翼をはばたかせ——だが次の瞬間、激痛に咆哮《ほうこう》した。

鋭い爪を持つ腕が、夜の庭へと落ちていく。

それを為したのは、ナークの背から飛び移ってきたオスカーだ。恐ろしい膂力《りょりょく》と王剣を以て邪竜の腕を切断した男は、暴れ狂う邪竜の背の上で体勢を整えた。再び黒い背を蹴ると、王剣を振り上げる。

「そろそろ静かにしろ。人の城で騒ぎ過ぎだ」

痛みに怒り狂いながら、邪竜は炎を吐こうと息を吸いこむ。

そしてその姿勢のまま——首を切断され絶命した。


オスカーはアカーシアを鞘に戻すと、ゆっくりと落ち始める邪竜の背から、旋回してきたナークの背へと飛び移る。

「よくやった、ナーク」

ぽんぽん、と背を叩いて労うと、ドラゴンは嬉しそうな声を上げる。その声に笑ってオスカーがティナーシャの方を見ると、既にそこに邪竜はいない。言うだけの力はあったのだろう。宙に立つ彼女の前にはリタが浮いており、既に気を失っているようだ。

ティナーシャは彼と目が合うと、愛らしく微笑む。

「ドラゴンを単身撃破なさるとはさすがです」

「いいから地上に降りろ」

「それお互い様だと思うんですけど……」

ティナーシャはふわりと露台に降下していく。そこには既に何人かの武官や魔法士が駆けつけてきており、彼らは気絶したリタを委ねられるとあわただしく事後処理に動き出した。同じく露台に戻ったオスカーの肩に、小さくなったナークがとまる。彼はナークの頭をなでながらティナーシャに冷ややかな目を向けた。

「お前には護衛じゃなく見張りの方が必要みたいだな」

「庭の掃除は手伝います。ドラゴンの破片ばらまいちゃいましたし」

「そういう問題じゃない」

二人の間に漂う微妙な空気に、肩の上のナークはおろおろと顔を左右に向ける。

ともあれ、こうして女官の怪死事件は力でねじ伏せられたのだ。

※

「何ていうか……すごい方ですね」

翌日の執務室、地上から竜との戦いを見ていたドアンは、事後処理の報告に来るとそんな感想を洩らした。ペンを手にしたオスカーはこめかみを押さえる。

「まったくどういう女だ。危険人物にも程がある。トゥルダールの王族ってのは皆あんなのか？」

「別格だと思います」

話題になっている当の本人はここにはいない。この時間ならば自室で解析をしているはずだ。

昨晩の一件について、父王などは話を聞いて目を丸くしたが、大らかに「すごいねぇ」と笑っただけだ。どう考えても「すごい」で済ませられるような話ではなかったのだが、解呪のために来た客とあって皆彼女に甘い。

「で、犯人は何か吐いたのか？」

「黙秘してます」

「ティナーシャも、あの女が窓に細工をするところを見たなら先に言えというんだ」

「……私も気づかず申し訳ありません」

リタが拘置された後に聞いたところ、三人で窓を見に行った際、リタは小走りで窓を触りながら、窓にかけられていた魔法を解いていたのだという。おそらく魔法によって光の屈折をいじり、そこを通して外を見ると人影が浮き出るようにしてあったのではないか、とティナーシャは言った。

ドアンなどは魔法を解いたことにも気づかなかったのに、ただ驚くばかりだ。リタを夜の見回りから外すよう口を挟んだのも、そうすれば自分のところに来ると見込んでのことだったらしい。

リタ自身も魔法薬の製作者が割り出せるという話に半信半疑だったようだが、ティナーシャが魔法薬の名前を言い当てたことで動かざるを得なくなったのだ。

　報告書に署名をもらうと、ドアンは息をつく。

「結局何が動機だったんでしょね。死んだ女官に私怨でもあったんでしょうか」

「最初に女官が目撃した『幽霊』が原因じゃないか？」

「というと……」

「おそらく目撃された幽霊はリタの仲間か何かだったんだろう。で、見られてはいけない人間だった。それが目撃されたことを知ったリタは、女官を殺してそれを幽霊騒ぎに仕立て上げて煙に巻こうとしたんじゃないか？　まぁ規格外の女がいたことで全て無駄になったわけだが」

「見られてはいけない仲間ですか」

「リタは『トゥルダールの王族とアカーシアの剣士を殺せるならちょうどいい』と言ったそうだ。きな臭いがどこから来たのか特定はできないな」

　面倒くさそうに頭を押さえるオスカーをドアンは見やる。

　こちらにもドラゴンがいたとはいえ、一人で邪竜を殺したオスカーも充分規格外だとは思うのだが、本人には自覚がないらしい。ただティナーシャの独断専行を罵るばかりだ。日頃の彼の抜け出し癖を知っているドアンは「結構似た者同士ではないのだろうか……」と思ったが、口に出したらまず不興を買う。普段ならそれくらいで不快な顔をしないオスカーだが、彼女が関わってくるとどうも様子が怪しそうだ。

　ドアンは書類を小脇に抱えると一礼した。

「では、怪しい人影についても調査を続けますので」

「頼む」

オスカーはそれだけ言うと、何かを思い出したのかまた苦い顔で頬杖をついた。

※

午前中に魔法で庭の掃除を手伝ったティナーシャは、一旦部屋に引き上げるとミラを呼んだ。現れた赤い髪の少女は、床に跪《ひざまず》くと首を傾げる。

「ティナーシャ様、何の御用？」

「モルカドを覚えてます？　四百年前にトゥルダールにいた奴《やつ》」

在位時にティナーシャが使役していた精霊は十二体全部だ。だが今はミラ一人だけで……ただ彼女はモルカドの事件の際、ティナーシャの傍にいたはずだ。

ミラは人間くさい仕草で首を捻る。

「うーん……あ、あー、あの変態！　思い出しましたよ！」

「あいつがどこに逃げてその後どうなったか、調べて欲しいんです」

「かしこまりました。でも何で？」

精霊の問いを受けて、ティナーシャは微笑した。それは見る者を屈服させ、従える王者の微笑だ。

「モルカドの系譜を受け継ぐ刺客が現れました。ひょっとしたら他の禁呪についても伝わっているかもしれません。邪竜を使役しているところがあったら、どこだか教えてください」

「御意です。あ、でもティナーシャ様、一人になって平気ですか？」

「大丈夫ですよ。平和な時代ぽいですし。というか私の治世だった頃も含めて暗黒時代とか言われててびっくりです。確かにひどい時代でしたけど」

「今が戦時中じゃなくてよかったですねー。けどティナーシャ様、どんな人間がいるかわからないから一人の時は注意してくださいね。いくらお強いって言っても典型的な魔法士なんですから。相手が腕の立つ剣士とかだったら怪我《けが》しちゃいますよ！」

「あー……」

確かにティナーシャは近接戦闘がほとんどできない。子供だった頃はオスカーに剣を習っていたが、即位してからはあわただしくて稽古もろくにできなかったのだ。

ティナーシャは過去の戦闘をいくつか振り返って苦笑する。

「わかりました。大量に出血した場合、貴女に自動的に知らせが行くようにしておきます」

「できれば大量出血する前に呼んでください」

ミラは呆れたようにそう言うとふっと姿を消す。

彼女は優秀だ。時間はかかっても結果を持ってきてくれるはずだ。

ティナーシャはひとまず安心すると寝台に戻った。息を吐きながら仰向けに倒れこむ。

一つが片付くと別のことが気にかかるのは、生きている限り仕方のないことだろう。彼女は物憂げに長い睫毛を揺らした。

「それにしても……嫌われちゃったかな……」

※

尋問を受けていたリタは五日後に看守の隙を見て自殺した。

これによっていたのかもしれないリタの仲間が誰であったのか、また彼女の真の目的は何だったのかは、当分の間、闇に消えることになったのだ。

3．硝子の羽化

「……っ！」

眠りの中から少女は飛び起きる。

辺りを見回すとまだ部屋は暗い。真夜中なのだろう。びっしょりと汗をかいた額を手で拭う。

そうしていると大きな手が隣から伸びてきて、彼女の頭を撫でた。

「どうした、嫌な夢でも見たか？」

「……オスカー」

そこにいるのは、ある日突然彼女を訪ねてきた男だ。四百年先の未来から飛ばされてきたという男。共に暮らしているはずなのに、ずいぶん久しぶりに彼を見た気がして、ティナーシャは喉を詰まらせた。まだ大人になりきっていない自分の細い体を見下ろす。

「嫌な夢……見たかも。貴方がいなくなる夢……」

「なんだそれは。ちゃんといるぞ」

「うん……」

彼はちゃんと傍にいる。そのはずだ。

けれど、無性に不安なのはどうしてなのだろう。おぼろげな夢の残滓《ざんし》から抜け出せないティナーシャに、オスカーは穏やかな笑顔を見せる。

「大丈夫だ。ついているからもう少し眠ればいい」

「オスカー……」

彼の手が少女を手招く。その手に応えてティナーシャは再び横になった。夢の中でも彼を見失わないように、その腕の中で目を閉じる。

「そばにいてね。眠ってる間にどこかに行かないで」

「ここにいるから安心しろ」

ぽん、と背中を叩く手。心臓の鼓動に似たその音に再び睡魔が押し寄せてくる。眠りたくないと、眠ってしまえばまた「彼のいない現実」に戻るのだとわかっているのに耐えられない。

あらがえない重みに瞼を閉じる少女に、男は子守唄のように囁いた。

「何があっても守ってやる」


――彼は、確かにその約束を守った。

だからティナーシャは今日も、一人の寝台で目を覚ますのだ。

※

城の窓から見える街の光は美しかった。

夜の黒青が空を染める時間、ティナーシャはその景色をいくらかの寂漠を以て眺める。

彼女が見ているのはファルサスの城都ではない。自国であるトゥルダールの景色だ。もっとも国が変われども夜の姿はさほど変わらない。ファルサスと違うのは街角に様々な色の魔法の灯が揺れていることくらいだ。

ティナーシャはふと思いついて両手をそっと合わせる。そしてその中に軽く息を吹きこんだ。手を広げると、金色の光の飛沫《ひまつ》が溢れ出してくる。それはたちまち開かれたままの窓から夜の空へと流れて行った。

憧憬の目でその流れを追うティナーシャに、背後から若い男の声がかかる。

「何をなさっているんです？」

「街の灯が綺麗なので、少し彩りを足そうかと思いまして」

振り返ったティナーシャは、そこに一人の青年を見る。

トゥルダールの王子であるレジスは、淡い金髪に高貴さを感じさせる柔和な顔立ちだ。そのこと自体が力でなく血筋で王位を継ぐようになったトゥルダールの変化を思わせて、ティナーシャは不思議な気分になる。

じっと自分を見てくる女に、レジスは微笑した。

「どうかしましたか？　僕の顔に何か？」

「何も。ただ色々変わったものだと思いまして」

解析のためトゥルダールに資料を取りに来たティナーシャは、それを探すのに時間をとられ、結局城に泊まることを勧められたのだ。

せっかくだからと城内をあちこち見て回っていたのだが、いくら歴史ある城とは言え四百年も経てば変わったものも多い。

そのうちの一つが、彼女が子供時代を過ごした離宮で、そこは既に取り壊され王宮の一部として建て直されていた。そのことを聞いたティナーシャは形にならぬ喪失感を覚える。

じんわりと胸に広がる痛みは、幼い時間のほとんどを過ごした場所がなくなったせいではない。

――あそこには「彼」と暮らした短い記憶があるからだ。

もちろんファルサスに戻れば彼は確かに存在する。だがそれとは別に、当時の思い出はやはり彼女にとって特別なものだった。

「……あの人を知っているのは、もう私とナークだけ……」

ティナーシャは潤みそうになる目を閉じる。

四百年前に突然現れた彼と過ごした日々。ささやかな時間は、おそらくティナーシャを助けるために彼に与えられた猶予だったのだろう。だからもし、ティナーシャが彼と共にトゥルダールを離れていたら、彼はもっと早くあの時間から消えてしまったはずだ。

そうならずに決定的な悲劇に直面するまで一緒にいられたのは、幸運だったのか違うのか。

彼を失った後、ぼろぼろの体で部屋に帰り、そこでナークを見つけて大泣きした時のことをティナーシャは思い出す。魔法球の使用者ではなかったナークは、主人であるオスカーから離れていたがために消失を免れた。——オスカーが、一人になる彼女へナークを残してくれたのだ。

彼が四百年後から連れてきたドラゴン。失われた物語を唯一見てきた存在。だがナークは何も語らない。それでいいのだと思う。

遠い時代に思いを馳《は》せていたティナーシャは、今いる場所を思い出すと笑顔を作り直す。

「時代が違うって不思議なものですね。ミラとも話しましたけど、今ではあの当時のことを暗黒時代とか呼ぶそうですし」

「戦乱がひどい時代だったからそんな名がついたのでしょうね。幸いトゥルダールは戦火に焼かれずに今に至りますが。貴女のおかげです」

「たった五年の在位しかない王を買いかぶり過ぎですよ」

「ですが現に貴女は魔法の眠りで四百年の時を越えていらっしゃる。理論上は可能でも、それを現実にできる魔法士は歴史上片手の指で足るほどしかいません」

「やろうと思う人間がまずいなかったんでしょう。こういうものは確固たる目的がなければ迷子になるだけです」

ティナーシャは言いながら、内心自嘲する。

確固たる目的とは何か——自分にそれほどのものがあったというのか。

あったのはただ、「彼」への想いだけだ。

四百年前のあの夜、消えてしまった「彼」の手をどれほど摑んでいたかったか。あの手に届くために、自分は四百年を越えることを選んだのだ。

こんな自分にまた王位が回ってくるとはどういう因果か。ティナーシャは複雑な感慨をもってレジスを見返した。気になっていたことを率直に切り出す。

「失礼ですが、貴方は私が現れたせいで王位継承順位が変わってしまったことに何の不満もお持ちでないのですか？」

本来であれば他に兄弟もいないレジスが次の王になるはずだったのだ。彼自身、生まれた時からその心構えのもとに生きてきただろう。それをいきなりティナーシャが横から攫《さら》っていってしまうことに対し、彼はどう考えているのか。

レジスは一瞬目を丸くすると、柔らかく微笑む。

「もともと王位にそう興味はありませんでしたし、精霊がトゥルダール王の象徴ならそれを継承できる方が王となるのは当然でしょう」

「そう……ですか」

「ましてや貴女ですからね。文句はありません。もし王位のことで気になさっているようでしたら、代わりに僕に興味を持って頂きたいですね」

あけすけな言葉は、彼女に必要以上の気遣いをさせないためのものだ。ティナーシャはそれを察して微苦笑する。

――こんな遠くにまで来た自分が異質な存在だという自覚はある。そんなことははなから承知のことだ。自分はオスカーに愛されるために来たわけではない。彼の役に立つために来たのだ。自分は失われた彼の妻にはなれない。その代わり、できることをしよう。

ティナーシャは遠い時を思って微笑む。

少し悲しげな美しいその表情は、子供のように不安げだった。

※

間近に控えたアイテア祝祭の書類を纏《まと》めながら、オスカーは凝った肩を叩いた。

たまには外で体を動かしたいが、少し前に叔父である宰相が亡くなってその仕事を継いだため、今は特に忙しい。元々父王は書類仕事が好きではなく、これ幸いと彼に仕事を押しつけてくる。これも勉強だとは思うが、たまに腹立たしくもなるというものだ。

ましてや今は、苛立ちの種とも言える人間がファルサスにはいる。

彼がトゥルダールから連れ帰った美しい王女は、最近はほとんど彼と顔を合わせないように行動しているようだ。先日の邪竜の一件で彼の不興を買ったのが原因らしい。

摑みどころがない彼女と接するのも苛々《いらいら》するが、避けられているのもそれはそれで腹が立った。昨日などは本を取りに行くと言ってトゥルダールに帰ってしまったくらいだ。

「俺に会いたくないなら、そのままトゥルダールにいればいいんだ」

思わずそう呟いたオスカーは、自分の言葉を聞いて顔を顰める。

ティナーシャに言いたいことは山ほどあるが、立場上彼女に強く出られないのもまた事実だ。魔女の呪いに対抗できる可能性は、今のところ彼女しかいない。

せめてもう少し彼女のことがわかれば、許容できるのかもしれない。だが彼女自身が自分の手札を明かそうとしないのだ。

オスカーはあの闇色の瞳を思い出す。

夢の中で出会うような美しい目。人に見えないものを見ているような……彼を苛立たせる瞳だ。

何故彼女の目が自分を苛立たせるのか、オスカーは薄々勘付いていたがそれをあえて意識しないように努めていた。それは踏みこまなくてもいい領域だ。特に、彼女は隣国の女王になる人間なのだから、一線を置くぐらいがちょうどいい。

その時、扉が叩かれラザルが顔を出す。

「殿下、今よろしいですか」

「どうした？」

「城都南区にある店屋の商人から陳情が入りまして、道に何者かが動物の血を撒《ま》いたみたいなんです。祝祭が近いということで一応見回りも強化して欲しいということでして」

「またおかしな話が来たな。他国の人間の出入りもある時期だから、調査も入れとけ。単なる悪戯《いたずら》ならいいが、そうでないなら面倒だしな」

「い、悪戯以外の理由で動物の血を撒いたりするものなんですか」

「さあ？　嫌がらせとかか？」

適当に口にした言葉に、ラザルはまるで自分が嫌がらせをされたような顔で執務室を出ていく。

オスカーは一人になると机に頬杖をついた。

「……魔法士にも調査をさせるか？」

とかく魔法絡みのことは、専門外にはよくわからないのだ。大きな祝祭である以上、少しでも怪しいところがあるなら手を打っておくべきだろう。

オスカーは追加の書類を書きながら、また彼女のことを思い出す。

——あの闇色の目には、他の人間にはわからないことも映るのかもしれない。

彼女が調査に加わったら、ひょっとして明るみに出ることもあるのだろうか……そんなことを考えて、だがオスカーは彼女への要請については触れないまま、書類を書き終えた。

※

トゥルダールより戻ってから一週間、ティナーシャは講義室と自室を往復する生活を送っていた。

解析は大分調子を摑めてきており、決して早くはないが着実に進んでいる。これなら予定通り半年以内で終わるかもしれない。

一方、四百年間の魔法知識の空白も、次々に消化する書物や講義で埋まりつつある。まるで一足飛びに時代を追いかけて行くような思考の旅は、ティナーシャの毎日を鮮やかに彩っていた。もしオスカーの解呪がなければ、一日中図書館にこもる毎日を過ごしていたかもしれない。

その日も魔法概論の講義を聴講していたティナーシャは、講義が終わって立ち上がりかけたところで、近くにいた女性に話しかけられた。

「あの、先日魔法薬の製作者が割り出せるって仰ってましたけど、あれ本当なのでしょうか？」

シルヴィアと名乗る金髪の女性は興味津々の様子で尋ねてくる。ティナーシャは笑って首肯した。

「本当ですよ。トゥルダールに行けば他にもできる人がいるかもしれません。構成が難しいので伝わりにくいみたいですけどね」

シルヴィアは感嘆の息をつくと、うっとりとした目で遠くを眺めた。

「わたしも一度トゥルダールに勉強に行きたいと思ってるんですけど、なかなか難しくて……。あの、お暇な時があったらでいいんですが、色々教えてくださいませんか？」

「いいですよ。私でよかったら」

快諾にシルヴィアは目を輝かせ、さっそく二、三質問をしてくる。その質問の内容から察するに、シルヴィアは独自の発想に長《た》けた魔法士のようだ。宮廷魔法士としての地力の上に柔軟な発想力が乗っていて面白い。ティナーシャは感心しながら彼女の質問に答えていった。

一通り質問してしまうと、シルヴィアは人懐こい笑顔を見せる。

「そういえばティナーシャ様、祝祭はどうお過ごしになるんですか？」

「え、祝祭って何ですか？」

間の抜けた答えに、シルヴィアが目を丸くする。

「そういえばトゥルダールは無神教の国でしたね。ファルサスでは主神のアイテア神をまつってのアイテア祝祭があるんですよ！　城都をあげてのお祭りで、城内もしばらく前から準備で皆が大忙しです！　もう本番は三日後ですから！」

「大忙し……気づかなかった……」

「あ、あと準備があるので明日から講義はなくなります」

「一人だけ出席してしまうところだった！」

そんな自分を想像すると恥ずかしくて仕方がない。顔を押さえるティナーシャに、シルヴィアは邪気のない笑顔で笑う。

「せっかくですから、街を見て回られてはどうですか？　本当はわたしがご案内できたらいいんですけど、ちょっと見回りの仕事が急に入ってしまって……」

「急に？　どなたかの代わりですか？」

「違うんです。数日前に人気のない路地裏に動物の血が撒かれて、その悪戯をした人間がまだ見つかってないんです。ただの悪戯だったらいいんですけど、用心のために魔法士もってことで」

「――禁呪がらみの可能性もあるからですか」

ティナーシャの声が一段低くなる。シルヴィアはそれに気づかず苦笑した。

「昔はそういうの多かったらしいですね。動物の血で魔法陣を穢《けが》して使うっていう邪教とか……」

「動物の血肉に大した効果はありませんよ。ただ問題視されるのは、その手の輩《やから》はやがて人間を触媒に使おうとするんです」

禁呪、と呼ばれる魔法。

それはあまねく、人を犠牲にし、人に災いをもたらすものだ。

そしてそれら禁呪は、人の命が軽かった暗黒時代には特に厭《いや》になるほど数多《あまた》の試みが為された。

だからこそトゥルダールは「禁呪の抑止者」としても存在していたのだ。

ティナーシャは闇色の両眼を細めて微笑む。

「何かあったら呼んでください。私が出ますから」

「え、そんなティナーシャ様のお手を借りなきゃいけないことなんてないですよ！　……ないはずです、多分……」

先日の殺人事件の一件を思い出したのか、シルヴィアは小さくなる。ティナーシャはそんな彼女に改めて笑いなおした。

「そうですね……祝祭には興味ありますけど、城で大人しくしてます。出かけたらまたあの人に怒られそうですし」

オスカーの苦々しい顔を思い出し、ティナーシャは首を竦める真似《まね》をする。

そして二人は同時に笑い出した。

※

祝祭の当日、オスカーは珍しくも夕方には自分の執務を終わらせていた。

おそらく祝祭が終わればまた後処理が山と積まれるだろうが、今はとりあえずの空き時間だ。

昔ならよく城を抜け出して街に遊びに行ったものだが、大人になると大した目新しさはない。大体外には出ないつもりで警備も手配していないのだ。

執務室を出たオスカーは、適当に時間を潰そうと自室に向かって歩き――ふと、途中にある露台から街を眺めている人影に気づいた。

長い黒髪が風に揺れて広がる。白い稀有《けう》な美貌を何だか久々に見た気がした。

遠くを見つめるまなざしは、初めの時から変わらない。だが今はそこに、子供のような曇りのない憧れが揺らいでいた。

まるで城に閉じこめられて育った少女が、外の世界に焦がれているような目。彼女の横顔を見ながら、オスカーはわずかに逡巡《しゅんじゅん》する。或《あ》るいは逡巡したと思ったのは気のせいだったのかもしれない。

彼は歩みを止めぬまま露台に出ると女の肩を叩いた。

「街に出たいのか？」

ティナーシャはびくっと体を震わせて彼を見上げた。驚愕の色濃い目が彼を見る。

「あ、ええと……少し出たいですけど、ここでも充分楽しいです」

「何だ出たいのか。遠慮するな。来い」

オスカーはそれだけ言うと廊下に戻って歩き出した。身長差がある男の歩調に追いつくためにティナーシャは小走りになる。

「あ、あの……」

「早く来い。はぐれたら二度と戻れなくなるぞ」

「どこに行く気ですか!?」

強引な彼の言葉に引き摺《ひず》られ、ティナーシャはあわててその後をついていった。

一年に一度の祝祭の日は、国内外のあちこちからファルサスの城都に人が集まってくる特別な日だ。この場にいる誰もが祭りの空気を楽しみ、飲み歌い、踊っている。立ち並ぶ店々の屋根から投げられる紙吹雪が、青い空によく映えていた。

空気自体が酔っているような賑《にぎ》やかさの中、まだ若い母親は幼い息子の手を引いて、城の濠《ほり》沿いを歩いていた。何度も傍らの子を確認しながら進む彼女は、けれど不意に人混みに押されてよろめく。しっかりと握っていたはずの小さな手がするりと指の間から抜け落ちた。

「あ……」

母親が小さく声を上げたにもかかわらず、自由になった子供は勇んで駆け出す。その背を見て彼女は青ざめた。早く捕まえなければと思うのだが人が多くてうまく進めない。かろうじて人波の隙間から我が子の背が見えた時、子供はちょうど濠を覗きこんでいた。

母親は息子の名前を呼ぼうと口を開く。だがその時、酔いどれで歩いていた男の足が子供にぶつかった。小さな体が濠に向かって傾く。

「……っ！」

母親が悲鳴を上げかけた瞬間、しかし子供の体は別の青年の手によって支えられていた。

彼は片手を伸ばすと子供を抱き上げる。母親はあわてて駆け寄ると子供を引き取った。

「あ、ありがとうございます！」

「気をつけろよ」

そう言って立ち去る若い男の背を見送って――彼女はその人物をどこかで見たことがあるような気がして首を傾げた。


ずんずんと先を行く男の後に続きながら、ティナーシャは彼を見上げる。

「オスカー、いいんですか？」

「仕事は片付いてるから大丈夫だろ」

平服姿に着替えた二人は雑踏の中を縫うようにして歩いていた。周りは皆お祭り気分に浮かれており、彼らに気づく人間は誰もいない。

もっとも、よく見れば男の方の素性を見抜ける者もいるだろう。この国の次期王位継承者である彼は、ティナーシャを連れてあっという間に城から抜け出してしまったのだ。

オスカーはふと立ち止まると、傍の露店から焼き菓子を買いあげる。水で溶いた粉に切った果物を混ぜて焼いたそれは、ファルサスでは祝祭の日くらいしか見ることがない。オスカーは紙に包まれたそれを女に手渡す。

「ほら、これでも食べとけ」

「……ありがとうございます」

彼女は焼き菓子を一口かじった。全体に砂糖を煮詰めた汁がかかっていて甘酸っぱい味が口の中に広がる。初めて味わう美味《おい》しさに自然に顔がほころんだ。

無垢《むく》な笑顔の彼女を、オスカーはまじまじと見やる。菓子に夢中になっていたティナーシャは、その視線に気づいて首を傾げた。

「どうかしました？　ひょっとして何かの罠でした？」

「お前を罠にかけて俺になんの見返りがあるんだ」

「日頃の憂さ晴らしとか……」

「したいのはやまやまだが、あいにくお前は隣国の王族だ」

「他国の王族で申し訳ありません。次の機会にご期待ください」

白々と答えてティナーシャはまた菓子をかじる。王族の身分を持ち、他を圧倒できる魔法士でありながら、こうしているとただの少女だ。外見と中身と力の全てが釣り合っていない。

一向に印象の定まらない相手にオスカーは自然と見入りかけて、我に返ると顔を顰める。

――彼女を城から連れ出したのは、単に他国から来ている客に城都を案内しようと思ったからだ。日頃解呪作業にかかりきりになってくれている彼女への礼と息抜きの意味もある。それ以上のことは特にない。ないはずだ。

「そろそろ行くぞ。一通り案内してやる」

オスカーは左手を彼女に差し出す。単なる社交辞令でしかないその手に、けれどティナーシャはぱっと花が開いたように笑顔になった。純粋な好意を隠さないまなざしで、いそいそとオスカーの手を取る。嬉しそうに握られる手は、彼に幾許《いくばく》かの落ち着かなさをもたらした。

けれどオスカーはそんな感情をのみこんで、彼女の歩調にあわせて歩き出す。ティナーシャは菓子を食べながら弾むようにその隣に並んだ。

この賑わいに美しい女を連れている彼は絶好の客に見えるのだろう。あちこちの露店からかかる呼び声をオスカーは適当にあしらいつつ進んでいく。髪飾りを扱った露店の前で彼は足を止めた。

「何か買ってやろうか？」

そんな風に聞いたのはただの気まぐれだ。ティナーシャは普段から魔法着を着ているばかりで身を飾ろうとするところがない。それはそれで好ましいが、たまには違う趣向を凝らしているところも見たいというのが本音だ。もっともそんな本音を口に出すと、また結婚を持ち出されそうだから絶対に言う気はない。

ささやかな好奇心に彼女は大きく目を瞠り……けれどすぐに遠慮がちにかぶりを振った。

「ありがとうございます。でも普段からお世話になってますし、こうして連れてきてくださっただけで充分です」

欲のない言葉だ。だが同時に、彼の手を取る指に力がこもったことにオスカーは気づいた。ティナーシャ自身は無意識なのだろう。彼の隣を行きながら小さく安堵の息を漏らす。

あれほどの力がある魔法士だというのに、何を心配しているのか。彼女は時々迷子のように不安げだ。そしてたちが悪いのは、自分がそうである自覚がないのだろう。何を問うても「平気だ」と笑うのだ。

オスカーは目を細めて彼女を見つめる。そんな視線に気づかず街並みを見回していたティナーシャは、不意に何かを思い出したように目を見開いた。

「あ、お願いが叶《かな》うなら、話に聞いたところを見に行ってもいいですか？」

「話に？　どこだ？」

ファルサスの城都には、人気のある名所も多い。華やかな噴水か、願いが叶うと言われる白い鐘か、オスカーは女性が喜びそうな場所をいくつか思い浮かべる。

ティナーシャは少しだけ恥ずかしそうに頬を赤らめた。

「動物の血が撒かれていたところです」

「…………」

喉元まで出かかった罵り言葉をオスカーは飲みこむ。彼は努めて平静を装うと聞き返した。

「どうしてそんなところを見に行きたいんだ」

「犯人が捕まっていなくて見回りされてるって聞いて。念のため何の痕跡もないか見たいんです」

「それはお前がやる仕事じゃない」

「でも気になるので！」

きっぱりと返ってきた言葉は譲る気がないものだ。

――まったく面倒な女だ。付き合っていて面倒この上ない。

だが、城から連れ出してきてしまったのが自分である以上、責任は取らなければならない。

「……わかった。ここからすぐだ」

「ありがとうございます！」

「あとお前は本当に残念な女だ」

「なんで突然!?　憂さ晴らしですか!?」

彼女の叫びをオスカーは黙殺する。どのみち、ティナーシャが現場を見たなら何かに気づくかとも思ったのだ。これで一つすっきりするならそれでいい。

オスカーは彼女を連れて路地へと続く角を曲がる。店の裏口ばかりが並ぶその路地裏は、祭りのざわめきは伝わってくるものの通りがかる人間はまばらだ。オスカーはその突き当たりの一つ、見張りとして立っている兵士に軽く手を挙げた。

「何か変わったことはあるか？」

「で、殿下!?　いえ、特には何もありません」

慌てる兵士は王太子の連れている女性が気になるのかティナーシャを一瞥したが、彼女は気にもせず兵士の脇をすり抜けて路地の奥に向かう。

ティナーシャはうっすらと黒い痕が広がる路地に立って、辺りを見回した。

「この黒いのがそうですか？　確かに悪戯で撒くにしても結構広範囲ですね」

「血の量的に、馬か牛が約二頭分だそうだ」

「それは持ち込むのも大変そう……」

言いながらティナーシャはじっと足元を注視する。闇色の目が猫のように集中しているのがよくわかった。通りがかった人間が興味深げに足を止め、近くの家の窓からも人が顔を出す。

少しずつ増えていく人に、壁に寄りかかっていたオスカーは端整な顔を顰める。先程からちらちらと視線を感じる。城を抜け出してきた以上、そろそろ限界かもしれない。

彼が体を起こしかけた時、ティナーシャがふっと顔を上げた。

「連れてきてくださってありがとうございます。でも、ここには何もないです」

「何もない？　本当か？」

「魔法的には本当に何も。お騒がせしました」

ティナーシャはぱたぱたとオスカーの前に戻ってくる。以前の一件のようにかまをかけているだけかとも思ったが、どうやらそうではないらしい。兵士が深々と頭を下げる中、二人はその場を離れて祭りの中へと戻った。

雑踏の中を行きながら、ティナーシャはオスカーに問い返す。

「貴方は誰が何のためにあれをやったと思います？」

「今のところは単なる悪戯。他に手がかりもない。実際現場を見るとかなり奥まった場所だしな」

「不思議なことをする人もいるものですね。動物の血に並々ならぬこだわりを持つ人でしょうか」

「その手の推察は俺が厭になるからやめろ。それより他を案内してやる。お前も女王になるなら隣国の城都くらい見学しとけ」

「見学はありがたいですけど、貴方って妙に土地勘がありますよね。普通王族って城からほとんど出ないと思うんですけど。ひょっとして抜け出し常習犯なんじゃ……痛い」

ティナーシャは頬を軽くつねられて閉口する。

図星を突かれたオスカーは、何も聞かなかったように続けた。

「せっかくだから見張り塔にも連れてってやる。眺めがいいぞ」

子供の頃から一人になりたくなると、彼は街の外周にある防壁から見張り塔に登っていた。そこからの眺めは彼に束《つか》の間《ま》の自由を感じさせ、同時に背負うべきものの重さも再確認させたのだ。

普通の女性なら何を思うこともないだろうが、同じ為政者となる彼女なら違う感想を持つかもしれない。オスカーが隣を見るとティナーシャは空を飛ぶ紙鳥を仰ぎ見ている。彼女はその視線のまま彼を見ると、光をまぶしたような笑顔を見せた。

「楽しみです。ありがとうございます」

鈴を鳴らすようなその声は、泡沫《うたかた》の自由を思わせる響きだった。

それから三時間ほどかけて、オスカーは城都の一通りを案内した。

いつの間にか辺りはすっかり暗くなっている。二人のいる見張り台からは、城を照らす魔法の光が遠くに見えた。ティナーシャは石造りの窓から身を乗り出して無数の灯が溢れる街並みを見やる。

「すごいです。光の織物《おりもの》を敷いたみたいですよ」

「はしゃぐのはいいが、落ちるなよ」

「落ちても飛べますもん。平気です」

オスカーは頬をつねってやろうかと思ったが、あいにく手が届かない。一方ティナーシャはまだまだ夜の景色に夢中のようだ。そろそろ回収しようかとオスカーが考えた時、兵士の声がかかる。

「殿下、振る舞い酒を置いておきますのでよろしかったらどうぞ」

「ああ、悪い」

入口近くのテーブルに置かれたのは酒瓶と酒盃《しゅはい》だ。オスカーは酒盃を手に取りながら窓に張りついている女に問う。

「お前も飲むか？」

「飲めますけど、酔うとちょっとだけ魔法が暴走します」

「よし、飲むな」

ティナーシャが言う「ちょっとだけ」など絶対ちょっとではない。下手をしたら動物の血以上の惨事が起きそうだ。酒を勧めることを断念したオスカーは、代わりに彼女の隣に並ぶ。

「ずっと見てるがそんなに面白いか？　トゥルダールと何が違うんだ」

「色々違いますけど……こんなに近くで街を見渡したの初めてです。無数の人の暮らしを目の当たりにしてるんだなって……感動しますし、気が引き締まります」

「…………」

無垢にも見える横顔。だがそのまなざしにあるものはやはり、玉座に在る者としての重みだ。オスカーは悟られないように嘆息すると、自分でも判別しきれない感情を飲みこんで言った。

「そろそろ帰るぞ。皆が心配する」

「はい。付き合ってくださってありがとうございます。楽しかったです」

ティナーシャは蕩《とろ》けるような微笑を浮かべて彼を見上げる。人を捕らえる漆黒の瞳にオスカーは目を細めた。見つめすぎるとよくない気がして、彼は視線を逸《そ》らす。

「楽しめたのならよかったな。路地裏を見に行ったのは完全に余計だったが」

「え!? 路地裏は気になるじゃないですか！ 城内で不審者が目撃されたばかりなのに明らかにおかしな話って！ 狙いがわからないと落ち着かないっていうか」

「狙い？」

――違和感を覚える。

まるで既知のものがずっと未消化で残っていたかのようだ。ティナーシャではないが、湧き起こる落ち着かなさにオスカーは思考を巡らす。

「狙いって……魔法仕掛けも何もなかったんだろう？」

「ありませんでしたけど、大量の血をばらまくなんて用心されるに決まってるじゃないですか。ただ注目されるだけが目的だったならいいでしょうけど、そうでないなら動きにくくなるだけです」

ティナーシャの言うことはもっともだ。犯人の意図がどこにあれ、現状無意味に用心されるという状況しか生み出せていない。

ただもし、この状況こそが犯人の目的であったのなら、待っていたのは――

「……狙いは俺か？」

そう呟いた直後、視界の隅に白い光が煌く。

街の中に建つ小さな鐘付きの塔。その鐘の下が光ったと分かった瞬間、オスカーは腕の中にティナーシャを抱き取った。

「伏せろ！」

彼の声に後ろの兵士たちもあわてて身を屈《かが》める。

直後、飛来した光が窓辺で弾けた。伝わってくる熱がちりちりと首筋を焦がす。

だがそれ以上押し寄せてくるものはない。腕の中でティナーシャがくぐもった声を上げた。

「オスカー……どうしたんですか？　咄嗟《とっさ》に結界張りましたけど……」

「お前が防いだのか。ちょっと狙撃されただけだ。無事ならいい」

「狙撃？　今の魔法が？」

「動物の血を撒いたやつだろうな。俺が現れるのを現場近くで張ってたんだ」

普段は城にいる王太子だが、何かおかしな事件があった場合、オスカー自身が調査に現れる可能性は高い。それは彼自身の性格と、何よりもアカーシアの主人であるからだ。

ただ今回は祝祭準備で慌ただしいからこそ魔法士たちを見回りに行かせ――けれど今日は、初めて自ら現場を訪れた。犯人はそれを待っていて彼の後をつけてきたのだろう。

オスカーはティナーシャを抱き取ったまま横目で狙撃元の塔を睨む。

「次を撃ってくる様子はないか……。逃げ出したか？」

「――逃がしませんよ」

一言だけの宣告は、驚くくらい冷たかった。

小柄な女の体がするりと腕の中から抜け出る。そのまま窓に足をかけ出ていこうとするティナーシャの襟首を、オスカーは手を伸ばして摑んだ。軽い体はそのまま後ろに転びかける。

「ぎゃ！」

「どうしてお前はそうなんだ！　すぐ誘い出されるな！」

「だ、だって……」

転がりそうなティナーシャの背をオスカーは支えて叱る。彼女は左手で締まった首を押さえながら右手で窓の外を指差した。

「──刻印せよ」

その言葉と共に、小さな赤い線が宙を貫く。まっすぐに尖塔《せんとう》まで向かったその線は、すぐに幻のように掻《か》き消《き》えた。オスカーは背後の兵士に言う。

「南地区の三階建ての尖塔だ。相手に魔法士がいるから注意しろ」

「かしこまりました！」

あわただしく兵士たちが駆け去ると、オスカーはティナーシャの体を立たせた。苦い顔で窓の外を睨んでいた彼女は、軽くかぶりを振ると子猫のように首を傾けて彼を見上げる。

「短時間だけですが自動追尾で転移封じをかけました。間に合えば確保できるかもしれません」

「そんなことができるのか」

「簡易的なものですけど。とは言え、逃げられちゃう可能性の方が高いですよ。相手も狙撃を選んだ以上、撤退の手筈《てはず》は整えているはずです」

「まあそうだろうな。とりあえずは追い払えれば充分だ」

「充分じゃないですってば。こういうのは追えるところまで追って全部根絶しないと」

「お前は暗黒時代の人間か」

オスカーは、頬を膨らます彼女の肩を軽く叩いた。

「いいから落ち着け。城に戻るぞ。道が混んでるから時間がかかるだろうが」

「……道は関係ないです。お送りしましょう」

ティナーシャは白い手で彼の頬に触れると短く詠唱する。オスカーは何も変わったところのない自分を見下ろした。

「何をしたんだ？」

「目くらましをかけました。誰かに見つかると怒られそうですから」

彼女は彼の手を引いて窓の縁に腰かける。何をするのかオスカーが尋ねようとした時、彼らの体はふわりと宙に浮かび上がった。見張り塔の窓をすり抜けて空に出ると更に上昇し始める。そのまま見張り塔を軽々見下ろせるくらいの高さに達したところでようやく止まると、オスカーは唖然として眼下を見下ろした。

「凄いな」

「高いところは平気ですよね。せっかくですから飛んで帰りましょう」

その言葉を合図として彼らは空中を滑るように動き出す。街の光が黒絹にちりばめられた硝子球のごとく輝いた。ティナーシャは風にたなびく髪を押さえて、一つ一つの灯《あか》りを愛《いと》しげに見つめる。

オスカーはそんな彼女の隣で、じっと同じものを見下ろしていた。

※

ティナーシャは、オスカーの案内を受けて空から彼の自室の露台へと降りた。かけられていた鍵は中で寝ていたナークに開けてもらう。

そうして男を部屋に送ったティナーシャは窓辺に佇んだまま、寝台の傍に立つ彼を眺めた。少し寂しげなその表情に、オスカーは振り返って眉を顰める。

「何だ、その顔は」

「……貴方は私が嫌いだと思ってました」

「嫌いだぞ」

「うう、やっぱり」

がっくりと肩を落とすティナーシャに、オスカーは呆れ顔になる。

——何をわかりきったことを聞いてくるのか。落ちこむくらいなら自分の行動を省みればいい。

オスカーは彼女から視線を外すと上着を着替え始める。それをしながら彼は続けた。

「お前は自分のことを何も教えないくせに自分で行動するから嫌いだ。信用していいのかどうかわからないし、見ていて落ち着かない。自分に自信があるのなら……嫌われたくないならちょっとは手札を明かせ」

結局のところ、初めて会った時からずっと彼女は己について明かさないままだ。

どうして城の地下で眠っていたのか、何故彼の訪れで目覚めたのか。

トゥルダールの次期女王となる理由も、その力のほども知れない。それでいて先程のようにどこにでも飛んで行ってしまおうとするのだ。そんな得体の知れない女に好意を持てるはずがない。

繕いのない言葉は、隣国の賓客に向けるにしてはあまりにも不躾なものだ。下手をしたらこの場で決裂してもおかしくない。普段の自分なら吐かない類の言葉に、オスカーは溜息を飲みこむ。

一方ティナーシャは驚いたような目で彼を見ると、ぽつりと口を開いた。

「隠すようなことではなかったんですが……言いそびれてたんです。すみません」

その声音は苦笑の滲むものだ。オスカーが振り返ると、彼女は中に入って鍵を閉めていた。

そしてティナーシャは彼に向き直ると、改めて己の名を名乗る。

「私の本名は、ティナーシャ・アス・メイヤー・ウル・アエテルナ・トゥルダールと言います。生まれは四百年前で……この時代には魔法の眠りを経て目覚めたんです。かつては女王として即位していたこともあります」

「……は？」

あまりと言えばあまりな事実にオスカーは絶句する。だがその間に彼は、彼女の正体に辿りついていた。

「お前が魔女殺しの女王本人か！」

「そんな風に呼ばれてたりするらしいですね」

彼女は自嘲気味に首肯する。

——あまりにも馬鹿馬鹿しい話だ。だが、そう考えると全て辻褄《つじつま》があう。

彼女の待遇も自信も力も、全て歴史に残るほど強力な女王であったゆえのことなのだ。トゥルダール城の地下に案内された時、カルステは「招かれていないから長い間入れた者がいない」とは言っていたが、まさかそれが四百年もの間を意味するとは思わなかった。

だがそんな思いこみを取っ払ってみれば答えは明白だ。何故今まで思いつかなかったのか、自分に腹が立ってきてオスカーは苦い顔になる。

「……納得した」

「すみません」

謝る彼女は細い体を縮こめている。怒られる子供のような姿を見ていると、色々馬鹿らしくなるだけだ。オスカーは気を取り直して寝台に座ると、申し訳なさそうな彼女を見上げる。

「納得はしたが、あまり一人で危ないことはするなよ。俺に頼っていいからな」

それはただ単に、話に区切りをつけようとして言っただけだ。

だがオスカーは、それを聞いた彼女が瞬間、とても空虚な目をしたのを見逃さなかった。そしてそれがすぐに、ひどく遠くを見るような切なげな目に変わったのも。

——引っかかり続けているのはこの目だ。時折彼女が見せる目。

心中にちりちりとした感情が湧き起こる。彼はティナーシャから視線を逸らした。

「その目をやめろ。不愉快だ」

「え……」

「お前はいつも俺を通して別のところを見てるだろう。そういうのは失礼だぞ。気分悪い。俺を見るなら、ちゃんと俺を見ろ」

ここではないどこかを見る目。

それは出会ってから度々彼女が見せてきた目だ。

美しい闇色の双眸は、彼を通り過ぎて別のものへと向けられている。

彼女の関心は、心は、ここに在ってここには無いのだ。

——そんな人間に向き合って、何をすれば意味があるというのか。

オスカーは吐き捨ててから、自分の言葉の率直さに舌打ちしたくなった。

偽りのない本音ではあるが、そんなものを表に出しても自分に利があるわけではない。

それでも口にしてしまったのは、彼女が自分のまなざしに気づいていないとわかっていたからだ。

オスカーはティナーシャを見やる。

彼女は、まるで迷子のように寄るものがない空っぽの顔をしていた。

「あ……」

数瞬自失していたらしいティナーシャは、微笑しようとして失敗する。紅い唇が歪んだ。

「ご、ごめんなさい……」

彼女は言いながら片手で顔を覆った。目を閉じたまなじりから涙が零《こぼ》れ落《お》ちる。

その変化にオスカーは天井を仰ぎたくなった。責めるつもりはなかったが、そう思われても仕方ない。彼女の視線に苛立ちを感じていたのは事実なのだ。

ティナーシャは自分の涙を恥じるように唇を噛む。

だが、それでも涙を止めることはできないのだろう。意識しないまま飲みこんできたものが溢れ出すように、やがて彼女は静かに泣き出した。

声を上げぬまま泣く彼女を、オスカーは苦い顔で見やる。

「何なんだ、まったく……」

やはり触れない方がよかったのかもしれない。きっとこれは、彼女が無意識に抱いている核に近い部分だ。ひどく柔らかくて幼い感情だ。それを他人が指摘するのは踏みこみ過ぎだろう。

それでも懐かしむように遠い目を見せる彼女は、いつも寂しげなのだ。

だから——もっと曇りなく笑えればいいのにと思ってしまった。

オスカーは面倒臭さを噛みしめながら、彼女を手招きする。

「ちょっと来い」

言われたティナーシャはおずおずと彼の前に立った。彼はその手を引いて隣に座らせる。

「何だというんだまったく。言えないようなことか？」

彼女は慌てて頭を振った。涙を手で拭い微笑む。

美貌に似合わぬその笑顔は稚《いとけな》く、妙に愛らしかった。

ティナーシャは息を整えると、じっと自分の手を見る。

「前に少しだけ言いましたけど、私は子供の頃、ある人に命を救われたことがあるんです。けどその人は私を助けることで……自分の過去や未来を全部失《な》くしてしまったんです。でもそれを承知で私を助けてくれた。――そんなあの人に、私は何も返せなかったんです」

「そいつが俺に似てるのか？」

ティナーシャはこくりと頷いた。

まるで子供と話をしているようだ。実際、彼女の心の一部は子供の頃のまま止まってしまっているのだろう。だから彼女の目は、失われた人間を探してさまよっている。取り戻せない時間とわかっていながら、遠い過去を懐かしんでいるのだ。

「貴方をそんな風に見てたなんて全然気づいてませんでした……すみません。結局私はあの時と同じ、ちっとも強くなれてなくて……」

ティナーシャの溜息が小さな膝頭に落ちる。オスカーは苦虫を嚙み潰す気分で脇に畳まれていた布を手に取ると、彼女の顔を乱暴にごしごし拭き始めた。

「事情はわかったが、だからって過去ばかり見ても仕方ないだろう。助けられた命なら有効に使え。胸張って前向け」

「……オスカー」

彼女はじっと男を見返す。端整な顔は少し煩わしげに顰められている。

その顔立ちは彼女を助けてくれた男と同じでも、表情はまったく違う。違う人間なのだから当然だ。顔を拭かれていた布を渡されたティナーシャは、それに視線を落とした。

布はわずかに涙に濡れているだけで、まだまっさらなままだ。

彼女は柔らかな布をそっと握りこむ。

「すみません……本当に、そうですよね」

「まったくだ」

オスカーはうなだれている彼女の頭をぽんと叩くと、寝台に上がる。狙撃犯についての報告がまだ入ってこないということは、全貌が明らかになるのは明日だろう。それまでにいくらか眠っておいた方がいい。

横になると疲労がのしかかって感じられて、オスカーは深く息をついた。机に向かって仕事をしているより、彼女を相手にしている方が余程疲れる。自分でも余計な世話だとわかっているのに、どうにも彼女を構ってしまうのだ。

寝台に転がって彼女を見ると、ティナーシャは所在なげな顔で彼を見つめている。オスカーは何を言おうか迷って、結局は手を伸ばすとその長い黒髪を引いた。

「まぁ……すぐに治せと言っても無理だろうから、徐々に何とかしろ」

すぐには飲みこみきれないものでも、少しずつ消化していけばいい。おそらくは彼女を助けた人間もそれを望んでいるはずだ。無事に大人になれた彼女が幸せに生きていければいいと。

ティナーシャは大きな瞳で彼を見つめる。闇色の髪と同じ色の睫毛が揺れた。不安げに、おずおずと白い指が彼の袖をつまむ。

「オスカー」

「なんだ」

暗い部屋の中で逆光になった瞳は、そこに浮かぶ感情も判然としない。深淵そのものの目は、見つめればどこまでも落ちていきそうな気がしてオスカーは目を閉じた。その耳に彼女の声が囁く。

「今日だけここにいていいですか？」

「はぁ!?」

余りの予想外にオスカーは上体を起こしかけた。彼女は先ほどと変わらぬ透き通った瞳で彼を見つめている。

「一日だけください。そばにいてください。そうしたら……もう大丈夫になりますから……」

真摯な言葉だった。縋るような声音だ。

オスカーは、迷子に服の裾を摑まれたような錯覚に頭痛を堪えた。

何だか疲れて色々面倒くさくなってくる。彼は溜息を一つつくと、どうでもいいような気分で彼女の手を取り寝台に引き上げた。猫を投げるように自分の隣に転がす。

「勝手にしろ」

「ありがとうございます」

ティナーシャは寝台の上でうつ伏せになると、目を閉じて微笑んだ。

彼は無防備なその姿を冷ややかに一瞥する。

「襲うぞ？」

「あはははは。そうですよね、もう子供じゃありませんから……ご自由にどうぞ」

鈴のような声を上げて笑った彼女は、子供じゃないという割には子供のように屈託のない仕草で彼を見た。オスカーは皮肉げに隣の女を睨む。

——どう考えても振り回されている。腹立たしいことこの上ない。

彼は苛立ちをこめて、女の小さな頭を小突いた。

「いいから寝ろ。お前なんて子供と変わらん」

「はい……」

彼女は素直に目を閉じる。

オスカーはしばらくその顔を眺めていたが、彼女がもう泣き出さないことと、小さな寝息を立て始めたことを確認すると、艶やかな長い黒髪をそっと撫でた。

※

あの日の彼には決して届かない。

だが彼に添うのは、自分であって自分ではない女なのだ。

そして二人とももう歴史のどこにも存在しない。その代わりに、今ここには自分たちがいる。

これは新しい物語なのだ。

だから、もうその面影を追わない。ただ思い出だけをしまっておく。

生かされたことに感謝しながら、一人で立とう。

胸を張ろう。

目が覚めたら新しい頁《ページ》を捲《めく》るのだ。

※

翌朝ティナーシャは、頬をつねられてうっすら目を開けた。

瞼が重い。腫れている気がする。頭が軽く痛んだ。

「寝起き悪いな、お前」

頭上からかけられた、呆れたような男の言葉に何とか頷く。

男は彼女の頬を軽く叩いてきたが、どうしても意識が重く、起きられない。

夢うつつの彼女に、男は問うた。

「そういえば……お前、四百年前から何しに来たんだ」

どうでもいいような聞き方だ。

だがその答えはわかりきっていた。ティナーシャは見る者の心を奪う女の微笑を浮かべる。

「あなたにあいに」

囁くように答えると、彼女は再び目を閉じた。眠りの中に落ちていく。

男はその答えに絶句していたが、呪縛を振り払うように頭を振った。

「殺し文句だな」

その呟きは、夢の中の彼女までは届かなかった。

※

「殿下！　昨日狙撃されたそうじゃないですか！　どうして黙って城を抜け出されるんですか！」

彼が部屋を出てすぐ、泣き出しそうな顔でラザルが駆け寄ってくる。幼馴染から報告書を受け取ると、オスカーは簡単に目を通した。

「やっぱり捕まらなかったのか。まあ、そうだろうな。ああいうのは初撃を外したら離脱するのが正解だ」

「何を他人事《ひとごと》みたいに仰ってるんですか！　そもそも殿下がすぐ変わった事件に首を突っこまれるのが知れ渡っているからそういう目に……」

「見に行きたいと言ったのはティナーシャで、俺はそれに付き合っただけだ」

「し、しかもティナーシャ様がどこにもいらっしゃらないそうなんですよ！　どこに置いて帰ってきてしまったんですか！」

「あー……なるほど、そうなるのか」

オスカー自身は彼女が眠ってから一度事態の把握に執務室に戻ったが、言われてみればティナーシャの行方は把握されていないままだ。

彼はうろたえるラザルを見返すと、あっさりと言う。

「あれは俺の部屋にいる。起きないから置いてきた」

それを聞いたラザルの顔はみるみる蒼白になった。主人の服を摑んで口をぱくぱく開閉させる従者を、オスカーは少しだけ面白く思って見下ろした。

「あ、貴方って人は……」

「何もしてない。安心しろ。まったく、つくづく迷惑な女だな」

「本当ですか!?」

「本当本当」

適当な返事をしながらオスカーは歩き出す。その後ろをラザルが追った。

「本当なんですか！　目を見て仰ってくださいよ！」

「面倒なこと言うな！」

廊下を行く二人の声は徐々に遠ざかっていく。

部屋の中では美しい魔法士が、彼らの声も届かないくらい深く安らかな眠りについていた。

4．聞こえない囁き

暗い石の広間に響いているのはくぐもった数人の声だ。小さな舌打ちが冷えた床に跳ね返る。

「王太子の暗殺は失敗したのか。リタさえ上手《うま》くやっていればこうはならなかったものを」

「だがそもそもリタが死んだのも、ヤルノが姿を見られたのが原因じゃないか」

「立ち回りが悪過ぎる。無駄死にに等しい」

交わされる声は老若男女入り乱れている。

もしそこにあえて共通するものを探すとしたら、それは陰謀を手繰る者特有の悪意だろう。ある者はそれを楽しむように、ある者は真剣に、彼らは暗い謀《はかりごと》に身を浸している。

「結局アカーシアの問題は残ったままか」

「あれを奪取できれば不安材料はないんだがな」

「城には今、トゥルダールの王族が来ているそうだが……」

「今のトゥルダール王族など大したことはないさ。ただし王族を傷つけてトゥルダールを敵に回すのは厄介だ」

「別にトゥルダールの王女もずっとファルサスにいるわけでもあるまい。上手くやればいい。王女に不慮の死を遂げてもらってもいいわけだしな。そうなれば責任を問われるのはファルサスだ」

愉悦の笑いが洩れる。伝染し広がる笑声は、闇と同化して消えていく。

自分たちの勝利を疑わぬ空気は、そうして人知れぬまま日の光が届かぬ地下で広がっていった。

※

書類を持って執務室に入ってきたラザルは、室内の光景に面食らった。

机に座って仕事をしているオスカーの左手を、黒髪の魔法士が横から取って爪を切っている。彼女は小さな鋏《はさみ》を使ってその作業に没頭していた。

ラザルはしばらく呆気《あっけ》に取《と》られていたが、ティナーシャが顔を上げて挨拶してきたので気を取り直して尋ねる。

「何をなさってるんですか？」

「爪をもらいに来たんですけど、一本だけ切るのも悪いのでついでに全部揃《そろ》えようかと……」

「俺は止めるのも馬鹿馬鹿しくて放置してる」

「あとで左右見比べて、私の仕事に感動してください」

ティナーシャはそれで終わったらしく、切った爪を小瓶に詰めてしまうと軽く振った。満足そうな彼女の顔をオスカーは呆れて見やる。

「解析の調子はどうなんだ？」

「順調です。先は見えてますからあと四、五ヶ月もあれば解呪作業に入れると思います」

「本当に解析してるのか……冗談かと思ってた」

「ちゃんとやってますよ！　怪しんでたならもっと確認してくださいよ！」

叫んだティナーシャはしかし、ふと何かを思い出したように首を傾げた。

「そういえば聞こうと思ってずっと忘れてたんですが、呪いをかけたのは誰なんですか？」

あまりといえばあまりな疑問に、オスカーは机に肘をついて額を支える。

——そういえば彼女は、彼がトゥルダールで呪いの経緯について説明した時にはいなかったのだ。

その後も呪いについて何か知っているようだったので、話す機会も逸してしまっていた。

知らないのに一ヶ月も聞かない彼女も彼女だが、言わなかった方にも非があるだろう。オスカーはそう自分に言い聞かせると説明してやる。

「子供の頃に『沈黙の魔女』にかけられたんだ。父と俺まとめて子供が作れないように呪われた。それ以来色々解呪の方法を探してたんだが、内容が内容だけに極秘だったからな。トゥルダールに相談したのはこれが初めてだ」

あっさりとした説明をティナーシャは目を丸くして聞いていたが、話が終わると溜息をついた。

「沈黙の魔女が呪いにかけては抜きん出てる、っていうのは知ってましたが、これはすごいですね。正直、人間技じゃないですよ」

「と言われても。お前は魔女を殺したこともあるんだろ？」

「ありますけど、かなりぎりぎりでしたよ。もう一回やって勝てるかと言ったらわかりません」

あっけらかんとした返事にオスカーは不安になった。気になって確認してしまう。

「本当に解呪できるのか……？」

「できますってば。既に内々で決まっている妃がいらっしゃるなら、準備しててもいいですよ」

そう言いながら、ティナーシャは感情を隠すように闇色の目を伏せる。

「遅くとも来年には結婚できるようにしますから。任せておいてください」

きっぱりとした言葉は、自分自身に言い聞かせるようだ。

ティナーシャは優雅に一礼して部屋を出ていく。閉まる扉を見ていたラザルは主人に問うた。

「らしいですが、候補者でも選出しましょうか？」

「……いい」

どうにも彼女は摑めない。調子を乱されるのだ。

あの祝祭の夜以来、ティナーシャの不安定さは確かに薄らいだ。彼を見る時も遠い目をすることがなくなり──その分、前よりもころころと表情を変えるようになった。

猫のように無防備な好意を見せてくることもあれば、自分の立場を弁えてか距離を取ろうとしたりもする。その時々によって様子は違うが、変わらないのは彼に心を許しているということで……おまけにその端々に不器用さと重さが滲んでしまっている。駆け引きなどできない振る舞いは、真剣に向き合っては振り回されるだけだ。

「まったく、面倒な女だ……」

オスカーはそうぼやくと、彼女が淹れていったお茶を飲み干した。

※

ファルサスにおいて武装強盗団サテルヌが持つ歴史は古い。

彼らの引き起こした事件のうち、一番最初の記録として残っているのは、約三百五十年前のトビス略奪である。

東部国境近いトビスという小さな町が、一夜にして強盗団の略奪に遭い壊滅した。突如襲って来た彼らは手段を選ばず残忍に町民たちを殺し、約八百人が暮らしていた町は、たった五十七人の生存者を残して滅んでしまった。

その後ファルサスはサテルヌ討伐に軍を向かわせ、五度の戦闘の結果、百人近くを殺害、処刑した。そうして全てが終わってから約百年後――だがサテルヌの名を継ぐ強盗団が再び現れたのだ。

それから今に至るまで、サテルヌはとかげのように尻尾だけを摑ませて、全滅したかと思えば時を経て復活してきた。首領を捕まえられていないから復活してしまうのか、もしくは強力な黒幕がいるのかはわからないが、彼らの存在はファルサス国内における悩みの種の一つである。


オスカーは報告書を読み終わると、こめかみを指で叩く。

「サテルヌか……。イトは七十年ほど前に略奪をやめさせたんだがな」

「確かレギウス様が殖民させたんですよね」

色々と変わり者だったらしいオスカーの曾祖父は数多くの武勲を持っているが、そのうちの一つが略奪を生業《なりわい》としていた騎馬民族の入植だ。レギウスの軍に敗北したイトは、ミネダート砦《とりで》付近に植民し、以後平和に暮らしている。

一方サテルヌは最近また姿を現し始めたらしく、つい先日城都から少し北西の村が襲われたばかりだ。オスカーは頬杖をつく。

「サテルヌはイトよりずっとたちが悪い。女子供も殺すし街に火を放つからな。そろそろ本当に絶滅させたいところだ」

「調査によると、サテルヌは襲われた村近くの洞窟に潜伏している可能性が高いそうです。人数は五十人から百人だろうということですが……」

「またとかげの尻尾じゃないだろうな。放っておけもしないが……アルスに指揮を執らせるか」

「かしこまりました。あとはイヌレード砦より視察の要請が来ております。施設や装備が古くなったので多少軍備の変更をしたいとか」

「そういうのは親父より俺向きだな。わかった」

北部国境にあるイヌレード砦は、北西のドルーザ、北東のセザルを睨む北方警備の要だ。ドルーザもセザルも大国といっていい国力を持ち、またファルサスに敵対心をも持っている。

十年前にファルサスが東のヤルダと戦争した時には、背後からどちらかに攻めこまれないかと慎重になったものだが、結局のところドルーザとセザルはお互い牽制しあい動かなかった。当時はおっとりした父王が「戦争はやだなぁ」とぼやきながら指揮をしていたのを、オスカーも覚えている。

彼が二つの懸案を処理してしまうと、ラザルは署名された書類を受け取った。

「では、そのように手配いたしますね」

「頼む」

ラザルが部屋を出て行くと、オスカーは窓の外に視線を移した。

「いい天気だな……少し動くか」

最低限の訓練は常にしているが、たまには兵士たちの練度も見ておきたい。

彼は残る書類を簡単にまとめてしまうと、訓練場に向かうため執務室を後にした。

※

「変遷せよ――」

囁くように詠唱をかける。それに呼応して、水盆上の構成がわずかに回転した。繊細な調整がいる箇所《かしょ》を乗り越えて、ティナーシャは浅い息をつく。

もうずっとこのような作業の繰り返しだ。欠けている箇所に新しく詠唱を継ぎ足しては具合を見定め、また調整していく。

途方もない解析の工程はけれど、祝福と呪詛両方の癖が掴めてきたせいか、当初よりも解析速度が上がってきていた。

ティナーシャは一歩下がって、水盆の上と子供の頃に書いた書付を見比べる。紙に描かれた祝福と呪詛は相殺しあうよう対称になっていたが、一箇所だけささやかな差異が見られた。

「これ、定義名がついてるんですか……」

沈黙の魔女がかけたという祝福には、わずかだが定義名がつけられている箇所がある。そこだけは解析が不可能なため、書付上でも対応する構成が存在していなかった。

「祝福に定義名を使うなんて……よほどの念の入れようですね」

定義名は一般的に巨大な持続型の魔法に用いられるものだ。術者が独自の名前を構成の一部につけることで、その名がわからない限り構成が正確に読み解けないよう一部暗号化する効果がある。だがそもそも、祝福や呪詛に定義名を用いるなど聞いたことがない。元々それら自体術者の独自言語で組まれるものなのだ。更に定義名を使うとはかなりの技術と、そして執心がうかがわれる。

ティナーシャは顔を顰めて定義名のある箇所を眺めたが、全体から見れば微細な部分に過ぎない。祝福を相殺している呪いもその部分は放置してあるのだし、触らずとも問題はないのだろう。

ティナーシャはペンでその箇所に印をつけると、大きく伸びをした。ずっと集中していたせいか頭が軽く痛む。

「…………気分転換しようかな」

疲れた状態で繊細な解析をしようとしても行き詰まるだけだ。

ティナーシャは水盆の上の構成を魔法で留めると部屋を出る。

——気にかかるのは先日のオスカーへの狙撃だ。

結局あの時の犯人は逃げおおせたままで、だが彼本人は「そのうちまた来るだろ」とあっけらかんとした様子だ。いくら王族でその手の暗殺には慣れっこだからと言って、もう少し深刻になってほしい。

ティナーシャは城の廊下を行きながら窓の外に目をやる。よく手入れされた中庭は、日の光を受けて緑が眩《まばゆ》く輝いていた。時折女官が行き来するだけのそこをティナーシャは眺め渡す。

その時、廊下の向こうから見覚えのある二人が歩いてきた。宮廷魔法士であるドアンとシルヴィアは、ティナーシャの姿を認めると足を止めて一礼する。ティナーシャは彼らがずっしりと本を抱えているのを見て苦笑した。

「重そうですね。手伝いましょうか？」

「平気です！　講義室に運ぶだけですから」

愛らしく笑うシルヴィアにつられてティナーシャは微笑む。ドアンはそんな彼女に問うた。

「何かお探しですか？　窓の外をご覧になっていたようですが」

「ええ、誰か怪しい人がいないかなと思って」

「さすがに日中にそこまで大胆な刺客はいないかと……」

「本当は城に結界を張りたいんですけど、他国の人間がそれをしたら問題過ぎて……」

転移封じをしたはずの狙撃犯が逃げおおせた手際から見ても、相手には複数の魔法士がいるはずだ。対魔法戦なら自分の方が強い自信はあるが、力を振るう権限がないのではどうしようもない。

落ち着かなさにティナーシャは軽く指を弾く。そこにぱちぱちと赤い火花が散るのを見て、ドアンは顔から表情を消した。本を抱えなおしたシルヴィアが、ティナーシャに言う。

「そういえば殿下が訓練場にお出になっているのを見ましたよ。怪しい人間が現れるならそちらの方じゃないですか？」

「シルヴィア、お前……」

主君を生餌にするような発言にドアンはげっそりした表情になる。一方ティナーシャは、闇色の目をまたたかせた。

「訓練場？　オスカーが？」

「殿下は時々そうして皆に稽古をつけてくださるんですよ。この城でもっともお強いのは殿下ですから、皆もいい訓練になります」

「オスカー、教えるの上手いですもんね」

ティナーシャは思わず零して、ぱっと口を押さえる。そんな彼女にシルヴィアが無邪気に尋ねた。

「剣にご興味がおありですか？」

「子供の頃少しだけ習ってたんです。即位しちゃってからは忙しくて全然……。だから実戦で剣を持ったことはないです」

ドアンとシルヴィアは意外な話に目を丸くする。彼らは、ティナーシャが四百年前の女王であったことを聞いた数少ない人間だ。ドアンはオスカーから、シルヴィアはティナーシャ本人からそれぞれ本当のことを伝えられた。だからこの美しい魔法士が「魔女殺しの女王」の異名を持ち、暗黒時代の戦場に立ったことも知っているが、やはり魔法大国の女王とあって、彼女が剣を持っている姿は想像しにくい。ただ王族ならば護身用に身につけていてもおかしくないだろう。

ティナーシャはそわそわと落ち着かなげに窓の外を見やる。シルヴィアが笑って付け足した。

「訓練場なら、東側の回廊から出られますよ」

「え」

軽く飛び上がったティナーシャは、きょろきょろと辺りを見回す。そして僅かな逡巡の後、二人に軽く頭を下げた。

「あの、私ちょっと用事を思いついたので。失礼します」

「行ってらっしゃいませ」

シルヴィアは、長い廊下を駆け出したそうに去っていくティナーシャへ手を振った。その姿が見えなくなると、ドアンが呆れ顔になる。

「シルヴィア、煽《あお》るのやめろよな」

「煽るってなにが？」

「あの人を必要以上に殿下に近づけさせるなってこと」

オスカーがトゥルダール城の地下から連れ出してきた女。彼女は四百年前から来たにもかかわらず何故かオスカーに強い関心を抱いているのだ。

それがただの関心であるうちは問題ないが、そこから更に近づけば厄介だ。

しかしシルヴィアはよくわかっていないらしくきょとんとした顔になる。

「なんで？　お二人が仲よくても問題なくない？」

「問題あるだろ。相手は隣国の女王になる人間だ」

オスカーはそれをわかっているはずだ。あの主人は行動がめちゃくちゃに見えるが、国政については冷静だ。問題になる一線を踏み越えることはない。

ただティナーシャの方は、どこか危うくも見えるのだ。無自覚のまま彼を慕っていて、その落としどころをわかっていない。

「あの人は、いずれこの城からいなくなる。殿下に執着すればするだけ遺恨が生まれる。普通の女性なら別にいいけど、あの人は——魔女より強い」

そんな人間が己の感情に引きずられる日が来たら、とんでもないことが起きかねない。

やがて王になる二人は、ある程度の距離を取り続けなければならないのだ。

「だから煽るなっての。何かあった時に俺たちじゃとても止められないぞ」

「えー……」

不満げなシルヴィアは頰を膨らませる。彼女は拗《す》ねた子供のように唇を尖《とが》らせた。

「ティナーシャ様、あっちの女王様になるのやめてファルサスに来てくれないかなー」

「危ない発言やめろ！」

まったく自重しない同僚の言葉にドアンは深い溜息をつく。

そんなことになったら今度はトゥルダールが敵に回るだけだ。どっちに転んでも楽しくない未来を想像して、彼は軽く肩を落とした。

※

城の外周側に位置する訓練場は、遮るもののない日光に照らされ、うだるような暑さだ。にもかかわらずそこには人の放つ強い熱気がたちこめている。王太子である青年が出向いて、兵士たちに試合形式で稽古をつけているからだ。

「体の軸がぶれてる。もう少しそこを意識して動くといいぞ」

「ありがとうございます！」

目の前の兵士が一礼して下がる。続けて次の一人が前に出るのを相手しながら、オスカーはふと訓練場に面した回廊に、一人の女が立っていることに気づいた。

風に揺れる長い黒髪を押さえているのはティナーシャだ。強い日差しの下佇んでいる彼女に、オスカーは顔を顰める。

「あいつなんであんなところに……」

口の中で呟きながら彼は打ちこまれた剣を跳ね返す。その強さに兵士が思わず剣を取り落とすと、オスカーは手に持っていた剣を兵士に渡した。

「少し休憩だ。日差しが強いから各自気をつけろ」

それだけを言って、彼は兵士の輪の中から抜け出る。真っ直《ま》ぐ《す》に回廊に向かう彼を見て、ティナーシャはぎょっとした顔になった。逃げ出したそうな目をさまよわせて、だが結局その場に踏み留まる。オスカーは彼女の前に立つと眉を寄せた。

「なんで日の当たるところにいるんだ。日陰にいろ。何か用事か？」

「特には……ただの気分転換の散歩です。お邪魔してすみません」

「見ててもいいから日に焼くな。下がってろ」

ファルサスの日差しは透き通るような雪色の肌を傷めてしまう。ティナーシャは素直に頷くと少しだけ回廊の中に下がった。

じっと自分を見上げてくる闇色の双眸。それは見返しすぎてはよくないものだ。

おそらくは「傾城《けいせい》」と呼ばれる類の美貌は、そこに立っているだけで場の空気を変えてしまう。

「……中身が残念だけどな」

「オスカー？」

「何でもない。城内は好きに歩いていいけど迷子になるなよ」

「迷子になったら転移で戻るので大丈夫ですよ。大陸のどこにいたって戻れます」

彼を見上げる微笑は安心しきったものだ。正直、何故そんなになつかれているのかさっぱりわからない。今までの自分の人生で女をここまでぞんざいに扱ったことはそう記憶にないくらいだ。

にもかかわらず重めの関心を向けられているということは、かつて子供の彼女を助けた男の印象がまだ抜けきっていないのだろうか。

だが自分はそんな無条件に優しい人間ではない。それを知らしめておかなければお互いが不利益を被るだけだ。

というわけでオスカーは手袋を外すと、ティナーシャの柔らかな頬を軽くつねる。

「痛い！　なんで!?」

「油断するな。いつ何が起こるかわからないぞ」

「貴方が起こしてるんじゃないですか！」

じっとりと非難混じりの目でねめつけられてオスカーは満足する。

「お前、そんなので本当に女王だったのか？　大丈夫だったか？」

「そんなのって……。ちゃんとやってましたよ。忙しかったですし」

オスカーが調べたところ、ティナーシャが即位したのは十四歳の時で、そこから十九歳で退位するまで彼女は圧倒的な力の持ち主として魔法大国トゥルダールに君臨し続けた。退位後については不自然なほど情報が残っていないので、そこから魔法の眠りについたのだろう。記録では夫がいたことも恋人がいた話もない。ひどく孤独で、「氷のよう」とも語られた若き女王だ。

「五年在位していた間に、結婚しろとか言われなかったのか？」

彼自身、物心ついた頃から結婚の話はひっきりなしに持ちこまれていたのだ。魔力で王位を継ぐ魔法大国でそれがなかったとは思えない。ティナーシャはその問いにあっさり返す。

「言われましたよ。特に旧体制派は私の力を削《そ》ぎたくて仕方ありませんでしたから。『王配を迎えて次期王候補を生め』とうるさかったです」

「ああ、精霊術士だから純潔じゃなくなると弱体化するってやつか」

「狙いが見え見えだったので無視しましたけど。精霊術士にとって割と死活問題ですからね」

「死活問題なら、なんで俺の場合はいいんだ」

彼女は「解呪ができなかったら代わりに子供を生む」と明言しているが、それが彼女自身の力を削ってしまうのは明らかだ。にもかかわらずそう提案しているのはよほど解呪に自信があるからか、それとも時代が変わったせいか。

オスカーの問いに、ティナーシャは不思議そうに返す。

「え？　それは貴方が相手ですし」

「……どういう意味だそれは」

「あれ？」

半眼で聞き返されたティナーシャは、改めて自分の発言の含む意味を振り返ったのだろう。茹《ゆ》で上げられた子猫のように真っ赤になった。

「違います……そういう意味じゃなくて……それくらいは本来の歴史的に大丈夫かなって……」

「まったく意味がわからん」

「わからなくていいですよ……」

悔しそうに赤面してうつむく彼女に、オスカーは内心の気まずさを覚える。余計な質問をして余計なところに踏みこんでしまった。この件についてはあまり突き詰めない方がいい。その方がきっとお互いのためだ。

彼はできるだけ感情を差し挟まない声音で仕切り直す。

「別に時間をかければ解呪できるんだろう？」

「できます……多分きっと」

「不安になる言い方をやめろ」

本当にかつては氷の女王だったのだろうか。いいところ人の家にやって来たばかりの子猫にしか見えない。しかも失敗ばかりする猫だ。その面倒を見ているオスカーは真面目くさった顔で言う。

「ちなみに俺に用事があるなら早めに言っておけ。二日後から砦の視察に城を離れる」

「かしこまりました。どれくらいいらっしゃらないんですか？」

「二、三日だな。何かあったら誰かに……アルスもいないからドアンでいいか。まあ、誰かに言えば話は伝わる」

ドアンがそれを聞いていたら「俺に回さないでください……」とげっそりしそうだが、先の読めない動きをする彼女に対応できる人間は、まだまだ城内には少ない。

ようやく顔の赤みが引いたティナーシャは大きな目をまたたかせる。

「アルス将軍もいらっしゃらないんですか？」

「強盗団討伐の指揮を執らせるからな。終わり次第戻ってくるだろう」

ファルサス城において軍を率いる人間のうち、最も若い二人がオスカーとアルスだ。危急の事態に対してはこの二人のどちらが指揮に当たることが多く、彼らの迅速な判断は周囲に一目置かれている。だがその分、二人ともがいない場合は不測の事態に心もとないのは事実だ。

「しまったな。時期をずらせばよかったか……？」

サテルヌ討伐のため、アルスも明日には城を出立するはずだ。オスカーは一瞬別の人間に指揮を任せようかとも思ったが、厄介な強盗団を殲滅《せんめつ》するにはやはりアルスを向かわせておきたい。

オスカーはじっと目の前の女を見つめる。彼女を城に置いていって、また面倒ごとを起こさないかが一番問題だ。それよりはまだ砦の視察に連れて行った方がましな気がする。

「ティナーシャ、お前も――」

「あの、一人でちゃんと視察に行けますか？　危なくないですか？」

「…………」

連れていく気が完全に失せた。

心から心配そうに見上げられ、オスカーは据わった目で返す。

「お前よりは平気だ。ちゃんと留守番してろ」

「大丈夫ですよ。子供じゃないんですから」

まるで年上のように当然な口ぶりで言われ、オスカーは腹立たしさを噛み殺す。実際、暦上は年上なのだが、そんなものに意味はないはずだ。

「……大体、こんな女を連れ歩いたら王妃候補と思われるか」

普通の女ならともかく彼女は他国の王族だ。そんな人間をわざわざ視察にまで連れていたら将来的な約束がされていると思われかねない。これはもう留守番させるしかない。留守番一択だ。

オスカーはそう結論づけると、改めて彼女に念を押す。

「くれぐれもおかしな相手に誘い出されるなよ」

祝祭の夜のことを含めてそう言うと、ティナーシャはふっと柔らかな唇だけで微笑う。

「お任せください。だから――必ず戻ってきてくださいね」

囁かれる響き。揺らぎのないまなざしが願う言葉は、魔法がかかっているかのように重かった。

※

サテルヌ討伐は、アルスが五百騎を率いて城都を出てから二日後、おおむね完了した。

ファルサス北西の山中に潜んでいた強盗団は半数近くが死亡するか捕縛されるかされ、アルスの指揮は残党狩りに移行している。

その報告をイヌレード砦で受けたオスカーはぼやいた。

「ここまでは予定通りだが、全滅させられるかが肝心だな……」

何度討伐されようとも復活し続けてきたサテルヌには、おそらく明確な首領がいない。

だからこそ残党を逃がしてしまえば、それらの人物を中心にまた新たな強盗団が結成されてしまうのだろう。今度こそとかげの尻尾きりで終わらないように、関わった人間全てを捕縛したい。

オスカーはそう考えながら、だがちりちりとした違和感に目を細める。

――予定以上に順調過ぎる。

ファルサスの目的がサテルヌの壊滅だと、向こうも当然わかっているはずだ。にもかかわらず彼らはこちらの調査通りの居場所に隠れ続け、あっさりと半数が討伐された。本来ならもっと早くに隠れ場所を移動している可能性があったにもかかわらずだ。

「まだ何か裏があるんじゃないだろうな」

オスカーは軽くこめかみを指で叩いたが、それが何かはわからない。自分が現場にいない以上、とりあえずはアルスに任せるしかない。

彼は「よく注意して残党狩りにあたれ」と指示を返した後、砦の視察に戻る。

そうして防壁を確認していた彼に、危急の報告が飛びこんできたのは二時間後のことだ。

その内容は、「城にサテルヌの残党が現れ、トゥルダールの王女が攫われた」というものだった。

※

異変が起きた時、ティナーシャは城の離れである書庫にいた。

ここ一週間ほど禁帯出の本を読むため、毎日書庫に通っていたのだ。

備えつけの机で大きな本に没頭していた彼女は、真剣に文字に見入りながら、次の頁をめくろうと指を伸ばす。

——だがその時不意に、違和感が彼女の意識を揺らした。

首の後ろがざわつくような気配にティナーシャは顔を上げる。

「うん……？　何だろ」

何が引っかかったのか魔力の感覚を広げたティナーシャは、城の結界の微かな振動に気づいた。

まるで小さな穴を穿《うが》たれたような波紋は、誰かが外から結界を抜けてきたがためのものだ。

「——侵入されてる」

ティナーシャは反射的に立ち上がる。読みかけの本を慌てて棚に戻すと、小走りで入口に向かった。受付にいる魔法士が怪訝そうな顔で彼女を見るが、ティナーシャはそれには構わず扉を開けた。

——薄暗い書庫に光が差し込む。

外の光景を見て、ティナーシャは半瞬凍りついた。粗野な格好の侵入者が二人、兵士の一人と斬り結んでいる。押されぎみの兵士は敵の剣を受けながら叫んだ。

「侵入者だ！　誰か来てくれ！」

ティナーシャはその間に魔法構成を組み立てる。兵士へと斬りつけようとする男二人を、無形の圧力で吹き飛ばした。そのまま別の構成を組もうとする。

しかし己の構成に集中していた彼女は、扉の陰、すぐ隣に金髪の男が潜んでいたことに気づかなかった。男は剣を左手に持ち替えると、無言のまま彼女に接触するほどに踏みこむ。

「っ!?」

ようやく彼に気づいた美しい顔が驚愕に染まった。

彼は女の美貌に目を瞠りながら、勢いのまま薄い腹に寸打を叩きこむ。

小さな呻き声を上げて女はその場に倒れこむ。彼は華奢なその体を片手で抱き取った。身なりがよいことを確認して、周囲の仲間へと叫ぶ。

「この女で充分だろう！　引き上げるぞ、時間がない！」

彼は剣を鞘に戻すと、気を失った女の体を両手で抱きなおした。庭の片隅に開かれた転移門に向かって駆け出すと、迷わずその中に飛びこむ。

ぬるい水の中を通りぬけるような感覚。それを越えて戻ってきたのは、城都近郊にある森の中だ。

城から戻ってきた彼らは、無事に帰ってこられたことに安堵の叫びを上げる。彼らの戦利品は気を失った一人の女だ。彼女を抱き上げた青年は、転移門を開いて待っていた魔法士の男に問う。

「ヤルノ、この女でどうだ」

漆黒の艶やかな髪に類を見ない美貌。彼女を見た男は軽く息をのんだ。

「これは……多分、トゥルダールの王女だ。充分すぎるくらいの人質だぞ」

ヤルノの言葉に周囲でわっと歓声があがる。だがその歓声をよそに、魔法士の男は唇の両端を上げて笑った。

──まさか成功し、しかもこんな収穫を得られるとは思わなかった。

もともと逃げ足が速いことだけが長所のサテルヌだ。大した期待はしていなかった。だからファルサスへの陽動として彼らを雇い、半分を騙《だま》して囮にし、もう半分を城に送りこんだ。最初から目的はアカーシアを持つ王太子で、そのために正面からファルサスとやりあう必要はないからだ。

だがこの結果を見ると欲も湧く。ヤルノは腕の中の女を指さした。

「予定通り、人質と引き換えにアカーシアを持ってこさせろ。アカーシアが手に入ったらその女は殺せ。殺したら報酬は倍だ」

「倍!?　本当か？」

「本当だ。その代わり必ず殺せ。どこかに売ったりもするな」

ヤルノが釘を刺すと、男の一人が下卑た笑いを浮かべる。

「もったいないな。こんな綺麗な女見たことないぜ。さぞいい値で売れるだろうに」

「売りたいならこの話はなしだ。……ああ、手も出すなよ。ファルサスへの人質として価値がなくなるかもしれん。王妃候補だとしたら貞操こみでの商品だ」

ヤルノは言いながら腰の袋を探り、金色の腕輪を取り出した。硝子球が五つほど嵌《は》めこまれたその腕輪は、球の内部に透明の液体が湛えられ、輪の内側には針が何本か出ている。

男は腕輪を開くと、気を失ったままのティナーシャの腕にそれをぴたりと嵌めた。白い腕に三筋血が垂れていくのを確認して、ヤルノは笑う。

「睡眠薬入りの封飾具《ふうしょくぐ》だ。決して外すな。魔法薬じゃないから外せばすぐに目が覚める。あと他にも封飾具があったらありったけつけとけ」

言われて何人かの男が封飾具を探しに立ち去った。その間も青年に抱き上げられたままの女は、まったく目覚める様子がない。ヤルノは少し迷ったが結局彼女の額に手を伸ばした。

――今彼女を殺せば、懸念事項が一つ減る。

だがそれではアカーシアが奪取できない。あの剣が最大の目的なのだ。少し危険だが、彼らにこの橋を渡らせるしかないだろう。万が一駄目でも、その時のために次の手を打っておくのだ。

ヤルノは小さく詠唱すると、触れた手から女に構成を注ぎ込む。

彼女を抱き上げたままの青年が、それを訝《いぶか》しげに見やった。

「何をしてるんだ？」

「ちょっとした保険だ。どれほど強い魔法士であっても意識がなければ精神魔法にかかるからな」

愉悦に満ちたヤルノの笑み。それを青年は、気味の悪いものを見るように眺めていた。

「……あの馬鹿は本当に何をやっているんだろうな」

※

サテルヌが引き渡し場所に指定したのは、ファルサス城都近くの平原だ。

急遽《きゅうきょ》城に戻ったオスカーは、あわただしい話し合いの末、二十騎ほどの兵を連れ指定された場所に向かっていた。護衛としてすぐ後ろについたドアンが曇り空を仰ぐ。

「捕まったサテルヌは陽動だったみたいですね。何者かが城内の転移座標を把握して、直接転移門を開いたんでしょう。襲撃の時間はほんの五分程度だったそうです」

「被害が少なくて済んだ、と言いたいところだが、最初からアカーシアと引き換えられるだけの何かを奪取するつもりだったんだろうな。そこであいつが捕まるあたり面倒極まりないが。留守番させたらさせたでこれか……」

実際、他国の王族と王剣を引き換えにすることに、重臣たちの間では反対意見も上がったのだ。

アカーシアは単なる剣ではない。いわばファルサス王家の象徴だ。その点ではトゥルダールの精霊と似たようなものである。にもかかわらずこの剣を無法者たち相手に失ったとあってはファルサス王家の面目は地に落ちてしまう。「他国の人間など」とはさすがに誰も言えなかったが、「本当にアカーシアを渡すのか」という空気はあった。

それを「とりあえず時間もないから」と押しきって出てきたオスカーは、苦い顔で手綱を取る。

「あいつが殺されていたらトゥルダールとは戦争かな」

「ご冗談を……」

人質である以上、手荒なことはされていないだろうが、受け渡しが終わった後はわからない。

オスカーは、表面上は平然としたまま口の中で呟く。

「俺の傍にいるからこういうことになるんだ」

彼が何者かに狙われていることは、ファルサスに来た時からわかっていたはずだ。なのに今まで何とかなるだろうと放置していた。そのつけが出てきたのが今回だ。彼は内心の重みを飲みこむ。

やがて一行は受け渡し場所である平原に出る。隠れるものもないそこには既に、三十人ほどのサテルヌが騎乗したまま待機していた。

オスカーは彼らと相対するように距離を取って兵たちを留まらせると、アカーシアを掲げる。

「来てやったぞ。女はどこだ」

鏡のような両刃の刀身。柄《つか》にほどこされた年代ものの細工を認めてサテルヌはざわめいた。サテルヌたちが左右に避けていく。その奥から現れた青年は、膝の上に意識のない女を抱いていた。

「その剣を鞘に入れて投げろ」

凄みのある声での要請を、オスカーはしかし軽く受け流す。

「先に女を寄越せ」

「ふざけるな！　剣が先だ！」

オスカーは軽く首を傾けてティナーシャを見る。白い耳には五つもの耳環《みみわ》がついている。闇色の両眼は閉じられたままだ。

「なら女を起こせ。生きてるか死んでるかわからん」

傲然とした要求にサテルヌたちは顔を見合わせた。その隙にオスカーはドアンに尋ねる。

「どうだ？」

「おそらく生きていらっしゃいます。ただ山ほどつけられているあれらは……多分全て封飾具ですね。一つでもつければ普通の魔法士は構成が組めませんから、起きられてもティナーシャ様の助力は期待できないでしょう」

「元々期待してない」

オスカーは言いながら腰に手をやった。今はアカーシアの鞘の他にもう一つ長剣を佩いている。引渡し後の戦闘に備えてのものだ。


一方、ティナーシャを起こすよう言われたサテルヌたちは、口々にどうすべきか話し合っていた。ヤルノは決して起こすなと言ったが、確かに彼女の生死を明確にしなければ交渉は続かない。その肌に触れれば体温があるのは明らかだが、彼女を先に渡すわけにもいかないのだ。

「腕輪をはずすしかないだろう」

「いいのか？」

「目が覚めても二十近い封飾具がついている。それに、あの剣を手に入れたらヤルノが転移門を開いてくれるからな。心配ないさ」

ティナーシャを膝に抱いた青年が彼女の上半身を起こすと、もう一人が細い両手首を体の後ろで縛る。それが終わると青年は腕の封飾具に手を伸ばした。

軽い音を立てて腕輪が外れる。彼はティナーシャの白い頬を叩いた。

何度かそれを繰り返して、ようやく長い睫毛が揺らぐ。貝のような瞼の下から大きな闇色の瞳が覗いた。ティナーシャは何度かまばたきをすると首だけで辺りを見回す。手を縛られているため倒れそうになる体を、青年が腕で支えてやった。

「あ、頭痛い……」

「――しっかり起きろ馬鹿」

呆れた声はオスカーのものだ。ティナーシャは覚めきらない目で彼の姿を捉える。

「オスカー？　何ですかこれ……私……確か……」

「事情を説明して欲しいか？」

「お願いします」

「単にお前がとろいという話だ」

機嫌がいいのか悪いのかわからない男の揶揄《やゆ》にティナーシャは眉を寄せた。ややあって最後の記憶が戻ってくる。彼女はもう一度周囲を見回して、手が自由にならないことを確認し、ようやく事態を飲みこんだ。

「えーと、すみません……」

「まったくだ。次は気をつけろ」

それを聞いて彼女は首を縮こめる。二人のやりとりを聞いていたサテルヌの一人が叫んだ。

「さっさとその剣を渡せ！　約束だ！」

「渡したらそれは返すんだろうな？」

「もちろん」

堂々と嘘を返すサテルヌに、ティナーシャは目を丸くした。

「アカーシアのために私を捕まえたんですか？　……そんなの駄目ですよ。これ外してください」

彼女の要求を聞いて、周りの男たちは声を上げて笑った。

「さすが世間知らずのお姫様は言うことが違うな」

「はずしてください？　そう言われてはずすやつなんかいないね」

嘲笑の声にティナーシャはむっと顔を顰める。湧き起こる笑い声を聞きながら、オスカーが一人面白くなさそうな顔で馬を進め始めた。

ティナーシャはそれを見て口を開く。――澄んだ声音が、人を従わせる強者のものに変わる。

「外しなさい……でないと、上手く手加減できませんよ？」

それは、ぞっとするような殺意交じりの声だった。

彼女を捕らえる青年が凍りつく。力のある闇色の眼が彼を見据えた。その背を支える手に痛みが走り、彼は思わず手を離す。

――だが、彼女は倒れなかった。

ゆっくりと宙に浮かび上がる彼女を、男たちは信じられないものを見る目で凝視する。

長い黒髪がそれ自体生命を持っているかのように揺れ、赤い唇が嫣然《えんぜん》と微笑んだ。妖艶な笑みを零してティナーシャは男たちを見下ろす。

「構成が組みにくい……加減を期待しないでください」

「加減しなくていいぞ。そいつらは虐殺と略奪が仕事だ」

馬を止めぬままオスカーが半眼で口にする。

ティナーシャは男の指示に柔らかく微笑んだ。その手を縛っていた縄が弾け飛ぶ。

「かしこまりました」

女は白い右手を差し伸べる。そこに巨大な炎が現れた。彼女は空中をふわりと下がりながら、何の言葉もなしに炎を打ち出す。

思わず腕で顔を覆ったサテルヌたちは、肌を突き刺すすさまじい熱風と爆発音を感じ――けれどまだ自分たちが生きていることに気づいて目を開けた。見ると炎は、端にいた五人ほどを燃やしながら中央から少し離れた場所に着弾している。

ティナーシャは悔しそうに唇を曲げた。

「うー、狙いが定まらない」

「何やってるんだ。いいから戻ってこい」

オスカーが宙に手を差し伸べる。ティナーシャは空中をよろめきながら男の手を取ろうと降下した。だが、その瞬間、彼女を捕らえていた青年が馬を駆って走り出る。

「逃がすか！」

彼は、下りてきたティナーシャに向かって刃を振り下ろす。彼女は防御構成を組もうとしたが、封飾のせいで上手く組めない。傷を負う覚悟をした時、けれど彼女の体は横から抱き取られる。

「オ、オスカー……」

彼は答えなかった。片手を上手く使ってティナーシャを膝の上に抱えこみながら、右手の長剣で青年の剣を受ける。同時にファルサス軍がサテルヌに向かって突撃し始めるのを、ティナーシャは男の肩越しに見やった。すぐ耳元でオスカーが笑う。

「これを巻きこんだ不運を後悔するんだな」

青年の剣が、覆しようもない実力差によって捌《さば》かれる。オスカーは激昂《げきこう》する相手を一閃で斬り捨てた。何の声もあげぬまま彼の体は地に落ちていく。

それと同時に両陣の間では戦端が開かれ、いくつもの叫び声が平原に響いた。サテルヌの最後尾にいた男が、事態の推移に顔色を変える。

「お、おいヤルノ！　門を開いてくれ！」

だがその懇願はどこにも届かない。

サテルヌはわずかな抵抗を試みながらも、瞬く間にファルサス軍によって叩き伏されていった。

※

「お前、体の調子はどうなんだ。何かされたか？」

「気を失ってたのでよくわかりません。何か薬盛られてたみたいで気持ち悪いです……」

城都に戻るオスカーの膝上で、ティナーシャは自分の腕を確認した。ちょうど肘の少し上ほどに血が滲んでいる。オスカーはそれを見ながら眉を寄せた。

「気持ち悪いだけならまあいいか。後で医者にでも見てもらえ」

「すみません……」

ティナーシャはこめかみを軽く手で押さえた。薬の余韻かぼうっとする。だがそれだけではない。頭の中に何かがひっかかるのだ。ティナーシャは体内の魔力を動かし違和感の正体を確かめた。

「何か……かけられたみたいです。精神魔法による暗示ですね」

「精神魔法？　解けるのか？」

「解けます。これ放置しとくと眠ったら貴方を殺しに行くみたいですね。あはは」

「……さっさと解け」

「痛い」

明るく笑うティナーシャの頬を彼はつねった。まったく緊張感がないことこの上ない。

彼女は顔を振って男の指から逃れると肩を竦めた。

「私にかけられた暗示もアカーシアを奪うように命令してあるようです。なんでそんなにアカーシアにこだわるんでしょうね」

「全くわからん。ファルサス王族以外が持っていっても使えんぞ。血統による縛りがあるからな」

「そうですよね……」

闇色の眼に探るような険しさが浮かぶ。だがそれは一瞬で消え去ると申し訳なさそうな色に取って代わった。

「お手を煩わせて本当にすみませんでした……」

「猫じゃないんだからあっさり連れてかれるな。でもまぁ、今回は城に侵入されたこちらが悪いな。お前を置いて出かけるんじゃなかった。すまない」

ティナーシャはそれを聞いて、まさに猫そっくりに目を丸くした。

「ど、どうかしたんですか？　貴方が謝るなんて」

「もっとつねられたいのか？」

「間に合ってます！」

激しく首を左右に振ると、ティナーシャはそっと彼を見上げる。他の人間に聞こえぬよう囁いた。

「あの、もし今度こういうことがあったら、私よりもアカーシアを優先してくださいね」

「次を起こすな馬鹿」

「いや、そうじゃなくて……。私は本来なら存在しない人間ですから、失われてもトゥルダールはそんなに困りませんよ」

――もちろん彼女もただ害される気はないが、他国の人間である以上、その身柄が王剣と引き換えにできるわけがない。もしトゥルダールとの関係悪化を懸念しての選択なら、そこは間違えないでいて欲しい。

そう真剣に訴えるティナーシャに、オスカーは冷ややかな視線を注ぐ。

「お前は、自分の国が惜しくないのか？」

「大事です」

ティナーシャは考えるまでもない問いに即答する。オスカーはそれを聞いて頷いた。

「なら、もう少し自分の価値を認識しろ。他者に軽く扱わせるな。『自分を取り戻せばアカーシアが奪われても取り戻せる』と言うくらいは駆け引きをしろ」

「……オスカー」

彼の態度は、まぎれもなく王族としてのそれだ。国の象徴として在る王剣の、主たる姿だ。

ティナーシャは初めて触れる彼の一面に嘆息を飲みこむ。

「でも私は……」

血脈で継がれるファルサス王家と違って、トゥルダールの王位は力で継いでいくものだ。あくまでも代替可能な歯車だ——そう続けようとするティナーシャに、オスカーは前を向いたまま言う。

「安心しろ。お前よりは自国を優先してる。今回はたまたま手が届く範囲内だっただけだ」

そっけない言葉は、彼女が気負わずに済むようにとの気遣いで、そしてきっと事実だ。

強く、揺るぎない精神。昔の彼とは違う、甘さのない姿勢。

そうでありながら彼は、その強さがゆえに彼女にも手を伸ばしてくれるのだろう。

胸が熱くなる。

ティナーシャは名前のわからぬ感情を以てじっと男を見上げる。

城都はもう眼前に見えていた。

森の中から引渡しの様子を魔法でうかがっていたヤルノは、サテルヌの失敗に激しく舌打した。

「だから腕輪を外すなと言ったのに……馬鹿なやつらだ」

それにしても王女の力は予想以上だった。まさかあれだけの封飾具を振りきって力を使えるとは、アカーシアだけでなく彼女の排除も必要かもしれない。

「けど、あそこまでの力があれば手駒として好都合だ」

彼女には精神魔法で暗示を滑りこませてある。その構成はまだヤルノと繋がっており、好きなように操れる。そう思って彼が構成に触れかけた時――誰もいないはずの森に少女の声が響いた。

「何してるのかな？　にやにや笑って気持ち悪い」

彼が慌てて振り返ると、そこには赤い髪の少女が宙に浮いている。

少女は驚愕するヤルノに向かって、底の知れない笑顔を向けた。

「あの方は人形にするような方ではないわ。むしろ貴方が手土産になるといいわよ？」

圧倒的な力が構成を伴って現出する。

ヤルノは悲鳴を上げることもできず、ただ力の奔流に押し流されて意識を失った。

※

※

城に戻ったティナーシャは、かけられた構成を解くと風呂に入った。

浴槽の中で体を確認したがおかしなところはない。ついでに腕の傷跡から薬を多少外に流す。

今回は失敗してしまった。どうにも近い間合いに入られると反応が鈍いのだ。それは魔法士の常だが、だからといって甘んじるわけにもいかない。彼の足を引っ張るなどあってはならないことだ。

ティナーシャは上がっていく体温を自覚しながら両膝を抱える。

「オスカー……」

呟いた名は体の芯に熱を呼び起こすようだ。昔の彼と似て、だがまるで違う男。

決して優しくはない。むしろ彼女には意地悪だ。それはきっとお互いの相性が悪いからで、けれど猫のようにあしらわれても嫌ではない。昔から彼には変わらぬ親愛を抱いているからだ。

——だが今は、それだけでなく妙な落ち着かなさを覚える。

ざわざわと胸がざわめく感覚。何かを叫びたいような、どこかに走り出したいような焦燥。

そんな感情は四百年前にはなかった。思考までも届きそうな不思議な熱も。

ティナーシャは濡れた睫毛を揺らして目を閉じる。

「……変なの」

攫われたり無理に力を使ったりで疲れているのだろうか。

彼について考えれば考えるほど頭がぼうっとしてくる。これはもう単純に湯あたりしているのかもしれない。ティナーシャはそのことに思い当たるとあわてて浴室を出た。眠ってしまいたいのを堪えて、裸身に布を巻きつけたまま髪を乾かす。

その時、部屋の扉が叩かれた。

「はい」

「俺だ」

「オスカー!?」

意外な声にティナーシャは慌てて扉に走った。彼が部屋に訪ねてくることなど初めてだ。先ほどの謝罪といい、珍しいこともある。

扉を開けた彼女を見て、オスカーは一瞬唖然とした顔で固まった。だがすぐに嫌そうな顔になると彼女の頰をつねる。

「服をちゃんと着てから開けろ。どうしてお前はそうなんだ」

「す、すみません……」

ティナーシャは頰を押さえながら室内に戻ると、巻き付けた布の上から魔法士の長衣を羽織った。どうにも子供の頃の感覚が抜けきらないのか、彼女はオスカーに対してあまり警戒心を持てないのだ。それにどうせ彼にとって自分は子供同然なのだから気にする必要もないと思っている。

ティナーシャは服の裾を合わせ縛って留めながら、体に巻いていた布を抜き取った。

その間オスカーは部屋に入って後ろを向いていたが、彼女の「着ました」という声に振り返った。

「体は大丈夫だったか？」

「平気です。暗示も解きましたよ」

オスカーは部屋の椅子を引くとそこに座った。布を畳むティナーシャを、肘をついて見やる。

「お前――」

「何ですか？」

オスカーが口を開きかけた時、部屋の中央に突然ひずみが生まれた。

次の瞬間、赤い髪の少女が転移してくる。その右手には気を失った男が引き摺られていた。

「ティナーシャ様、戻りましたよっ！」

「おかえりなさい、ミラ」

オスカーは突然現れた少女に面食らったが、すぐにそれが誰か思い出す。

確かトゥルダール城の地下でティナーシャの守番をしていた少女だ。ティナーシャは彼女を「精霊」と呼んでいたのだから、本来十二体いるはずのトゥルダールの精霊の一人なのだろう。

ミラは部屋を見回しオスカーに気づくと、しまった、といった顔になる。

「お、お邪魔しちゃった？」

「別に気にするな。その男は何だ？」

「これ、お土産ですよー。無法者を操ってファルサス城に潜入させてた男」

少女の言葉に、二人はそれぞれが顔を顰めた。

※

「モルカドはトゥルダールの東、今のドルーザね、に逃れて、そこで子孫を残したみたいです。現在邪竜を使役しているのはドルーザの王宮関係者です。邪竜をいっぱい召喚してその魂を糧に禁呪を作ってるみたい。――で、ファルサスに攻めこむのに、禁呪も無効化するアカーシアが邪魔なので、何とかしてそれを取り上げようとしてるみたいよ？　以上ミラの報告でした！」

場所を会議室に移し、優秀な精霊の報告を受けたファルサスの面々は、愕然として開いた口が塞がらなかった。ミラが連れてきたヤルノという名の男はドルーザの宮廷魔法士で、目覚め次第尋問されることになっている。

重い沈黙の中、現王ケヴィンは険しい顔で一同を見回した。

「まさかそんなものを用意して攻めこむ気とはね……。ティナーシャ殿、禁呪が実用されたら対抗手段はありますか？」

ティナーシャは他国の人間ではあるが、ミラの主人であるため同席している。彼女は皆の視線を受けて、忌々しげに首を振った。

「アカーシアしかないでしょうね……。そういう禁呪なら大規模破壊用の呪文でしょうから、魔法で対抗しようとしても押し負けます」

「なるほど」

「ただ禁呪といってもあくまで魔法法則に則《のっと》ったものですから。普通の人間が扱える範囲ですと、事前にどれほど準備をしても打てて五発だと思います。それ以上は扱う術者が耐えられません。だから五発をしのぎきれば勝てると思いますが……」

ティナーシャはそこまで言って隣のオスカーを見た。言いにくそうに口ごもる彼女に、オスカーは眉を上げる。

「何だ。言え」

「うー。アカーシアは禁呪の完全無効化はできますが、禁呪の余波に使い手が耐えられるかは微妙です。結界を張って使い手を守りながら、という形になるでしょう」

頷く一同の中で、エッタード将軍が手をあげながら発言した。

「先に攻めこむというのはどうでしょう。今ならまだ向こうの準備が整っていないのでは？」

「それもいいとは思うけれど、事情を知らない他国にはファルサスの侵略ととられかねないね」

王の言葉に何人かが唸り声を上げる。現王はしばらく目を閉じたまま深く思案しているようだったが、やがて決意を穏やかな両眼に浮かべ息子を見た。

「やれるかい？」

「やれる」

迷いのない返事に、ケヴィンは長く息を吐いた。普段優しげな瞳には、今や王としての威厳が色濃く現れている。

「では軍を用意しよう。だがこちらからは打って出ない。向こうの進軍待ちだ」

王の決定に一同が頭を下げる。ケヴィンはその中の一人である息子を指差した。

「で、王位はお前が継ぎなさい」

「は？」

さすがに意表を突かれてオスカーは目を丸くする。だがすぐに我に返ると渋面を作った。

「戦争が嫌いだからって退位するな」

「嫌いだけどそうじゃなくてね。アカーシアを持ってるのはもうお前なんだから、お前が王になりなさい。で、死なないこと。禁呪を防ぐだけじゃ駄目だよ。お前が生きて戻ってくることが本当の勝利だ。世継ぎもいないし後はないから、その覚悟でいなさい」

重臣たちは突然のことに、固唾を呑《の》んで父子のやりとりを見つめる。

オスカーはしばらく渋面のまま父を見つめていたが、不意に苦笑した。

「最初から死ぬつもりなんてないが……。わかった。俺が継ごう。戦時になったら親父はのんびり書類仕事でもしててくれ」

「書類仕事も嫌いなんだけどね」

冗談めかして答えるケヴィンに、部屋の空気はほっと笑顔になった。

5. 鏡の向こう

ドルーザの企《たくら》みが明らかになってから十日、ティナーシャは夕陽《ゆうひ》が差しこむファルサス城の自室で、足を組んで椅子に座っていた。目の前には解析されつつある構成が水盆に浮かんでいる。それを感心したようにまじまじと眺めるミラに向かって、ティナーシャは口を開いた。

「ドルーザの禁呪を作ってる場所ってどこだかわかります？」

「わかるけど……教えない」

「何で」

「教えたらティナーシャ様、自分で直接殺しに行くでしょ？」

図星を指されてティナーシャは沈黙した。今回の件は、ファルサスが先制するには対外的に問題がある。だが自分一人なら上手く行って帰って来られるのではないかと思ったのだ。

「駄目駄目。あの禁呪って構築中の方が触ると危ないもん。術者を殺したら力が飛び散って大変なことになるよ」

「むう」

「大体ティナーシャ様は、魔力は凄いけど後衛型だから単独行動は向いてない！　こないだも変なのに捕まってたし……。魔法士以外が相手になったら大変だよ。ウナイに殺されかけたの忘れたの？」

「覚えてますよ」

精霊の説教に、ティナーシャは苦虫を嚙み潰したような顔になった。

――四百年前、魔女レオノーラと戦った時、ティナーシャを一番追いつめたのが、魔女の片腕だった剣士なのだ。当時は精霊の一人であるセンがウナイを引き受けてくれたが、十二いた精霊は退位時にミラを除いて返してしまった。この状態で未知の敵地に単身飛びこんでいくには、まだまだ彼女は若輩なのだ。

遠い昔から来たとはいえ、その間眠りについていたティナーシャは、十九歳の人間と経験自体は変わりがない。アカーシアを持つオスカーと近距離で戦えば、まず瞬殺されるだろう。

己の身の程を振り返るティナーシャに、ミラはもっともらしく言う。

「禁呪はアカーシアに任せるのが最適だよ。気持ちはわかるけど手を出さない方がいいと思う」

「でも私が王位を継ぐことを了承したのって、ドルーザの存在が大きいんですよね……」

トゥルダール王のカルステは、ティナーシャに対し「最近ドルーザの動きが不審なため、抑止力として精霊を復活させたい」と希望してきたのだ。

だが結局ドルーザの武器の切っ先はファルサスに向けられている。禁呪を使うなら魔法大国を相手にするより、アカーシアを差し引いてもファルサスの方がたやすいと判断したのだろう。

「そもそもモルカドを逃がしちゃったのも私の在位時だし……やっぱり戦犯は私なんじゃ……」

「片端から敵を引き受けないの！　モルカドだってドルーザだってティナーシャ様が先に手を出し

たんじゃなくて、その始末を頼まれてるだけでしょ。一人で何でもやろうとしなーい」

「でも、アカーシアがあっても大規模禁呪なんて五発は受けられませんよ。普通の結界なんて、張ってあっても使い手は死にます」

——それこそが一番避けたい事態だ。

だからこそ彼女は事前に片をつけておきたいと思っている。「彼」が喪《うしな》われることはあってはならない。たとえそのために自分が犠牲になろうともだ。

目を伏せた主人に、ミラは容姿に似合わぬ大人びた苦笑を見せた。

「そうしたらティナーシャ様が結界を張ればいいと思う。貴女が一人で行って何かあっても、アカーシアの剣士は困るでしょ」

ミラは水盆の上の構成を指し示した。ティナーシャは本来の役目を思い出し黙りこむ。

——まったくその通りなのだ。

一人で何もかもをすることはできない。それを為すにはあまりにも実戦経験が足りなかった。

彼女の溜息が白い膝に落ちる。オスカーの即位式は二週間後に迫っていた。

※

ファルサスは会議の末、結局ドルーザとセザルの二国にも即位式の招待状を出した。

返事は両国とも欠席であり、一同は安心したような不安なような妙な気分を味わった。

もちろん警備体制は厳重に厳重を重ねている。結果として即位式の当日に集まる他国の要人たちは、影ながら二重の監視を受けることになった。一つはファルサスによる警備。そしてもう一つは、ティナーシャが城に張り巡らせた構成によってだ。

式の一時間前、ティナーシャは髪だけを結い上げた状態で、平服のままオスカーがいる控え室の扉を叩いた。返事を受けて扉を開ける。

顔を上げた彼女は、王の正装を着た彼の姿に瞬間忘我した。

艶を消した銀色の鎧《よろい》と昏《くら》い赤色の外衣は、男の鍛えられた体に非常に似合っている。アカーシアは今はケヴィンの手元にあるため、彼は代わりに別の長剣を佩いていた。

秀麗な顔立ちには少し煩わしそうな表情が浮かんでいる。彼は入ってきたティナーシャが何も言わないのに気づいて怪訝そうな顔をした。

「どうした。しかもなんだその格好。式典の日を勘違いしてたのか？」

「ちゃんと覚えてますって……。これから着替えるんです」

いつもと違う格好の彼を直視できず、ティナーシャは赤面した顔を隠すように横を向く。危うくここに来た用事を忘れてしまうところだった。彼女は朱の差す頬を押さえながら、男に向き直った。

「すみません、守護結界をかけさせてください」

「構わんが、自動で相手を殺す結界とかじゃないだろうな」

「いきなりそこまでやりませんから！　守るだけ！」

オスカーは肩を竦めると椅子に座った。ティナーシャは彼の前に立つと詠唱を始める。

「我が定義は三つの世界に渡る。意味を意味として消失させ、異なる定義は解体し言葉の塵《ちり》となる」

銀糸の構成が彼女の前に浮かび上がる。オスカーにも見えるほど魔力を伴って具現化した構成は、詠唱と共に複雑に絡み合いながら展開していった。彼はそれを感心の目で見つめる。

「――我が命はあらゆる現出に優先す。言葉とこの力を以て降り注ぐ全てに干渉せん」

詠唱の終わりと共に、構成はオスカーの全身に纏わりつくように吸いこまれて消える。ティナーシャはそれを確認して息をついた。

「これで終わりです。あくまで対魔法用ですけど。ありがとうございます」

「礼を言うのはこっちだ」

その言葉にティナーシャはぱっと嬉しそうな笑顔になる。オスカーは立ち上がると彼女の頭に手を置こうとしたが、艶やかな黒髪が綺麗に結われているのに気づいてその手を下ろした。

「早く着替えてこい。レジス王子も来るだろう。遅刻するぞ」

「そ、そうでした。では失礼します」

彼女は軽く会釈するとその場から転移して消える。退出の唐突さにオスカーは苦笑したが、その顔はすぐに険しさを帯びた真剣なものに変わっていった。


自室に帰ったティナーシャは、シルヴィアや女官たちに手伝ってもらい、慌てて着替えと化粧を済ませた。深い青と白で彩られた正装は、トゥルダール王族特有のものだ。銀の額飾りを含めた全ての装飾品は魔法具で、華奢な体の線を浮き立たせて広がる裾は優美な曲線を描いていた。

自分の姿を鏡で確認したティナーシャは、ぽつりと呟く。

「正装なんて久しぶりです」

「眼福ですよ！」

頬紅を持ったままシルヴィアが嬉しそうに笑う。ちょうどその時、女官が入ってきて言った。

「レジス殿下が到着なさったそうです」

「今行きます」

ティナーシャは名目上トゥルダールの王女だ。この即位式もトゥルダール代表として、レジスと共に出席することになっている。

彼女は城内の構成に意識を傾けて異常がないことを確認すると、レジスの待つ大聖堂に向かう。

久しぶりに会った彼は、正装したティナーシャを見て目を瞠ったが、すぐに顔を綻ばせた。

「よくお似合いです。実にお美しいですよ」

「ありがとうございます」

ごく自然に差し出された彼の手を取ると、ティナーシャは衆人の注目を浴びながら大聖堂に入っていった。中には既に招待された人々が席についており、二人も大聖堂の中ほどに着席する。

そうしてしばらく経った頃、アカーシアを佩いたケヴィンとオスカーが入場してくる。ティナーシャは構成に集中しながらその姿を眺めた。

二人が祭壇前に到着すると、ケヴィンの口上が始まる。それを聞きながらティナーシャは、ふと王剣アカーシアのことを考えた。

——人外がファルサスに与えたという世界でただ一振りの剣。その力は絶大だ。

一般には魔法が効かないだけの剣と思われているようだが、実際は、魔法構成の破壊・分解を可能にし、また接触した人間の魔力を拡散させる力も持っている。それはかつて彼女が身を以て体験したことで、また少女だった彼女に持ち主の男が教えてくれたことでもあった。

まさに魔法士の天敵と言っていい、魔女をも殺せる剣だ。

その剣が今、新しい王の誕生と共に正式に持ち主を変える。

多くの者は、即位以前にオスカーがアカーシアを持っていることを比類ない剣技がゆえだと思っているようだが、ティナーシャはそれが、彼の膨大な魔力とその封印を隠すためではないかとも疑っていた。だがその推測は気軽に確かめるのも躊躇われ、今のところ彼女の胸にしまわれたままだ。

ティナーシャが壇上を見ると、ケヴィンが一歩下がり、代わりに跪いていたオスカーが立ち上がるところだった。アカーシアを掲げる新しい王の誕生に、聖堂内に歓声と拍手が湧き起こる。

ティナーシャはそれにならって自分も手を叩きながら、姿勢よく立つ男の姿に気を取られていた。

※

オスカーは民衆へのお披露目を終えた後、一旦自室に帰って着替えると広間に顔を出した。

大広間に入るとすぐに彼を見つけた招待客たちが集まってくる。彼らに社交用の笑顔で応対しながら辺りを見回すと、窓際でレジスとティナーシャが楽しそうに笑いあっていた。彼女はオスカーに気づくと軽く手を振ってくる。

正装をしたティナーシャはドレス姿の姫君たちより余程美しく、周囲の空気を一身に惹《ひ》きつけていた。近くにいる男たちがちらちらと彼女の方を気にしているが、ティナーシャがレジスと親しげにしており、また二人が似合いの一対であるため声をかけられないようだ。

オスカーは感情を消した目で彼女を見返したが、すぐに周囲に話しかけられて顔を戻した。

その様子を見ていたティナーシャは他人事のように感想を述べる。

「大変そうだなぁ。疲れそう……」

「貴女もじきにああなりますよ」

「一回やったんで遠慮したいんですがね……」

つい先程まで彼女は、レジスの案内で諸国の要人に紹介されながら広間を回っていたのだ。

突然現れた次期女王に皆は驚いたようだったが、レジスの話術は巧みだった。おおむね好意的な反応を返されたティナーシャは、隣の男を感心の目で見上げる。

「それにしても殿下は凄いですね。私は暗黒時代あがりのせいか、どうもこういうのが不得手で」

「僕も最初から得意なわけじゃなかったですよ。ただ必要なことですからね。学ぶことが尽きなくて楽しいです」

気取ったところのない答えにティナーシャは微笑した。

レジスは頭が良く、気が利く努力家だ。ティナーシャは、もし自分がいなかったら彼こそがよい王になっただろうことを残念に思う。

――だがもしドルーザの脅威が除かれるのなら、自分が即位する必要はないのではないか。

強すぎる力は平時には必要ない。かつて同じ理由で彼女は玉座を下りたのだ。抑止力が敵国を失ってその意味を持たなくなるのなら、力に特化した王の意義も共に消滅する。にもかかわらず、請われるままに王位を継いでもいいのだろうか。

ティナーシャは溜息をつきながら、右手の手甲に嵌められた水晶を見た。城内に張り巡らせた構成の要となっているその水晶は、何事もなく澄んだ光を湛えている。

次いで守護結界を確認するためにオスカーを見ると、彼は薄紅色のドレスを着た可愛らしい女性と並んで歩いていた。確か先ほどレジスに紹介してもらった女性だ。ティナーシャは記憶を探る。

「あの方は……ヤルダのネフェリィ王女でしたっけ」

「そうですね。ヤルダも今ではすっかりファルサスと友好関係にありますよ」

両国の間に戦争があったのはたった十年前のことだ。敗戦で領土をわずかに失ったヤルダは、その後ファルサスの力を借りて復興し、現在は友好関係にある。ファルサス、セザル、ガンドナの大国に囲まれたヤルダにとっては、どこかに寄らねば敗戦後の衰退を乗りきることさえできなかっただろう。それを当のファルサスに寄ったのはケヴィンの人柄もあるに違いない。

「噂に過ぎませんが、ヤルダは敗戦時にネフェリィ王女をファルサスに嫁がせたいと申し出たそうですよ。ファルサスが断ったと言われていますが、特に理由が思い当たらないのでやはり噂話なんでしょうね」

「あー、なるほど……」

ティナーシャには断る理由が思い当たった。今彼女が解呪に取り組んでいる呪いだ。これが何とかならないうちは、婚姻の約束はできなかったのだろう。

だがその理由ももうすぐ消失する。そうしたら彼はかの王女を娶《めと》るのだろうか。

――考えると、何だか面白くなかった。

ティナーシャは表面上微笑を保ったまま二人を目で追う。隣でレジスが苦笑した。

「魔力が乱れてますよ」

「え!? あ……すみません」

ティナーシャはばつの悪さに赤面する。強大な魔力を内在させているためか、どうも感情の動きに力が引き摺られることがあるのだ。自身もかなりの魔法士であるレジスには、それがわかってしまったのだろう。片手で顔を覆ってしまったティナーシャに対し、レジスは穏やかに微笑む。

「あの方が羨ましいです」

それがどういう意味かわかった彼女は、答えに困って微苦笑した。

「……刷り込みみたいなものですよ。自分でもよくわかりません」

過去を過去として切り離してから、ティナーシャは改めて彼に向き合おうとしている。目が覚めた時に初めて出会った一人の人間として、何も共有していない一から。

だが、そうして向き合ってどうしたいのか。彼のことをどう思っているのか。

今のところまったく言葉にならない。わからない。胸を焼く熱の名を知らない。

ただしなければならないことはわかる。

彼を助け、守るのだ。

これだけはどうしても譲れなかった。忘れたくなかった。

それが子供の感傷でも構わない。見返りなどいらない。

だから、そのためにも前を向いていたい。全てはまだ始まってもいないのだ。

※

三時間ほど広間で祝い客の応対をしていたオスカーは、宴席の終わりと共にその場を辞した。廊下を行きながら、凝ってしまった肩を捻る。

——外交は苦手ではないが、しみじみと疲れるのだ。

特に、しきりに媚態《びたい》を傾けてくる女性たちの相手は重い疲労感をもたらす。それでもネフェリィなどは比較的あっさりした性格なので相手がしやすいが、他の女性などは噎《む》せ返《かえ》る香水の香りだけで気力を削がれる。一度風呂に入って匂いを落とさないと頭痛がしそうだ。

しかしその時、背後から女の声が彼を呼んだ。

「オスカー、少しいいですか?」

それは、他の女性たちとは別の意味で相手をしにくい女の声だ。

振り返った先に立つティナーシャは、申し訳なさそうに微笑んでいる。少し憂いを帯びた闇色の目には長い睫毛がかかり、赤い唇は沈んで艶やかだ。化粧をし、正装をした彼女はまるで見知らぬ女のように見えた。その姿に見惚《みと》れかけたオスカーは内心を隠すと聞き返した。

「どうした？　レジスは帰ったのか」

「すぐ見送りに行ってきます。その前に貴方の結界を解こうと思いまして。お邪魔してすみません」

「別にいつでもいいんだが」

「貴方の周り、女性が途切れないんですもん。楽しそうで何よりですけど」

それは皮肉なのかもしれないが、拗ねたような声音のせいで皮肉になりきれていない。オスカーはその頬をつねる代わりに平然と返す。

「王妃の売りこみが途切れないからな。お前が解呪してくれるのはありがたい」

いつまでも妻帯しないままで年を取れば、諸国から大なり小なり奇異の目を向けられるし、要らぬ野心も煽ってしまう。二十歳で呪いが解けるなら申し分ない結果だ。

しかし半ば予想通り、それを聞いたティナーシャは美しい眉を寄せる。

「好きに選べてよかったですね。一番有用な人材を選ぶといいですよ」

「臣下を選ぶように言うな。何もできない女でいいさ。俺の邪魔をしないならな」

「それは私と対極にあるような女性ですね」

「なんだ、自覚があるのか」

オスカーは言うなり、半ば反射でティナーシャの頬をつまむ。柔らかな頬を膨らまそうとしていた彼女は首の後ろをつままれた猫のような顔になった。そんな彼女にオスカーは思わず噴き出す。

「自分でやっといてなんで笑うんですか……」

「子供をからかうのは面白い」

ティナーシャはそれを聞いて溜息をついた。長い睫毛が揺れて白皙《はくせき》の顔に翳《かげ》が落ちる。憂いを帯びた表情は、化粧と相まってひどく重い色香が漂っていた。

「別にいいですけどね……私には私の役割がありますし。ただ貴方には、お妃候補と同じくらい敵も多いみたいですから。何かあったら言ってくださいね」

「言ったらどうするんだ」

「私が対処します」

あっさりとした言葉の裏にあるものは、純粋な戦意だ。冷徹さの片鱗《へんりん》にオスカーは顔を顰める。結局彼女は、その強い情が自分をすり減らすことに無自覚なのだろう。だからどこにでも己を投げだそうとする。そうして傷つくことも厭《いと》わないのだ。

「お前は――」

「ん、先に結界解きますね」

ティナーシャは、彼のすぐ傍まで歩み寄ると手を伸ばしてその体に触れた。小さく詠唱を始める。華奢で頼りない体は、魔女に打ち勝ったことがあるなどとても思えない。実際「もう一度やって勝てるかどうかわからない」と彼女自身が言う通り綱渡りのような戦いだったはずだ。彼女が今まで無事だったのはいくつもの幸運が作用した結果で、そしてそれはいつまでも続くとは限らない。

オスカーは重い息をのみこむ。

「……解析はどれくらいかかりそうだ？」

「あと四ヶ月弱ですね。お待たせしてます」

「まだ何か必要か？」

「当分は特には。もう少し進んだらわかりませんが」

ティナーシャは詠唱を終えると顔を上げた。その闇色の眼は、確かに彼自身を見ている。

無垢な心を隠しもしない。そうする術《すべ》すら知らない女。そんな彼女が暗黒時代で王位に在ったということは、国を守るために薄氷を歩むような毎日を過ごしていたはずだ。

——にもかかわらず彼女は、この時代に来てもなお戦い続けるのか。

そう思うと心も決まった。オスカーは無表情のまま彼女に言う。

「お前も、トゥルダールに帰れ」


男の声は冷たくも聞こえる。ティナーシャは言われたその意味がすぐには理解できなかった。

ややあって驚きに目を見開く。

「帰る？　何故？」

「何故でも。特に要るものがないならトゥルダールにいてもできるだろう。用があったら来ればいいし、俺を呼んでもいい」

「それはそうですが……」

ティナーシャは、目の前が暗くなるような錯覚を覚えた。

自分でも何故こんなに動揺しているのかわからない。動悸《どうき》がする。

彼女はこめかみを押さえながら男を見上げた。

「開戦したらどうするんですか。アカーシアがあっても禁呪なんて生身の人間は受けられませんよ」

「他国の人間が口を出すな。ましてや参加しようとするな。お前には関係ない」

突き放すような言葉に、ティナーシャは表情を消した。普通にしていては弱くなってしまうような気がしたのだ。唇を噛もうとして、しかし彼女はそれを堪えると反駁《はんばく》した。

「お邪魔しません。置いてください」

「駄目だ。この前みたいなことがあったらどうする。ただでさえ忙しいのにトゥルダールまで敵に回したくない。さっさと国に帰れ」

男の言葉に、ティナーシャは胸が詰まるような痛みを覚えた。

こめかみを押さえる指が爪を立てて皮膚に食いこんだが何も感じない。自分が上手く立てているのかわからない。彼に縋りつきたくて、でもどうしても手を伸ばすことができない。

代わりに彼女は囁くような声を絞り出す。


「傍にいさせてください……」


オスカーは感情のない目で彼女を見下ろしていたが、小さな溜息と共にきっぱりと言った。

「俺に執着するな。迷惑だ」

闇色の眼が、それを聞いて一瞬硬直する。

——息が止まる。耳元で何かが割れる音がする。

オスカーの目に驚愕が浮かんだ。だが彼女はそれに気づかない。

頭が痛い。

気持ち悪い。

額で、耳で、手で、何かが砕ける。感情を統御できない。

見返りなどいらないのだ。嫌っていてくれて構わない。ただ守ろうとするこの手だけは拒絶して欲しくなかった。それを否定されるのなら、何故今ここにいるのかわからない。どうして時を越えてきたのかわからなくなる。

ティナーシャはきつく目を閉じた。

それが、何も見えないためか、見たくないためなのか、彼女にはわからなかった。


ティナーシャの耳環が軽い音を立てて砕け散ったことに、オスカーは唖然とした。

破片が彼女の白い頬を傷つけ、滑らかな肌に血が滲む。感情に引き摺られ揺らぐ強大な魔力に、体中の魔法具が耐えきれず次々と割れていった。

閉じられた瞼、美しい眉は痛みを堪えるように歪んでいる。

「ティナーシャ」

オスカーは細い体を抱き取ろうと腕を伸ばした。

その時、廊下の窓硝子が魔力の余波で砕け散る。さすがに異常に気づいたのか角の向こうから誰かが走ってくる音がした。その人物は二人と凝《こご》る魔力を視界に入れると、彼女の名を叫ぶ。

「ティナーシャ！　いけない！」

レジスは彼女に駆け寄ると華奢な体を後ろから抱きしめた。触れた場所から自分の魔力を注ぎ、漏れ出す彼女の魔力を相殺する。

「落ち着いて……僕の声が聞こえますか？」

ティナーシャはしばらくの間の後に小さく頷いた。その反応にレジスは安堵の表情を見せる。

「ゆっくり息を吸ってください。魔力を統御して……大丈夫、できます」

「はい……」

苦しそうな彼女の貌が、徐々に仮面に似た無表情に変わっていくのを、オスカーは黙って見つめていた。レジスは彼女を腕の中に支えたまま、指を伸ばして頬の裂傷を消す。

彼はオスカーに向かい頭を下げた。

「失礼致しました……わざとではないのです」

「承知しております」

オスカーは小さく息をついた。ティナーシャはまだ目を閉じたままだ。その美しい貌を一瞥すると、オスカーはレジスに向かって姿勢を正した。

「今まで彼女をお借りしていましたが、彼女も即位前にやるべきことが多いでしょう。よい機会ですので貴方とトゥルダールにお返しいたします。ありがとうございました」

それを聞いてレジスは狂乱の理由を悟ったらしい。どう返事するべきか彼女を見やる。

ティナーシャはゆっくりと瞼を開く。

闇色の深淵がオスカーをまっすぐ見つめた。

――とても遠い。

埋められない距離がそこにあった。


彼女は首を僅かに傾ける。

探るような目をしたのはほんの一瞬で、彼女はすぐに可憐《かれん》に微笑んだ。

「はしたないところをお見せしまして申し訳ございません。仰ることはごもっともでございます。これからは国に帰って勉強させて頂きます。今までのご厚意の数々、お礼の言葉もございません」

そう言うと彼女は優美に一礼した。困惑するレジスに手を取られ、オスカーに背を向けるとその場から去っていく。

最後に見せた愛らしい微笑みは、だがオスカーにはまるで泣き顔のように見えていた。そんな顔をさせてしまったことに少し胸が痛む。

だが、とうに決めていたことだ。早いか遅いかの違いに過ぎない。

「まったく……とんだ女だ……」

彼女の姿が見えなくなると、彼はその存在の残滓を振り払うように頭を振って歩き出した。

※

広い部屋に響く数人の話し声は、愉悦や不安など様々な感情に満ちていた。

年老いた男の声が苦々しく言を紡ぐ。

「ファルサスの王が代替わりしたが、先王と違ってなかなか食えない男になったな」

「アカーシアも結局奪えないままか。ヤルノめ、口ほどにもない」

舌打ちに重ねるようにして、女の声が割って入った。

「でもアカーシアが強くても所詮使うは人の身。結果には変わりないでしょう」

「どれほど効率的に勝てるかが問題なのだよ。我らが祖モルカドが屈辱のもとにトゥルダールを去ってから四百年、禁呪を受け継ぐ我らは正しい評価も与えられず、地下に潜むことを余儀なくされてきた。だがそろそろ、この力の強大さにふさわしい場を得てもよい頃だろう。そう、かつての暗黒時代のようにな」

沈黙が部屋を支配する。年老いた男は喉を鳴らして笑った。

「ファルサスを攻め、アカーシアを奪取できればトゥルダールへの意趣返しも可能かもしれぬ。ただ陛下や重臣たちは未《いま》だ我らの力に懐疑的だ。圧倒的な結果を以て示さねばならぬだろう。もっとも、不可能なことではないがな。――そうだろう？　ヴァルト」

老いた男は、暗い部屋の隅に向かって問う。

今まで無言のままそこに座していた青年は、名を呼ばれて笑った。

「そうだね。あなたたちが目先の感情に惑わされなければね」

青年は部屋の向こうにある扉を見やる。

禁呪を構成するための部屋。そこから漏れだす魔力は膨大だ。

暗い部屋で編まれる謀りごとによって、ドルーザの転換点はすぐそこに迫っていた。

※

「私ってそんなに執着してます!?」

「してるしてる。してなかったら四百年前からとか来ないよ」

ミラの返事にティナーシャは顔を引きつらせる。彼女は本を持つ手をぷるぷると震わせた。

「それは恩返しのためですよ！　今の彼個人は何とも思ってません！」

「そうかなぁ」

飛び出すようにファルサスを出て、レジスと共にトゥルダールに戻ったティナーシャは、城の自室で毒づいていた。その傍では椅子に座ったレジスが苦笑しながらお茶を飲んでいる。

ミラは宙に浮かびながら人間くさい仕草で肩を竦めた。

「大体ティナーシャ様は綺麗だしその力だから、大抵の男は参るかびびるかするけど、アカーシアの剣士だしね。女に不自由してなさそうだし。相手が悪かったですね。あははは」

「だ・れ・も、結婚迫ったりしてないじゃないですか！」

「重いんじゃないかなぁ。引かれたんですよ、きっと」

「こ、殺したい……！」

「殺しにいく？」

「言葉のあやですよ！」

ティナーシャは抱えていた本を乱暴に本棚へと押しこんだ。その耳や指にはいくつもの封飾具がつけられている。これらがなければ今頃彼女の部屋は、嵐が来たような惨状になっていただろう。

「解呪はしますけどね！　代わりに変な呪いかけてやろうかな。野菜が嫌いになる呪いとか！」

「その魔力でちっちゃい復讐《ふくしゅう》しないでください」

二人の会話を困ったような笑顔で聞いていたレジスは、お茶のカップを置くと口を挟んだ。

「あの方は戦乱に貴女を巻きこみたくないんでしょう。察してあげてください」

「だとしても一人で何とかできるなんて考えが甘いです！」

「ティナーシャ様、その言葉そっくり貴女に返したいよ？」

「他人のことはよく見える！」

ティナーシャは部屋の中央にある水盆に歩み寄った。そこに展開されているものは解析中の構成だ。美しいとしか言いようのないそれを前に、彼女は誰にも聞こえぬ声で零した。

「……少しだけ、期待したのに」

四百年前、魔法の眠りを使うことを決めた時に、ほんの少しだけ「好きになってもらえるかもしれない」と期待した。

彼と自分が、消えた歴史の中で結婚したのはファルサス暦で五百二十七年。だからその年には、ミラに彼を連れてきてくれるよう頼んでいた。にもかかわらず一年も前に彼が現れたのは、自分を妻にするため迎えにきてくれたのではないかと、少女のような期待を抱いたのだ。

それが自分の勘違いだとはすぐにわかったし、今はもう昔の彼と今いる彼が違う人間であるとはわかっている。それでもどこかで期待していたのだ。——自分たちはもう一度最初から何かを始められるのかもしれないと。

だが現実は現実だ。彼の眼中に自分はいないし……自分が優先すべきは自分の願望ではない。本来の歴史であれば彼の妻が撥《は》ねのけていたのだろう困難を、自分が撥ねのけるために来たのだ。

ティナーシャは深く息を吐き出すと、消沈しかけた気持ちを切り替える。

「とりあえず速攻でこれを解析して解呪して……。そしたらもう知りません！　私の役目はそこまでですから！」

「お好きなようにしちゃってください」

面白がっている精霊と沸々と怒るその主人を眺めて、レジスは深い溜息をついた。

※

ラザルは事の次第を聞いてあんぐりと口を開けた。

「ティナーシャ様を追い返しちゃったんですか？　しかもそんなこと言って？」

「どう言ったって同じだろう」

「同じじゃないですよ！　何ですかその酷《ひど》い言い方。解呪してくれなくなったらどうするんですか」

「そんなことはないだろう。義理堅そうだしな。せいぜい代わりに変な呪いをかけられるくらいだ」

「…………」

批難と呆れの混じった視線を向けられたにもかかわらず、オスカーは平然と仕事をしている。ドルーザへの警戒のため、北部イヌレード砦にはかなりの兵数を集めるよう手配したばかりだ。何か動きがあればすぐ軍が出せるようになっている。

ラザルは肩を落とすと頭を振った。

「あの方は絶対貴方の力になってくださいましたよ」

オスカーは答えない。ただ書類を次々に処理していく。その鉄面皮にラザルは溜息をついた。

「殿下……じゃなくて陛下は、何だかんだ言ってあの方を気に入っていらっしゃると思ってました」

「そんな訳あるか。トゥルダールの女王になる女だ。気に入ったとしてもどうにもならんだろ」

王の答えが意味することに気づいて、ラザルは目を丸くする。

「……え、それって……」

「さっさと仕事しろ。ほら、これ持ってけ」

書類の束を押しつけられて、ラザルは何か言いたげな顔をしながらも執務室を出て行く。扉の閉まる音がすると、オスカーはようやく表情を崩して眉を顰めた。

気に入ってなどいない。

面白いとは思う。予想がつかないとも。

前は遠くを見るような彼女の目に苛立ちを覚えたが、今は別のざわめきを感じて落ち着かない。

――だが、ただそれだけだ。何とも思っていない。

仮に彼女が気に入ったからといって、隣国の女王になる女なのだ。かつて東の小国で、隣国の女王を手に入れるためにその国を滅ぼした王がいたが、彼は終生愛しい女に憎まれることになったという。当然のことだ。

それは極端な話としても、ティナーシャを傍に置き続けることは困難がつきまとうのだ。私情でそんなことをする気にはなれないし、それくらいなら最初から気にしないに限る。

大体彼女にはレジスがいるのだ。充分仲が良さそうなのに何故自分に構うのかわからない。

「……俺は振り回される気はないからな」

オスカーは湧き起こる腹立たしさに筆圧を高めながら、書類に署名した。

6. 黒い溜息

ファルサスの北部、イヌレード砦にて厳重な警戒が敷かれている頃、ドルーザの王宮では国王ロジオンが玉座に深く座りながら魔法士の報告を聞いていた。

王の前に跪いた老魔法士は、皺《しわ》だらけの顔に薄気味悪い笑いを張り付かせている。

「禁呪の仕上がりは上々でございます。二、三日中には実戦に用いることができるかと」

「本当にファルサスに勝てるのだろうな」

「間違いございません。魔女であっても防ぐことは至難でございましょう。アカーシアがあろうとも使い手を葬ります」

自信に満ちた言葉に、ロジオンは黙ったまま頷く。

——歴史上禁呪が戦争に使われた例は、記録では存在していない。

禁呪とは危険すぎる、或いは忌まわしい方法によって構築される魔法を総称して呼ぶものだが、その中でも戦争に用いられるほど大規模な術を構成するには、かなりの年月と労力、そして犠牲が要るのだ。到底普通の国に実現しうるものではない。

それでもトゥルダールの奥深くや、世界に三人しかいない魔女のもとには、こういった禁呪についての知識が眠っていると言われるが、真実は定かではない。四百年前、モルカドがトゥルダールを逃げ延びて邪竜召喚の術を伝えたことでさえ、異例中の異例だったのだ。彼の系譜を継ぐ者たちは地に潜り、今までの長い年月を禁呪の構築に費やしてきた。

——そして、今がその成果を見せる時だ。標的となるのは長年目障りであったファルサスからだ。

ロジオンは内心ほくそ笑む。

まずは彼ら禁呪の魔法士だけ向かわせればいい。失敗した時は彼らを処分すれば済む。

そして成功したなら、その時から新しい歴史が始まるのだ。

※

イヌレード砦の北西、ドルーザとの国境に張られていた結界に不審な動きがかかったのは、オスカーの即位から十二日目の天気のよい昼過ぎのことだった。

その連絡は砦を経てすぐに城へともたらされる。報告を聞いて砦へと移動したファルサスの重臣たちは、手筈通り動きながらそれぞれが緊張の面持ちを隠せないでいた。

砦の中庭において慌しくも整然と行動する軍を見ながら、オスカーは傍らのクムに尋ねる。

「どれくらいの時間で来そうだ？」

「敵の移動速度と禁呪の射程からいってあと一時間程度です。充分間に合うかと」

「わかった」

「禁呪の使い手と思《おぼ》しき人間は七人です。彼らと護衛の兵士数人が国境を越えております。他に国境間際のドルーザ領土にはおおよそ二万の軍勢が待機しているようです」

「少ないな。禁呪に自信があるのか、巻き添えを食いたくないのか」

「大規模魔法を主軸に据えた戦争は前例がございませんから……。向こうとしても様子見の色合いが濃いのかもしれません」

「失敗しても、禁呪の使い手だけ切り捨てれば言い逃れがきくと思ってるかもな」

あの狸《たぬき》の考えそうなことだ、とオスカーはロジオンを罵る。若き王が手をやった腰には、今回の鍵となるであろうアカーシアが佩かれていた。

「五発か……まぁ何とかなるだろう」

溜息はつかない。戦争はこれから始まるのだ。


国境よりファルサスに侵入した十四人は、イヌレード砦が遥か遠くに見える森で足を止めた。ドルーザから砦までは、基本的には遮るもののない平原が続いているが、この辺りには大小様々な大きさの森が点在しているのだ。その一つから、彼らはイヌレード砦の様子を窺《うかが》う。近くに村や街はない。あの砦がファルサス北方の守護の要であり最前線だ。逆に言えば、あの砦を越えてしまえばしばらくは遮るものなく城都に向かって進軍が可能だ。

魔法士の一人が、偵察から戻ってきた仲間へと尋ねる。

「砦の様子はどうだ?」

「わからん。いつもと変わりなく見えるが……」

「あら、気づかれていないのかしら。情報が洩れているとも考えたのだけど」

「洩れていてもどうにもできぬわ」

ローブを着た老魔法士は、傍らの女が持つ布包みを見やった。

女が視線を受けて嫣然と頷く。その時、横から別の男が手をだして、包みを引き取った。

「そろそろ辛《つら》いだろう。俺が持つ」

禍々《まがまが》しい魔力を放つその包みの中には、禁呪を封じこめた子供の頭ほどの魔法水晶が入っている。

水晶の破片に禁呪の構成を纏わせて球体となしたその物体は、今や壊すこともできず、かといってどこかに置いておくこともできない危険な代物になりはてていた。

迂闊《うかつ》にこの水晶を地面の上にでも置けば、たちまち魔力と瘴気《しょうき》が周囲一帯を腐食し、更なる呪いを撒き散らしながら汚染していくことになる。そこまでの力を持つ水晶である以上、持ち運ぶ者も少なからず蝕《むしば》まれるため、長くは持てないのだ。

「射程に入るまでもう少しか。急ごう」

護衛の兵士が頷く。一行は気取られないように徒歩で、慎重に前進し始めた。

やがて彼らは、イヌレード砦まであと十分という地点の小さな森に達する。木々の合間から窺える砦の様子は、平時と何ら変わりなく見えた。軍が周囲に展開しているということもない。

「問題なくいきそうだな」

「静か過ぎるぞ……」

「気にするな。まずはここからだ」

男が布包みを解くと、中からどす黒い水晶がその姿を現した。一行に緊張が走る。

「遮蔽物を置くなよ。飛沫がくる」

「分かった」

水晶を持った男は森の外、直線上に砦が見える場所まで移動した。老魔法士が水晶を挟んで砦に向き合うと、木の枝のような手を冷たい表面に触れさせる。他に二人の魔法士が、左右から同様に水晶に触れた。周囲の人間たちが目配せをする。緊張と共に息を吸いこむ音が聞こえる。

老魔法士は朗々と詠唱を紡いだ。

「否定せよ、蹂躙せよ、侵蝕《しんしょく》せよ、囚《とら》われし魂よ！　――その力を以て憎悪よ、食らいつくせ！」

水晶が一瞬眩い赤に光る。

次の瞬間、その中から怨嗟《えんさ》の叫びと共に巨大な黒い奔流が生まれた。

それは周囲の空気を巻きこみながら砦に向かって一直線に走る。

一行が息をのんで見守る中、強大な黒い魔力は恐ろしい速度で砦に接触し、そのまま砦全体を包みこんで巨大な闇の球体となった。

つんざくような爆音が遅れて一帯を揺るがす。老魔法士の後ろにいた女が思わず両耳を押さえた。

一行が見守る視線の先、闇の球体がゆっくりと晴れて行く。

――そこには、瓦礫《がれき》も何もなく、ただ呪いに汚染された空間が誕生していた。

「せ、成功だ！　陛下に連絡を取れ！」

興奮する兵士の叫びに、女は魔法を使って王の軍勢に首尾を報告した。連絡を終えると、彼女はにっこりと頷く。

「進軍を始めるそうよ。二十分もすれば到着するらしいわ」

「それまではここで待つか」

高揚を隠しきれず若い男は一息つく。これで四百年もの間、禁呪を伝え続けてきた苦労が報われるのだ。そしてこれからは、自分たちが歴史を変える側になる。全員が安堵と抑えきれない興奮に喜色を浮かべた。

彼らは待ち遠しげにその場に待機し、五分ほどが経過した時――不意に空を切る鋭い音が鳴る。

女の傍に立っていた一人の魔法士が僅かに痙攣《けいれん》し、ゆっくりと倒れた。

不思議に思って彼女が倒れた男を見下ろすと、その頭には矢が深々と刺さっていた。

※

「魔法士を一人殺しました」

「いい腕だな」

報告を受けたオスカーは小さく笑った。隣ではアルスが、砦のあった方を唖然と仰いでいる。

「跡形もありませんね……」

「古いから建て直すと思えばいいさ」

彼らの向かいに立つエッタードが、残念そうに口を開く。

「歴史があったのですが……この際仕方ありませんね」

「まぁあと四発だ」

――魔法士たちが国境を越えて侵入してきた時点で、ファルサスは砦を完全に引き払っていた。そうして無人の砦をまるまる囮として使いながらいくつかの森に軍を潜ませ、そこから様子を窺っていたのだ。

彼らの視線の先で、更に北東の森の一つが禁呪に飲みこまれる。そこは先ほど魔法士たちを狙撃した射手がいた森だ。とは言え、今はとうに彼らも転移門で離脱している。オスカーはなんということのないように頷いた。

「あと三発か。もう少し引っ張れるかな」

だがすぐに王のもとには狙撃に失敗した旨の報告が入ってきた。敵の魔法士たちはあれから、弓に備えて結界を張ったらしい。そして彼らは残り少ない禁呪の代わりに別の手段を講じてきた。上空に二十体ほどの邪竜が現れる。

邪竜たちはしばらく辺りを旋回していたが、数匹が何かに気づいたようにファルサス軍のいる森の方を振り返った。

「これはまずいな」

オスカーは、言葉とは裏腹に緊張感のない声音で言うと、全軍に向かって指示を出す。

――まだ充分に計画通りだ。

彼の視界には、何も知らず進軍してきたドルーザ王の軍勢がその姿を見せ始めていた。
※

突然の狙撃によって仲間を一人失った魔法士たちは恐慌に陥りかけた。

だが老魔法士の一喝がそれを制する。

「どこからだ！」

「あ、あちらの森からかと……」

すさまじい形相に、兵士の一人が遠くの森を指差す。老魔法士は森を射殺すように睨みながら、再び深く息を吸いこみ態勢を整えた。方角を変えると詠唱を唱え――再度黒い渦を放つ。

胸を悪くさせる空気が辺りに流れ、数人は口元を押さえた。禁呪の余波に辺りの気温が下がる。

そして標的であった森は、先ほど消失した砦と同様に闇の球体に飲みこまれた。代わりにそこには黒い霧に淀《よど》んだ空間が現れる。

「やったか？」

「結界も張れ！」

その言葉に従って一人の魔法士が詠唱を終えると同時に、再び狙撃の矢が結界に当たった。遠慮ない攻撃の音に一同の顔が歪む。撃てる禁呪には限りがあるのだ。無駄撃ちはできない。

「おのれ……」

老魔法士は歯軋《はぎし》りすると、別の詠唱を始めた。その呪文に応えて次々空に邪竜が現れる。彼は上がってしまった息を整えると、呼び出した邪竜に命じた。

「隠れているやつらを炙《あぶ》り出《だ》せ！」

主人の命令を受けて緩やかに空中を飛び回る邪竜は、やがて北西にある森へと向かい始める。老魔法士は笑いながら再び水晶に手を伸ばした。——だがそれを兵士が遮る。

「陛下がいらっしゃった！　今は撃てない！」

その叫びが示すとおり、標的である森のすぐ後ろにはドルーザ軍が整然と進軍してきていた。状況を理解した彼らは、これらが全て仕組まれたことなのだと、ようやく悟る。

「陛下に連絡を取れ！　待ち伏せだ！」

兵士の命令に女が慌てて伝達構成を組む。

——しかしまさにその時、森の中からファルサス軍が現れ、ドルーザ軍の側面に襲いかかった。一瞬の自失に彼女の手から構成が消える。同じ光景を見た他の者も皆、虚を突かれた。そしてそれを見計らったように、次の瞬間彼らの背後には、アルスの率いる兵士や魔法士たち十人が転移してきたのだ。


敵の後ろを取ったアルスは、目の前のドルーザ兵を斬り捨てると、そのまま前進した。

「魔法士を無力化しろ」

――目的は禁呪の核となる水晶の確保だ。

禁呪の射程やその核、そして核の危険性については、事前にティナーシャが教えてくれている。

オスカーの計画は主に三つ。一つはできるだけ禁呪の無駄撃ちをさせること、二つ目はドルーザ本軍を巻きこんで言い逃れをできなくすると同時に禁呪からの盾とすること、最後に核の奪取だ。

「何も全弾真面目に受ける必要もないだろう」

と新王は面倒くさそうに言ってのけた。そしてイヌレード砦は無人のまま放棄されたのだ。

一方、「五発残っているままの核などとても扱えませんが、弾数が減っているなら処理のしようもあります。奪えたら渡してください」とこっそり言ってきたのはティナーシャだ。

ファルサスを飛び出した後もオスカーには内緒で助力を申し出るティナーシャに、アルスは申し訳ないやら微笑ましいやらで頭が上がらない。或いは勘のいい王は、彼女が噛んでいることに気づいているのかもしれないが、表面上は何も言ってこなかった。

突然近くに出現した敵たちに驚き、ドルーザ兵はろくな抵抗も出来ぬまま次々倒れ伏していく。

その後ろで、老魔法士は顔を歪ませると両手に炎を生んだ。他の禁呪使いたちも詠唱を開始する。

「消え去れ！　ファルサスの犬めが！」

そう言って老魔法士が打ち出した炎は、だがアルスの目前で結界に当たって四散した。彼の背後で詠唱していたカーヴが新たに結界を張りなおす。

一方アルスはそのまま踏みこみ、鋭い軌跡で剣を振るった。わずかな手ごたえと共に老魔法士の乾いた体が崩れ落ちる。周囲ではファルサス兵の剣によってドルーザの魔法士が二人、血を平原に撒き散らしながら倒れた。

混乱が死を以て鎮圧されようとする寸前、場にひび割れた叫びが響く。

「逃げろ！」

その声が誰のものであったかはわからない。だがアルスの眼前で、水晶を抱えた男とその隣に立つ女は跡形もなく消え去った。

目的を果たし損ねたアルスは激しく舌打ちする。

「クム師に連絡を取れ」

カーヴが頷くのを見ながら、アルスは剣を一閃してついた血を払った。視界の向こうには激しくぶつかり合う両軍が見える。

空では邪竜たちが見境なく炎を吐き出しているが、ファルサス軍はそれを魔法結界と反撃によって凌《しの》いでいた。王の赤いドラゴンが、魔法の援護を受けながら複数の邪竜たちと空中戦をしている。黒い竜たちの吐き出す炎は、むしろ広範囲に及ぶがゆえにドルーザ側に犠牲を出しているようだ。側面を不意打ちされたドルーザ軍は、その場に留まって反撃するのがやっとなのだろう。

──これは敵が敗走するのも時間の問題かもしれない。

連絡を終えたカーヴが頷くと、アルスは周囲を見回す。

その時、視界の遥か先に小さな人影が現れた。

それが何なのか、アルスは確かめようと目を凝らし……そして慄然とした。

咄嗟に平原の南側に転移した二人は、敗色が漂う自軍を見やって絶句した。

――全てファルサスの手の上だったのだ。

彼らができたことと言えば砦を破壊するくらいだ。だがそれもこの分では計算内だったのだろう。

男は口惜《くちお》しさに歯嚙みする。

「逃げよう。機を待ってもう一度やるんだ」

「もう一度ですって!?　いつ!?　師に死なれたのにもう禁呪なんて作れないわ！　どれだけの年月がかかっていたと思っているの……！」

女は男の手から水晶を奪い取るとそれを抱えこんだ。

――モルカドがドルーザに行き着いてから四百年だ。

それだけの時間をかけてようやく形になった禁呪を、こんなところで無にしたくない。

どうしても結果が欲しい。それがどんなものでも構わない。

水晶に封じこめられた憎悪と彼女自身の憎しみが、触れた腕から溶け合い混ざりあう。

怒りに燃える両眼が辺りをさまよい、そしてそれは激突する両軍を捕らえた。彼女は戦場を見据えると背筋を伸ばす。水晶を片手でかざし、残る手をそれに添えた。横にいた男が青ざめる。

「お前……陛下を巻きこむぞ！　やめろ！」

「煩《うるさ》い！　王などいくらでも代わりがいるわ！　ファルサスを滅ぼすのよ！」

それは既に狂気の領域にある野心だ。だが彼女は己の傾きを承知で笑う。魔力を手に集めた。

男は愕然と女を見やり、数秒の後に深い溜息を吐き出した。ついたのは諦めか決心か、彼自身にもわからない。ただその手を伸ばして水晶に触れる。

「わかった。やるぞ」

女は笑った。力に溺れる者はそれ自身が力と同化する。

もはや彼女もそうして人格を持たない、凶器そのものとなっていた。

※

「核と魔法士二人を逃がしたそうです」

「アルスめ、説教だな」

アルスがいない代わりに自ら最前線に立ちながらオスカーは呟いた。すぐ後ろには連絡と守護を兼ねてクムがついている。

時折邪竜の炎が辺りを明るく照らすが、それは彼らまで届かない。オスカーは上空を一瞥して、ナークが黙々と邪竜を屠《ほふ》っているのを確認した。

ドルーザ軍はそれでも必死の抵抗を続けているが、正面から戦ったとしてもファルサスの方が数が多い。緊張の糸が切れれば崩れ去るであろうことは目に見えている。

――できれば、軍の中にいるというロジオンを殺すか捕らえるかしたい。それは決定的な勝敗となるはずだ。

だがオスカーと違って、ロジオンは前線には出てきていない。どこかはわからぬが護衛に守られ軍の懐にいるのだろう。オスカーは斬りかかってくる剣を捌きながら視界の隅で周囲を確認する。

――そして、それに気づいた。

それが何であるか、彼が理解すると同時にクムが詠唱を始める。王の怒声が周囲を打ち据えた。

「下がれ！」

後方にいた魔法士たち一数人が慌てて詠唱を始めた。その中にいたドアンが事態を悟って青ざめる。彼らから見て左前方、ドルーザ軍の向こうに二つの人影が小さく見えた。禍々しい巨大な黒い魔力が、そこには集中している。

兵士たちが主君の言葉に戸惑いながらも後退し始めたその時、遠い人影からどす黒い力の奔流が打ち出された。禁呪の渦は、耳がおかしくなるような金切り声を上げて戦場へと向かってくる。気配に気づいたドルーザの将軍が、馬上から振り返って唖然と口を開いた。

「……なんだ？」

その答えを得られぬまま、将軍は率いる兵たちごと禁呪に飲みこまれた。

そのまま止まることなくドルーザ軍の三分の一と邪竜の数匹を屠った奔流は、平原を突き進みファルサス軍を食らおうとする――直前で動きを止めた。

そこには苦々しい顔で前に出たオスカーが、禁呪の塊に向かってアカーシアをかざしていた。

黒い球体となる寸前で魔法無効化の剣に激突した禁呪は、高い金切り音を立てながら少しずつ分解されていく。剣が触れぬ左右から王を飲みこもうと圧してくる黒い魔力は、魔法士たちが協力して巨大な結界で押し留めていた。

刃の触れた箇所から禁呪は黒い霧となって四散していく。

それを睨みつつオスカーは苦痛の声を堪えた。全身には押し潰されそうなほどの圧力がかかり、相対するだけで力を使いきってしまいそうだ。

——この調子では結界もいつまで持つかわからない。

そう思った彼は苦労して左手を剣の中ほどに添えると、アカーシアを押し出しながら僅かに回転させた。激痛が両腕に走る。骨が折れる音が聞こえた気がした。

だがその時、ようやく視界が晴れ、向こうの景色が見える。——禁呪を分解しきったのだ。

オスカーは自分の折れた左腕を確かめる。自然と額に脂汗が浮き始めたが、精神が高揚しているためか痛みはそれほど感じなかった。彼は腕を押さえながら振り返る。

「治せるか？」

「間に合わせなら」

「頼む」

クムは蒼白になりながらも、詠唱をしながら王の手に触れた。禁呪の圧倒的な力に魔法士長の背中は冷や汗でじっとり濡れている。

──今の攻勢に、結局、彼らの結界は持《も》ち堪《こた》えられなかったのだ。

だが最後の一瞬、オスカーの全身に銀糸の構成が光り、結界は内から支えられた。

おそらく前もってかけられていたのだろうその構成は、彼らがかけたものではない。クムはこの場にいない人間の助力に感謝する。

「固定と鎮痛をかけました。ご無理をなさらぬよう……」

「わかった。──エッタード、軍の三分の一を率いてドルーザ軍を追撃。残りの兵は下がらせろ」

本当は全軍を避難させたいが、そこまで動かせば禁呪の狙いが変わってしまう。エッタードはクムと似たり寄ったりの顔色で頭を下げた。ドアンが叫ぶ。

「次、来ます！」

周囲に緊張が走った。防御のための詠唱が始まる。

「あと二発か……」

オスカーは苦笑しながら禁呪へと向き直った。

黒い渦は、遮るものなく彼の方へ向かってくる。王の馬が恐れに慄いた。オスカーは艶やかなたてがみを左手で撫でて宥《なだ》めながら、再びアカーシアをかざす。

視界を埋め尽くす黒い魔法。息が詰まるほどの圧力が、彼の全身に襲いかかった。

──耐えられるだろうか。

そんな疑問がふっと頭をよぎる。だが弱音を吐くわけにはいかなかった。

禁呪によって戦争の勝敗が決したなどという例を歴史に残してはならない。ましてやそれが大陸有数の国家であり、アカーシアを持つファルサスならなおさらだ。もしここを踏み留まれなければ各国が水面下で禁呪に手をつけることになりかねない。

そんなことになれば歴史の流れが変わる。やれるか、ではなく、やらなければならないのだ。

「……っ」

体中が軋みを上げる。

左腕が上手く動かない。魔力を分解する反動が右手を痺れさせる。

強く握り締めていた手の中から、ついに柄が滑り落ちた。

――不味《まず》い。

オスカーは咄嗟に両刃の部分を手で摑む。

だが指が上手く動かない。己の剣に血が滲んだ。

どす黒い魔力が彼に手を伸ばす。

終わりが、すぐそこに見える。

しかしその時、彼のすぐ背後に、一つの気配が前触れもなく出現した。

体を歪める圧力が消える。彼の後ろで、おそらく馬上に座っているのであろうその気配は、軽い体を彼の背に寄りかからせた。そこから温かな力が注がれ、骨や筋肉が瞬く間に治癒されていく。

オスカーは驚きに目を瞠り、けれどすぐに苦笑する。まだ禁呪が眼前にあるというのに、不思議な安堵が生まれた。治された左手を使ってアカーシアを持ち直す。

王は前を見たまま、よく知るその気配に向かって声を掛けた。

「さすがに俺のことを嫌ったかと思ったぞ」

「嫌いです。顔も見たくないんで振り返らないでください」

棘《とげ》のある声が美しく響く。オスカーは笑い出したいのを我慢した。

体が軽い。自由に動く。彼はそのまま禁呪を斬り払った。黒い渦が裂かれ、塵となって消える。

背後でどよめく声が聞こえた。彼は傷の消えた右手を確認して、アカーシアを再度握る。

「どうして来た？」

振り返らぬまま聞く声に、女は嫌そうに答える。

「貴方のそのいい性格にも、そろそろ慣れてきましたよ」

彼女は少し沈黙した。

美しい声音が変わる。決められたことを告げるように、祈りを捧ぐように、言葉が紡がれた。

「貴方が忘れても、私が忘れても、何度やりなおして歴史が変わっても——私は貴方の守護者なんです。それは決して変わらない」

彼女の言は、混じり気のない水のように彼の心に沁《し》み込んだ。その迷いのなさにオスカーの胸は少しだけ痛む。何か答えようと彼が口を開きかけた時、女の声がさらりと言った。

「次はすぐ来ますよ」

彼は頷く。遠くで黒い魔力が生まれたのが見える。

「ところで貴方、魔法の構成は見えますか？」

「見えない」

「あれ……？　まぁ、じゃあ今回は、私の視力を貸します」

女が言い終わると同時に、オスカーは自分の視界が変わったことに驚いた。

見えている景色は変わらない。だが、あちこちに不思議な線や光が増える。黒い五重の円環を回転させながら向かってくる禁呪や、自分を包む白い光の強さに、彼は嘆息しかけた。

冷静な女の声が告げる。

「黒い円が見えますか？」

「見える」

「円同士を繋ぐ線は？」

「わかる。あれを切ればいいのか」

女がくすりと笑う。それを肯定と見なしてオスカーはアカーシアを軽く引いた。目前に迫る禁呪へと狙いをつける。

一抹の躊躇いもない。

彼は鋭く吐く息と共に、黒の構成を斬り裂いた。

複雑に絡み合っていたそれらは、一瞬で霧散する。

構成を失った禁呪は、まるでそれ自体幻であったように掻き消えた。

前の二回とはあまりにも異なる結果にオスカーは拍子抜けする。やり方の違いでこうも労力が異なるのかと、溜息をつきそうになった。

彼は背後の女に声をかけようとして、けれどいつの間にかその気配を感じられないことに気づいた。慌てて振り返ると、そこではクムが目を丸くして王を見返している。オスカーは彼に問うた。

「ティナーシャは？」

「え？」

「今、ここにいただろう」

「い、いえ、どなたもいらっしゃいませんでした」

オスカーは自分も目を丸くした。自分の夢想だったのかと直前のことを思い返す。

だがそんなはずはない。でなければこんなにあっさりと禁呪を打破できたはずもないのだ。

怪我一つない自分の体を見下ろすと、オスカーは声を上げて笑い出した。

※

黒い瘴気の薄らいだ水晶を抱え、女は平原に立ち尽くしていた。

まさか禁呪を三発も防がれるなど予想だにしていなかった。自身の持つ力を微塵も疑わなかった彼女は、それを失くした今何もすることができず呆然と遠くを見つめていた。

だが、唐突に男がその肩を叩く。

「逃げよう。敵が来た」

見ると、先ほど老魔法士を斬り捨てたアルスたちが馬を駆って近づいてくる。

女は歯軋りをしてそれを見返した。水晶をかざし、冷たい表面に手を触れさせる。

男が彼女の意図に気づいて顔色を変えた。

「やめろ！　整形されてない魔力を解き放ったら大変なことになるぞ！」

「煩い！」

彼女は、伸ばされた男の手を振り払うと、両手で水晶を前に押し出す。

「出でよ……食らいつくせ！」

注いだ魔力に応じて、水晶から黒い染みが漏れ出した。それは先ほどまでの禁呪とは違い、明確な形を持たぬまま周囲に広がっていく。染みの触れた場所からみるみるうちに草が枯れ、たとえるもののない異臭が漂った。

男は余りのことに硬直する。これは、逃げ出さなければ自分たちも危うい。

彼は転移の構成を組もうとして、しかし広がる染みが空中のある一点に向かいだしたことに気づいた。怨嗟の黒い霧はその一点に吸い寄せられ、そして昇華されていく。

意味のわからぬ光景に彼らが呆然としているうちに、ほとんどの染みは消え去り――そこには代わりに一人の女が現れた。

長い黒髪に白磁の肌を持つ女。空中に浮かぶ彼女は、存在自体があやふやなほどに美しい。

閉ざされていた瞼がゆっくりと開く。下からは闇色の眼が覗いた。

女は自分を見上げる二人に向かって妖艶に微笑む。

「お初にお目にかかります……。わたくし、第十二代トゥルダール女王、ティナーシャ・アス・メイヤー・ウル・アエテルナ・トゥルダールと申します。罪人モルカドの術と罪を引き継がれたのは、貴方がたでよろしいでしょうか？」

人を縛る力のある目だ。深淵の瞳が飲みこむように見据えてくる。

二人の男女は、彼女の名乗りに慄然とした。

「ま、魔女殺しの女王……」

「……本物なの……？」

女王は二人に向かって手を差し伸べる。艶やかなその存在に凝る魔力を見て、二人は女王の名が真実であることを悟った。彼女は細い笛に似た声を響かせる。

「異論がなければ罪には罰を。これでおしまいです」

全てを失った女は、苦い敗北感と共に目を閉じた。瞼の裏側を白い光が焼く。

そしてそのまま彼女の存在は、この世界から消失した。


混戦をなんとか脱したドルーザ王ロジオンは、僅かな兵と共に国境を目指して馬を駆っていた。

蓋を開けてみれば大敗もいいところだ。彼は魔法士たちを罵る。

「口ほどにもないやつらめ……！　ファルサスを滅ぼせぬどころか自軍を巻きこむとは！」

国に帰ったらどう始末をつけてやろうかと歯噛みしたロジオンは、しかし乗っていた馬が急に止まった勢いで前につんのめった。何とか手綱を摑んで振り落とされるのを防ぐ。

周りを見ると護衛の兵士たちの馬も同様に足を止めていた。

「何だ！　どうしたんだ！　走れ！」

彼は馬の腹を蹴ったが、馬はぴくりとも動こうとしない。後ろを見ると、ロジオンを追ってくるファルサスの部隊が見えた。

「くそ！　走れ！」

ロジオンは剣を抜く。けれどその腕に強い痺れが走った。王は思わず剣を取り落とす。

同時に耳元で、誰もいないにもかかわらず少女の声が囁いた。

「禁呪を使わなければ見逃してもよかったと、女王は言ってたわ」

「誰だ！」

答えは返って来ない。ただ可笑しそうに笑う声だけが空中に消える。

背後には剣を抜いたファルサスの追っ手たちが間近に迫っていた。

※

「ファルサスの勝ちだね。ほぼ掃討段階かな」

「基本の兵力が違いますから。禁呪さえなければ当然の結果でしょう」

空に浮いた二人は、戦場を見下ろして軽い感想を述べた。どこかのんびりとした空気を漂わせる彼女たちの一人はトゥルダールの名を冠する魔法士であり、もう一人はその精霊の少女である。

女は黒霧に覆われた空間を見やって肩を竦めた。

「あの二箇所を昇華してから帰りますか」

「放っておけばいいのに。ティナーシャ様、真面目」

「あれを放置は出来ないですよ……」

ティナーシャは髪をかき上げながらまずは呰跡地の上空に転移した。数分間の詠唱を行い、そこに固着しかけた魔力を昇華する。

「あともう一箇所か……」

面倒臭そうに呟きながら、彼女は未だ黒い残滓がはびこる空間の上に転移した。

※

軍を集めると同時に報告も集まってくる。その中にはドルーザ王ロジオンを討ち取ったという報告も混ざっていた。呆気ない敵国王の最期に、だがオスカーは眉一つ動かさず頷いただけだ。

最後にやって来たアルスが、馬から下りて一礼すると報告した。

「禁呪の魔法士二人は死亡しました」

「お前が殺したのか？」

聞き返されてアルスは苦笑いをした。頭をかきながら答える。

「いえ、あの方が……」

濁された言葉にオスカーはその先を悟った。周囲を見回して、ふと首を傾げる。

「陛下？」

「いや……軍を集めて半数は宿営地に、もう半分は城に戻す」

「かしこまりました」

既に砦が破壊されることを見越して、少し離れた場所に宿営地が築かれている。今後はそこに軍を置きながら砦の再建を待つことになるだろう。

オスカーは後処理の指示を出してしまうと、自分は馬を操ってその場を離れた。見計らったように肩にナークが戻ってくる。突然移動し始めた王に、ドアンと数人の兵士が慌ててついてきた。

オスカーは禁呪によって消滅した森のすぐ傍に馬を止めると、空を見上げる。

そこには何もない。ドアンは怪訝に思って眉を寄せた。

「ティナーシャ！　いるだろう。下りてこい」

オスカーの言葉にドアンが驚くと同時に、跡地に残っていた黒い霧が晴れた。見るといつの間にか砦の跡地の歪みもなくなっている。次いで不機嫌そうな女の声が空から降ってきた。

「何でわかったんです？　見えないようにしてあるつもりなんですが」

「勘」

「嫌な人ですね……」

無人に見えた上空に女の姿が現れる。彼女は絹のような黒髪に空気を孕《はら》みながら、ゆっくりと下りてきた。オスカーと同じ目の高さまで高度を落とすと、首を傾け皮肉げな笑みを浮かべる。

「顔も見たくないって言いませんでした？」

「聞いた気もするな」

軽口で返しながら、やはり先ほどの会話は幻ではなかったことがわかってオスカーは苦笑した。

一方、ティナーシャは腕組みをしながら顔を顰めている。あまり見たことのないその表情は、オスカーには不思議と愛らしく映った。

「まぁいいですけどね……言って貴方がどうこうなるとは思えませんし。特に期待もしてません。好きにしてください」

「確かに好きにしてるけどな」

オスカーは手招きをした。それに応じてティナーシャは嫌な顔をしながらも彼の近くまで寄ってくる。彼は手を伸ばして白い頬に触れると闇色の瞳を見つめた。

「助かった。ありがとう」

ティナーシャは驚きに瞳を揺らす。彼の言葉が予想外だったのか、気まずそうな顔の女は長い睫毛を伏せて呟く。

「お礼を言われるようなことではありません。お節介ですし」

「礼は言いたいから言った。あとはまぁ……謝る。こないだはすまない」

「別にいいです。どうせ私は重いですからね。引かれても仕方ないです」

「俺はそこまで言った覚えはないが……」

「あと結婚を迫ったわけでもないですからね！」

「俺と結婚したいのか？」

「その気もないのにそういうこと聞かないでください」

ぷい、と横を向く彼女はどう見ても拗ねている。オスカーは笑いながら彼女の体を鞍《くら》の前に抱き取った。ふてくされる女の頭を軽く叩く。

「そうだな……一方的に助けてもらうのは主義じゃない。お前が俺を助けてくれるように、俺もお前を助ける。だから好きにすればいい。城の部屋はそのままにしてあるぞ」

ティナーシャはきょとんとした顔で男を見上げた。しかしすぐに、頬を膨らませて彼を睨む。

「何があっても嫌われないとでも思ってるんですか？　私が喜んで貴方の元に戻ると？」

「思ってない。顔も見たくないんだろ」

オスカーは可笑しそうに笑う。

――気分がよかった。

たとえ彼女がやがて自分のもとから去っていく女でも、別に構わない。

手に入れたいわけではない。ただ気に入ってしまっただけだ。

面白いから好きにさせてやりたくなった。自由に飛ぶ様が見たくなった。

今はそれだけだ。そしてそれでいいのだと思う。

ティナーシャは、笑っている彼を苦々しく見つめていたが、小さな溜息をつくとふっと微笑んだ。

彼女は男の体に自分を寄りかからせると、彼に見えない角度で嬉しそうにはにかむ。

「いいです。貴方に振り回されるのも覚悟の上です。貴方の手の届くところにいますよ」

「俺はとっくに振り回されてたがな」

「そんなの知りません」

しらっとした男の言葉に、美しい魔法士は舌を出した。

※

この戦いは規模こそは大きくはなかったが、禁呪を使ったドルーザが敗れた事実は諸国を揺るがし、大陸の歴史に刻まれることとなった。

まもなく後継者のいなかったドルーザは二つに分裂し、トゥルダールと国境を接していた西側は、魔法大国にその身を寄せて属領の一つとなる。

そしてこれより禁呪を戦争に用いることは、大陸列強間の条約として禁止されることとなった。

ファルサス王が禁呪を打ち破った影に、トゥルダールの名を持つ一人の魔法士がいたことは記録には残っていない。

それは戦争に参加していた者もほとんどが知らぬ、歴史の裏側の話だ。

7. 糸車の歌

気温も少しずつ高くなってきたある日の午後、ファルサス王の執務室の天井には一人の女が逆さになって浮いていた。長い黒髪を纏め上げ、子供のように簡素な薄着を着た彼女は、だが紛れもなくトゥルダールの王族の一人だ。ティナーシャはぐったり頭を垂れると、部屋の主人に尋ねた。

「あ、暑い……部屋の温度下げていいですか」

「構わんが、そんなに暑いか？」

「私は今までトゥルダールを出たこともほとんどなかったんですよ……」

ティナーシャは魔法を使って部屋の温度を若干下げた。ゆっくりと回転しながら床に降り立つ。

ファルサスとトゥルダールは隣国同士だが、標高が高く城都が北にあるトゥルダールに比べて、ファルサス城都の方が気温は高い。それでなくてもファルサスは温暖な国だ。涼しい国で育った彼女にはこたえるのだろう。書類を分類していたラザルが、涼やかになった空気に顔を上げた。

書類を見たままのオスカーが言う。

「下りたならお茶を淹れてくれ」

「この陽気に熱いお茶を飲める貴方が凄いですよ」

彼女は言いながらも壁際に準備された茶器でお茶を淹れ始める。隣にはよく冷えた水差しが置いてあるが、これは暑さに参っている彼女のために先週から手配されているものだ。

ドルーザとのいざこざが終わってから二週間あまり、ティナーシャは自国とファルサスを行き来して暮らしている。そのうちファルサスにいたのはおよそ三分の二にあたる十日ほどで、彼女は三日に一度は即位の準備のため自国へ帰っているようだ。

だが今週はまだトゥルダールに帰っていない。それに気づいてオスカーは首を傾げる。

「お前最近入り浸ってるな。解析に何かあったか？」

「う……ちょっと詰まってるんですよ。どうしてもわからない箇所があって……」

「ほう」

「まぁちょっと気分転換です。何か思いつくかもしれませんし」

彼女はそう言うとまた音もなく浮かび上がる。細い両足を曲げながらゆっくりと宙を回転するティナーシャに、オスカーは書類から顔を上げぬまま笑った。

「別に降参してもいいぞ」

「してない！　ちょっと待っててください」

「まぁ駄目でも子供を生んでくれるんだろ」

「生みますよ。父親は性格が最悪だって刷りこんでから引き渡します」

「お前も中々いい性格だな」

他愛もない冗談の応酬に、ラザルは不穏を感じて一人眉を顰める。

ティナーシャは隣国の女王となる予定の人間なのだ。その彼女にファルサスの次期王となるであろう子供を生ませるのは国交上避けたい。さすがにオスカーはそれをわかっているだろうが、従者としては気を揉《も》んでしまうのも確かだ。

ティナーシャは床に戻ると、ほどよく蒸らされたお茶をカップに注ぎ始める。薄紅色の液体を湛えたそれを執務机に置くと、彼女はじっとオスカーを見つめた。

「女の子だったら私が引き取りますよ」

「別に男女問わんぞ」

「それは意外。でもこちらの問題なんで」

冗談の割には具体的に進んでいく話に、ラザルは慌てて両手を振った。

「で、でもまだ解析なさってますし」

「そうですよ！　瞬間忘れちゃったじゃないですか！　頑張ってるんです！」

「そうかそうか。頑張ってくれ」

オスカーは手を伸ばしてカップを取ると、お茶を飲み始めた。湯気と共に立ち上る香りが心地よい。彼は手に持っていた書類を一旦置くと、傍にいるラザルを見上げた。

「何か面白い話はないか？　体がなまる」

「あっても陛下が出向かれるような話はしませんよ。強いて言えば、最近城都で変な宗教集団がいるらしいってくらいですかね」

「何だそれは」

興味を示したオスカーに、ラザルは自分の知っていることを簡単に話した。

――一ヶ月前から城都に、従来の神々ではない新しい神を祀《まつ》る宗教集団が現れたらしいことと、彼らが着実にその信徒を増やしながら街に根付き始めていることを。

「新しい神ってどんなのだ？」

「それが信徒以外には明らかにされないみたいなんですよ。力を重要視する宗教みたいですが」

「危険思想ですね」

椅子に座って聞いていたティナーシャは冷ややかに断言した。

ファルサスには信仰の制限はないが、アイテア神を始めとして古くからの神々を信仰する人間がほとんどだ。現に城の大聖堂や東の神殿にもそれらの神々の像が祀られている。

一方トゥルダールは魔法国家だけあって無神教の国家だ。大聖堂に祭壇はあるが何の偶像も置かれていない。

話を聞いたオスカーは頬杖をついて、面白くもなさそうに口を開いた。

「調査を出した方がいいか？」

「といっても、おかしなことは起きてませんよ。せいぜい周りに煙たがられているくらいです」

「なるほど……」

オスカーはお茶を飲み干すとカップを戻した。部屋の空気が冷やされたせいかお茶も冷めるのが早い。冷やした当人はそれでも暑いのか立ち上がると水差しを手に取った。カップに水を注ぎながら、ふと思い出したように言う。

「そういえば、今日は夕方からレジスと約束があったので、トゥルダールに帰ります」

「忘れてたのか」

「わ、忘れてませんよ……あの人といると勉強になりますし。貴方とはまた違った性質のですが、いい王になるでしょうね」

遠まわしに評価されたオスカーはしかし、彼女の言葉に眉根を寄せた。

一つは彼女がレジスと親しいのがあまり面白くないということだが、これは瑣末事《さまつじ》である。むしろ気になったのは、トゥルダールの次期女王である彼女が、レジスについて述べた内容だ。

「まるでレジスが王になるような口ぶりだな」

「そう聞こえました？」

悪戯っぽい顔で彼女は笑う。四百年間の眠りを経たとは言え、彼女の肉体年齢は十九歳だ。現在二十三歳であるレジスは、何も起きない限り王位につくことはまずないだろう。

オスカーはそのことを怪訝に思ったが、それ以上突っこんでは聞かなかった。大体ティナーシャは自身、かつて十九歳で排斥された若き女王だ。この先何があるかはわからない。それは同様に若い王であるオスカーにも言えることだ。

ティナーシャはカップから一口水を飲んだが、きょとんとした顔になるとカップの水を水差しに戻してしまった。それを見ていたオスカーが声をかける。

「どうした？」

「いえ……これ毒が入ってますね」

なんということのないように言われた言葉に、男二人は顔色を変えた。オスカーは椅子を蹴って立ち上がると彼女に走り寄る。左手で彼女の顎を捉え、右手の指を口に入れて吐かせようとする男を、ティナーシャは慌てて留めた。

「ま、待って待って！　私に魔法薬は効かないんですよ！」

「……本当に平気か？」

「本当です」

口に入れられかけた指を噛みながらティナーシャは涙目で答える。オスカーはそれを信じて彼女を解放した。ティナーシャは白い喉を押さえる。

「私って体内の魔力が大きすぎて、普通の魔法薬では構成が入っても分解しちゃうんです。これも普通の人間が飲めば死にますが、私にはただの不味い水ですよ」

「ならいいが……いや、全然よくない」

問題の水差しは、ティナーシャのために置かれたものだ。オスカーはまずここにある冷水に手をつけることはないし、ラザルも彼女が淹れたお茶を相伴に与《あずか》る以外はこの部屋で何かを口にすることがない。下手をしたら外交問題にもなりかねない事件だ。

しかし毒殺されかかった当の本人は平然と腕組みをした。

「殺される心当たりなんて多すぎてわかりません。でも魔法薬を使ってくる辺り、私を単なる王女だと思ってる人ですね」

「調査させる。あとお前しばらく防御結界を常に張っとけ」

「了解しました」

「悪いな」

オスカーは彼女の頭を軽く叩きながらラザルに指示を出した。ラザルはそれを受けて青ざめながら執務室を駆け出していく。扉が閉まるとオスカーは溜息をついた。

「何だったら調査結果が出るまでトゥルダールにいていいぞ」

「平気です。貴方が心配なので明日には帰ってきます」

目を閉じて微笑むティナーシャを見て、オスカーは無性にその細い体を抱きしめたくなった。だが代わりに彼女の頬を意味もなくつねる。

「痛い！　何で！」

「理由はない」

理不尽な仕打ちにティナーシャは半眼になると、意地悪な笑みを浮かべる男の顔をねめつけた。

※

日が傾き始める頃、ティナーシャは自室同士を繋ぐ転移陣を使い、トゥルダールに戻った。

毒殺されかけたことについてオスカーはひどく心配していたが、幼い頃から暗殺の危険と隣り合わせだった彼女にとっては、それほど大したことでもない。人が人を殺す理由など様々なのだ。

彼女は服を着替えてレジスの待つ資料室に向かう。

今日は禁帯出の資料に目を通し、整理を手伝う約束になっていたのだ。

禁帯出にも様々な種類があるが、今日手をつけるのはその最たるもの、禁呪絡みの資料だ。トゥルダールの中でも魔法士長か王族しか触れることを許されないそれらの資料は、量こそ多くないが、九百年近いこの国の影の財産でもある。

これら禁呪資料は今まで、新しく追加されることはあっても整理されることはなかった。だが先月のドルーザの一件でレジスは整理の必要性を感じ、父王を説得してついに了承をもぎ取ったのだ。

ティナーシャは資料室に着くと、見張りの兵士たちに断って中に入った。

表の資料室は全面の壁が棚になっている書庫である。びっしりと本や書類が詰められたその部屋を通り過ぎ、彼女は奥の壁にある扉に触れた。王族の契約に反応して、扉は音もなく向こう側へと開く。その先には、古い巻物を手にしたレジスが背を向けて立っていた。

彼は扉が開いたことに気づいて振り返る。

「いらして頂いてすみません。こういうものは一人でやると信用がおけないかと思いまして」

「いえ、私も気になっていたことですし、手伝わせてください」

二人は禁呪資料を机に広げた。全部で十五種の資料にざっと目を通して、ティナーシャは言う。

「この七つは対抗策がありますし、場合によっては役立ちそうですから後で書面に起こしておきます。これとこれとこれは……廃棄した方がいいでしょう。危険すぎます。あと、この二つはそもそも法則の解釈が間違ってますね。これも廃棄でいいと思います。あとの三つは大したことがないのでそのままでもいいでしょう」

レジスは頷きながら彼女の言う通りに分類すると、廃棄処分の資料を厳重に封印箱へと閉まった。これらの資料は王の了承を経てから抹消されることになるだろう。

ティナーシャは十五種の中でも、最も新しい五十年前の資料を手に取った。トゥルダールの魔法士の一人が書き上げたという資料には、大きな都を対象とした大規模呪詛の構成が記されている。

だが彼女から見ればそれは机上の空論に過ぎない。これほどの構成を一人で組めるとしたら彼女か魔女くらいだ。そして、それくらいの魔法士にもなると他人が組んだ構成など必要ないし、また呪いであるため複数人で構成することもできない。

「熱意は認めるんですけどね……」

ティナーシャはレジスを手伝って資料を片付けながら苦笑する。

――本当に危険な術はこんなところに残されたりしない。実際四百年前、彼女の眼前で国を滅ぼしかけたあの術と事件は、書面にも残されず闇に葬られた。強大な力によって物事を覆そうと考える人間がいる限り、常に世界には禁呪が生まれる可能性があるのだ。

だがそれを決して許してはならないのだと、彼女は誰よりも知っていた。


二人は資料室を出ると共に夕食の席に着いた。

王のカルステは、旧ドルーザの属領を視察に出ており、広い食卓に二人きりの食事だ。レジスは対面に座る女に話しかけた。

「ファルサスはどうですか？」

「暑いです。あれでまだ夏じゃないとかどうかしてます」

溜息をつきながら首を左右に振るティナーシャに、レジスは声を上げて笑う。その様子を見て彼女は内心ほっとした。まさか昼間毒殺されかかったとはとても言えない。そんなことを言ってファルサスへの出入りが禁止されては困るのだ。ティナーシャは口元だけで微笑む。

その後レジスはドルーザの件について触れたが、邪竜で思い出したのか、ふと問うた。

「そういえば、あのドラゴンはファルサス王に差し上げられたのですか？」

「ああ、ナークは元々あの人のですから」

ついさらっと答えたティナーシャは、レジスが不審げな顔になるのを見て失言に気づく。このまま流されることを期待したが、彼は重ねて聞いてきた。

「どういうことです？　あのドラゴンは貴女と四百年前から来たものだと思っていましたが。そもそも貴女は「アカーシアの剣士を待っている」と伝わっていましたが何故彼なのです？　三代前にもファルサス王が来られたと記録にはありましたが、その方は地下の扉を通れなかったそうですよ」

続けざまの質問に、ティナーシャは悪戯が見つかった子供の顔で首を竦めた。

レジスの前でこの時代に来た理由についてミラと話したこともあったが、それらも「未来から来た彼」については触れないものであったし、レジスに詳しい説明をしたことはないのだ。

彼はただ漠然と、借りを返すためにティナーシャが時代を越えたとしか知らない。そしてたまたま彼女を起こしたのがオスカーだったため彼の手助けをしていると思っていたのだ。

鋭くはないが真っ直ぐな視線に、ティナーシャは決心すると人払いをした。重い口を開く。

「信じられない話だとは思うんですけど……私は子供の時彼に会って、助けられてるんですよ」

「え？」

「つまり……先に時を越えたのは彼なんです。逆行という形ですが……」

レジスはそれを聞いて目を丸くした。言われても信じられないのだろう。魔法には過去に戻るための法則は存在しないのだ。魔力の大小の問題ではない。不可能だ。たとえ最上位魔族でもそれは変わらない。

「今の彼にはその記憶がないんです。私を助けたことで歴史が改竄されたらしくて……。ナークは彼が私の部屋に残していってくれたんです。元は私が彼にあげたらしいんですけどね。その私は今の私じゃないんで、やっぱり記憶はありません」

苦笑まじりの言葉に、レジスは軽く頭を振った。ややあって彼は突拍子もない話を整理する。

「ファルサス王は別の貴女と出会ってドラゴンをもらい……その後過去に遡ってドラゴンを子供の貴女に譲ったということですか？」

「そうなりますね」

「本当に同一人物ですか？」

「お気持ちはわかりますけど同一人物です。ナークを見てもわかりますし、私もわかります」

彼女の断言を聞いて、深く息を吐きながらレジスは椅子に座りなおした。

――本当だとしたら魔法研究の根底を揺るがす事実だ。

魔法士なら誰が聞いても御伽噺《おとぎばなし》と笑うだろう。だが話しているのはトゥルダール屈指の女王だ。

「その話、あの方には……？」

「言ってません。今の彼には関係ない話でしょうし。一回怒られちゃいましたよ、感傷的な目で見るなって」

ティナーシャは少しだけ寂しげな目で遠くを見た。その遠さは四百年の時を孕んでいる。

決して埋めることのできない時間の記憶は、もはや彼女の中にしか存在しない欠片だった。


レジスは夕食が終わってティナーシャと別れると、護衛の兵士を断り一人廊下を歩いていた。

――自然と溜息が零れる。

ティナーシャは結局、どうやってオスカーが過去に来たのかその手段については知らないと言いきった。彼女自身、目覚めて彼に会うまでは半信半疑だったのだという。

それでも「彼の呪いを解呪したのは前の私だったのかもしれません。それだけでも来てよかったです」と微笑む彼女にレジスは頷くしかなかった。まさか彼女にそんな思い出があったとは考えてもみなかった。彼女にとって最初からオスカーが特別だったのだということも。全てを捨てて四百年を越えさせるだけの思いがそこにはあったのだ。

「これは敵わないかな？」

レジスは目を伏せて微笑した。その微笑には少しだけ苦さが混じっている。

だが不思議と口惜しくはなかった。彼女が幸せそうに笑うならそれで構わない。子供の頃から憧れていた伝説の女王なのだ。実際に会った時は、その毒のない柔らかな笑顔を意外にも思ったが、等身大の彼女は愛らしく、むしろ惹かれた。

それにまだ勝負がついたわけではない。彼女の子供時代に一つの思い出があっただけだ。そしてそれはオスカーと共有されたものではない。まだ諦めるほどではないはずだ。

「それよりも、彼女でない彼女か……」

ティナーシャの話によると、今の彼女は彼に会うために四百年を越えてきた。

——では前の彼女は、何故四百年を越えて彼に出会っているのか。

確かに彼女の魔力なら魔法の眠りで数百年を越えることは可能であるし、眠らなかったとしても魔力と適合しやすい女性の体だ。長い年月を生き続けることもできるだろう。

だがそんな存在につけられた呼び名をレジスは一つしか知らない。強すぎる魔力が故に、畏れ忌まれる女たちを浮き立たせる記号だ。

レジスは深くなっていく思考に、歩きながら目を閉じる。

——その時、何の気配もなく、背中に誰かの手が触れた。

訝しく思いながらも体は反射的に振り返る。右手に魔力を集中させようとする。

だが、結局それは為されないまま、レジスは背後に立った者の顔を見ることなく暗い夜の中に沈んでいった。

※

ティナーシャに盛られた魔法薬は、その場で彼女本人によって製作者の割り出しが行われた。だが結果は「製作者は未知の人物だ」というものである。

少なくとも城内に製作者がいないことは分かったが、それでも城の飲み物に容易《たやす》く毒が入れられるようではたまらない。オスカーは水差しを用意した人間が誰なのか、またそれを部屋に置いたのは誰なのかを厳しく調査させていた。

「水を用意して持ちこんだのはクラリスという女官でした。今年三十六歳で身寄りはなく、五年前から城に仕えています」

「何か知っているようなのか？」

「それが、何も知らないと言っているのですが、どうも歯切れが悪いようでして……」

「後で俺が直接会おう」

オスカーはラザルの報告に不愉快を隠さず答える。

公にはされていない一件だが、標的にされたのはオスカーの預かる隣国の次期女王なのだ。もしその女官が犯人なら、理由はどうあれ極刑は免れないだろう。

「そういえばティナーシャを見ないな。無事か？」

口に出た疑問とほぼ同時に扉が叩かれた。話題の彼女だろうと思って返事をしたオスカーは、入ってきたのがティナーシャではなく、精霊の少女であることに驚く。

「ティナーシャ様は今日は戻らないって。極秘だけど昨日レジスが襲われて現在昏睡《こんすい》状態。治療のためにしばらく詰めるそうよ」

オスカーとラザルは顔色を変えた。たった一日でトゥルダールの王位継承者二人が襲われたのだ。

「犯人は？」

「不明。ティナーシャ様が真剣に怒ってたから、見つかったら八つ裂きかもね」

じゃあね、と手を振ると精霊は姿を消した。ラザルが呆然と呟く。

「こちらの件と同じ奴らでしょうか」

「だとしたら異様な手際のよさだな」

隣国とはいえ場所もかなり離れている。転移を使える魔法士ならそう遠い距離ではないのだろうが、それにしても息をつく暇もない攻勢だ。

「何なんだ……。よく分からない陰謀はドルーザの一件で終わったと思っていたが。別口か？」

一体何が行われているのか、オスカーは苦い顔で頬杖をついた。

※

レジスを襲った犯人は、彼に魔法と呪詛が入り混じった術をかけていった。眠らせる呪いと、その状態を維持させる魔法の組み合わせで、彼は昏睡状態に陥ったのだ。

ティナーシャは姿を消した犯人を罵りながら、彼の体の維持と呪いの解析に取りかかった。魔法と呪いが入り混じっている以上、解呪は両方同時に行う必要がある。

息子の異変を聞いて慌てて戻ってきたカルステが、解析をする彼女に問うた。

「どうでしょう、ティナーシャ殿。何とかなりますか？」

「肉体を維持する術は明日にでも紋様に起こすつもりです。解析は長くかかって三週間ですね。犯人が捕まればもっと早いかもしれませんが」

「警備を徹底させます。今のところ外部から侵入者がいたという報告はありませんが……」

「今回は手際が良すぎますし、内部の者が関係してるのかもしれません。レジス殿下は最近、主に何の案件を取り扱っていたか分かりますか？」

カルステは口元を手で押さえる。

「一番大きいものはやはり禁呪ですが……他のものは細かいものもありますので、全て調べて資料を作ります」

「お願いします」

カルステが部屋を出て行くと、中にいるのは護衛の兵士二人と彼女、そして目覚めない部屋の主人だけになった。ティナーシャは、育ちのよさが滲《にじ》み出《で》た寝顔を見やる。

「王族である以上、こういう目にあうのも仕方ないと言えば仕方ないんですけどね……」

彼女は雑に自身の黒髪をかき上げると、左手を彼の体の上にかざした。

空中に赤い線で描かれた構成が浮かび上がる。

彼女は誰かが組んだその構成を睨むと、静かに詠唱を始めた。

※

オスカーは午前中の仕事を終えてしまうと、問題の女官が拘置されている部屋に向かった。

クラリスという名の女官は、王が直々にやって来たことに萎縮しながらも頭を下げる。オスカーは単刀直入に問うた。

「何故俺が来たかわかっているだろう？」

「ど、毒のことでしたら私は何も……」

おどおどと顔を伏せる彼女に、オスカーは冷ややかな目を向けると近くの椅子を引いて座った。真っ直ぐクラリスの目を見上げる。

若い王は深く息を吸うと、ゆったりと重々しい言葉を吐き出した。

「伏せられてるから知らぬのは無理もないが、あの女には重大な用事を頼んでいる。ファルサス王家の存亡に関わる問題だ。だからあれは俺の傍にいるんだ」

「じゅ、重大な用事でございますか……？」

「ああ。十五年間他の誰もが匙《さじ》を投げた。ただあいつだけは何とかできると頑張ってる。今あいつに何かあれば困るのはトゥルダールだけじゃない。ファルサス王家も滅ぶぞ」

クラリスはあんぐりと口を開けた。冗談なのかと思ったが、不機嫌そうな王の目は本気そのものだ。次第に畏れが実感を伴って彼女の体を駆け巡った。

クラリスは血の気の引いた顔になると、両手で口を押さえた。彼女は床に崩れ落ちて慟哭《どうこく》する。

「も、申し訳ございません。まさかそんなことになっていたとは……」

「毒はどこから手に入れた？」

「街で見知らぬ男が……ティナーシャ様は実は魔女で陛下を誑《たぶら》かそうとしていると……。薬も、魔女だから別に死ぬわけではないと言われまして……」

オスカーは激しく舌打ちした。彼女の単独犯だとは思わなかったが、見知らぬ男というならそこで手がかりが切れかねない。

「何でそんな話を信じた。あれは規格外だが魔女なんかじゃない。トゥルダールの女王だ」

「申し訳ございません……」

クラリスはすすり泣く声をあげながら顔を覆う。

彼女に魔法薬を渡した男は何者で、何が目的なのか。ティナーシャに魔法薬は効かないと知っていたのか、それともそれはクラリスを操るための嘘なのか。考えるほど頭が痛くなりそうだ。

「詳しい話はドアンが聞き取りにくるから奴にしておけ。殺すつもりでなかったとはいえ、人を殺せる毒薬だ。覚悟はできているだろうな」

「も、もちろんでございます……」

オスカーは瞬間憐《あわ》れむ目で彼女を見たが、すぐにその感情を消した。

たとえ彼が彼女を許せる立場の人間であり、またティナーシャがそれを肯定したのだとしても、決して有耶無耶《うやむや》に許してはならないこともあるのだ。彼はその義務と責任をよく知っていた。


その後、クラリスの証言を元に、彼女を誑かしたという男の報告書が作られた。

魔法士のローブを目深に被り、トゥルダールから来たと言ったその男は、ティナーシャを「城の地下に封じられていた第五の魔女だ」と言ったのだという。その証拠に王女とはなっているが、彼女の出生記録はトゥルダールにはないのだと示されたクラリスは、男の言葉を信じた。

「まぁ、なくて当然だな。レジスは国外の人間に何て説明してたんだ？」

「王家の遠筋の娘で魔力に恵まれているので、次期女王候補として迎えたと……」

「しかし該当する遠筋は実際に調べればない、か」

その辺りまでちゃんと細工しておけ、と言いかけて、オスカーはレジスが現在昏睡状態だということを思い出し、口をつぐんだ。ドアンが報告を続ける。

「男の顔はよく見えなかったと言ってます。話しかけられたのは市場で、彼女が宮廷付きの人間と知っていたそうです」

「とりあえず街に似たような人間がいないか一応調査を出してくれ。あとは宮廷内の人間にも、最近怪しい人間と接触していないか確認を取れ」

「かしこまりました」

ドアンは勅命を受けて調査の手配をした。

——だが問題の男はついに見つからず、それ以上有力な手がかりも得ないまま、この一件はクラリスの処刑と共に幕を閉じた。

ファルサスに新しい転機が訪れるのは、ティナーシャに毒が盛られた四日後のことだ。

※

レジスが襲われてから一週間、ティナーシャは呪いの解析と平行して彼が扱っていた案件の処理をしていた。彼が関わっていたものは、ここ一週間でも五十件以上ある。その中に彼を襲撃した犯人に繋がるものがあるかと思ったのだ。

処理中の案件は彼女が引き継いだが、処理済みのものはレジスの部下である魔法士が洗い出してくれている。レナートという名の男は一通りの調査を終えると、解析をしているティナーシャのもとへ報告に現れた。

「一つ怪しい話がありました。昨年魔法士長の代替わりがあったのですが、殿下はその人事について再度調べていたようです」

「不審な点があったんですか？」

「というより不審な点を探そうとした、というところでしょうか。新しい魔法士長はロブロスという男ですが、殿下はこの男の公費横領を疑っていた可能性があります。彼が魔法士長になってからの研究費の動きも調べていますし」

解析の手を止めるとティナーシャは腕組みをした。レナートを振り返る。

「横領していたという証拠は出なかったと」

「のようです。私から見ても灰色ですが」

「個人的意見で構いません。ロブロスはどんな男ですか？」

「矮小《わいしょう》です」

きっぱりとした返事に、ティナーシャは思わず声を上げて笑ってしまった。

レナートはしらっとした顔で控えており、その性格に彼女は好感を持つ。レジスが昏睡してからの一週間、何度か彼と接しているが、実に有能で信用がおける。いい人材を引き当てられたのはせめてもの幸運だろう。

ティナーシャは顎に指をかける。普段は見せない威圧感に満ちた微笑が浮かんだ。

「こちらも収穫がありました。呪いの解析を優先させていればもっと早く気づいたんでしょうが」

「どちらかが本命でしょうか」

「或いはどちらも本命か、ですね。少し罠を張りましょう。レジスを襲ってから今まで動かなかったくらいですから敵も慎重です。だから少し揺さぶります。動かなくてはいけないくらいに」

彼女の不敵な笑みにレナートは頭を下げる。

今までは敵の攻撃を受け、守るだけだった。

だがこれからは攻守を逆転させる。陰謀と、それを良しとする者を逃す気はない。

ティナーシャはレナートにいくつか指示を出すと、自身も罠を張るため動き出した。

※

ティナーシャがトゥルダールにて反撃の準備を開始する五日前、ファルサス城には変わった客人が訪れていた。

最初は門前払いしようとしたオスカーだったが、何かを考えこむとその人物を謁見の間に通す。面白がっている表情を隠さない彼の前で、内大臣のネサン、魔法士長クム、最近引退したエッタードの職務を引き継いだアルス、魔法士ドアン、そしてラザルは、突然やって来たその人物を不審そうに見つめた。

彼女は美しい貌に妖艶な笑みを見せると、優美な仕草で一礼をする。

「お初にお目にかかります国王陛下。私はデリラと申します。貴方様にかけられたという魔女の呪いのことを知り、いても立ってもいられず参りました。どうか私をお傍にお置きくださいませ。私ならば呪いに耐えられる力を持っております」

彼女の口上に、オスカーを除いた全員が何とも言えない表情になった。

赤みがかった長い巻き毛に豊満な体を持つ彼女は、自身の魅力の発し方をよく知っているかのように茶色の両眼でオスカーを見つめる。王は口元だけで笑いながらその眼を見返した。

「どこで知った？　一応極秘扱いなんだがな」

「我が一族は占いを生業としておりますゆえ。外れることはございません」

「それは凄いな。では何故今来た」

「先月、母の占いに出ました。私こそがその役目を承るべき人間であると。本当はもっと早く馳せ参じるつもりでしたが、何分私たちは常に旅をしておりまして。ここに来るまでに時間もかかってしまいました」

オスカーは「ふぅん」と適当な相槌を打った。品定めをするような目で彼女の全身を見回す。デリラは遠慮ない視線を微笑んで受けた。

「クム、この女の魔力のほどはわかるか？」

「相当な力があることはわかりますが、呪いに耐えられるかどうかは私では……。トゥルダールの王女殿下ならおわかりになるかと思いますが」

「それは駄目だ。あいつは今忙しい」

数日見ていないだけで、ずいぶん彼女に会っていないような気がする。時折ミラが様子見に来るが、どうも事態は停滞しているらしい。ティナーシャは相変わらず目覚めないレジスにつきっきりになっているという話だ。

オスカーは肘掛に頬杖をつくと、デリラに向かって軽く言った。

「まぁ自己申告だ。呪いに耐えられなくても己の言葉に責任は取れるだろう。部屋を用意させる。好きに暮らせ」

王の決定に臣下の全員が唖然と口を開けた。ラザルが慌てて手を上げる。

「ちょ、ちょっとお待ちください。ティナーシャ様が……」

「黙れ煩い」

有無を言わさぬ言葉にフザルは口をつぐんだ。オスカーは半眼で臣下たちを見回す。

「俺が決めたことだ。異論はないな？」

普段はこのようなごり押しをしない王の決断に、一同は困惑しながらも頭を下げた。デリラは自信に満ちた笑みで膝を折って礼をする。

その色香漂う姿を見ながら、ドアンはティナーシャが戻った時のことを思って背筋が寒くなった。あの美しい王女は明らかにオスカーに執着しているのだ。その執着が嫉妬に傾いた時、どうなるのか考えたくもない。

隣を窺うとアルスが似たり寄ったりの表情をしている。彼らは顔を見合わせこっそり肩を竦めた。

※

多くの書類や書物が収められたトゥルダールの魔法資料室は、普段は許可が無ければほとんどの者が扉の前に立つことさえ許されない。いわば城の中にある禁域の一つだ。

その資料室の中に、今は魔法士長ロブロスが緊張を押し隠した面持ちで立っていた。廊下にいた見張りの兵士たちは、入室する彼に黙って頭を下げただけである。ロブロスは、この部屋に顔だけで入れる数少ない地位にあるのだ。

彼は無人の資料室を見回すと、奥にある扉の前に立つ。この先は更に重要度が高い資料が保管されているのだ。――そう、たとえば禁呪についての資料なども。

おそるおそる扉に手を触れると、ひんやりとした感触が返ってくる。ロブロスは名乗りを上げた。

「トゥルダール魔法士長ロブロスが通行を希望する」

彼の声に反応して、扉はゆっくりと奥に開いていく。ロブロスは緊張に唾を飲んだ。彼が魔法士長となって一年弱が経過しているが、この扉の奥に入るのは初めてのことなのだ。

本来なら魔法士長であっても申告なく単独で入ることは許されない部屋に、彼は顔を強張らせながらもそっと足を踏み入れた。暗い部屋に魔法で明かりを灯す。

「……よし」

ロブロスは背後の扉が閉まったことを確認すると、その場に転移門を開いた。

数秒後、門の向こうから白い手が伸ばされる。彼はその手を取ると自分の手元へと引っ張った。

閉じかけた門から小柄な若い女が現れる。彼女は本棚だらけの部屋を見回すと鼻で笑った。

「ここが禁呪のある資料室？」

「そうだ。早くしてくれ。あまり長くいたら怪しまれる」

「じゃああんたも手伝いなさいよ」

打ち据えるような声音に、ロブロスは毒づきながらも棚を漁《あさ》り始めた。

やがて二人は目的のものを見つけ出す。厳重に封印された「処分行き」の禁呪資料の隣に置かれた、「保留」の資料。その一つを彼女は手に取った。押さえきれない興奮が表情に滲み出る。

「これね……よくも今までこんな素晴らしいものを死蔵して……」

「意味がないから保留扱いなんですよ」

突然かけられた氷のような声に、ロブロスと女は慌てて周囲を見回した。何もないと思っていた壁際に、いつの間にか二人の男女が立っている。

彼らのうち一人は次期女王であるティナーシャであり、もう一人は切れ者で知られる魔法士のレナートだ。ティナーシャは愛想良くロブロスに笑いかける。

「本来なら中から門なんて開けないようになってるんですが、今夜はちょっと細工してみました。お役に立ちました？」

「ティ、ティナーシャ様……どうしてこのようなところに」

「言い逃れは時間の無駄なので許可しません。自分の立場を認識なさい」

笑顔のままの威圧にロブロスは呻きながら膝をついた。レナートが歩み寄るとその腕を取る。

「魔法士長ロブロス殿、レジス殿下襲撃の件と資料室への侵入について後で詳しくお話を聞かせていただきます。ああ、あと横領の件についてもですね」

レナートの手で封飾具をつけられたロブロスは、全てが露呈していることを知りうなだれた。

一方ティナーシャは既に男には興味をなくしたように、侵入者の若い女を見つめている。

女は唇を軽く舐《な》めると、緊張を滲ませながらも笑った。

「どうしてわかったの？　ロブロスの馬鹿のせい？」

「いえ。貴女がレジスにかけた呪い……よく解析すると癖が同じなんですよね。その、対都市呪詛に使われている禁呪の構成と。あなたは彼の血縁者か弟子ですか？」

「祖父の書いたものよ。一生をかけて研究した結果を城に取り上げられて、失意の内に寂しい最期を迎えたわ！」

「一生かけてる間に、誰か注意しましょうよ……」

呆れ顔になったティナーシャの言葉に、女はたちまち激昂する。

「その術があれば他国を滅ぼすことだって容易なのよ！　祖父はこれを、魔法士を迫害するタァイーリと戦うために作ったの……！　でも貴方たちは術を封じ、祖父を迫害した！　誰より国のことを考えていたのに！」

女は吐き出した自身の言葉を追って、よく磨かれた床を蹴りつけた。狂乱とも言える様子に、レナートが皮肉な笑いを浮かべる。

「俺はタァイーリ出身だが、あの国を滅ぼして欲しいと思ったことはないね。ましてや禁呪を使ってなんてトゥルダールの立場を悪くするだけだ。国を思うのは結構だが、やり方が違ってないか？」

あっさりとした彼の論に、隣で聞いていたティナーシャは目を閉じて微笑む。女は一瞬怯《ひる》んだ顔を見せたが、それでも反駁しようと口を開いた。

「私はこれを使って証明してみせるわ。本当に意味を持つのは力なのだと」

「使えるものなら使ってみてくださいと言いたいところなんですが……」

ティナーシャは反動をつけて寄りかかっていた本棚から体を起こした。焦燥に定まらない目をしている女へと手を差し伸べる。

「それはそれ、これはこれ。貴女がレジスを襲ったのは事実です。さ、構成を吐いてください」

「断るわ！　この術を廃棄しようとした王子など！」

「廃棄じゃないですよ、保留です。毒にも薬にもなりませんから」

「煩い！」

無形の衝撃波が部屋を襲った。本棚が激しく揺れる。だが結界を張っていたティナーシャとレナート、そして床に蹲《うずくま》っていたロブロスは何の影響も受けていない。

ティナーシャは小さく息をついて目を閉じた。そしてゆっくりと瞼を開きなおす。

深淵の目に、人を屈させる強い光が生まれた。強大な力を示す笑みが唇に刻まれる。

「断るなら別に構いません。普通に解呪しますから。貴女は呪いには卓越してますが、こういう対面での戦闘には向いてないようですね」

「何を……」

「せっかくだから教えてあげます。本当に力を持っているとはどういうことなのかを」

言い終わらぬうちに圧倒的な魔力が現出する。

名前も名乗らぬ女は、押し寄せる純粋な力そのものに声にならない悲鳴を上げた。

※

「ロブロスはお調子者なところがありまして、街の酒場で酔った時、つい傍にいた女に横領のことをほのめかしたそうなのです。でそれをネタに脅迫され、ずっと城内の情報を流させられてたと」

レナートの報告を背中で聞きながらティナーシャは苦笑した。

「彼女はロブロスの弱みを握ってから、ずっと祖父の禁呪を取り戻す機会を狙ってたんじゃないですかね。で、そんな時、レジスが禁呪を整理したがってることを聞いた」

「整理といっても処分が主軸であることはドルーザの一件からも明らかですしね。ともかく殿下の動きを止めたかったんでしょう」

「手際はいいですが、方法が雑ですよ。それまでの慎重さの意味がないです」

「ティナーシャ様のことを計算に入れてなかったみたいですね。呪いに混乱する城内ならば、ロブロスが資料室に侵入してもさほど問題にならないと判断したようです。まぁ何より禁呪の処分が近々行われると広めたせいなんですが」

「いい働きでしたよ。感謝します」

「恐縮です」

彼が頭を下げたことが気配でわかってティナーシャは微笑んだ。彼女は水盆に向かいながら左手で大きめの書類袋を手に取る。その中には、全ての禁呪資料が入っていた。

「こんなもの、あってもろくなことにならないです。保留にした分もやっぱり要らないですね」

自嘲にも聞こえる言葉と共に、袋はティナーシャの手の中で燃え上がる。

驚くレナートの見つめる先で、炎は袋とその中身だけを綺麗に燃やし、やがて小さくなって消え去った。舞い上がり、床に落ちた灰をティナーシャは空いた左手を振って消す。

「解析にあと十日。その後レジスが復調するまで一週間ってところですか。まったく問題なしです。その間、私が彼についてますから、彼の仕事は私に回してください」

「かしこまりました」

「罪人の処分はカルステに任せます。レジスのことと合わせて報告しておいてください。っと、一つだけ調べて頂きたいことが」

「なんでしょう」

「禁呪の処分の話、ロブロスは『自分が漏らしたわけじゃなく、相手が言ってきた』と言い張ってるんです。単なる言い逃れかもしれませんけど、今回の件は手際がよすぎるんで一応他に関わった人間がいないか洗い出してください」

ファルサスで毒を盛られた件もある。もし更に背後がいるなら放ってはおけない。

レナートが了承に頭を垂れて退出すると、ティナーシャは深く息をついた。

——思いのほか手間取ったが、何とか片をつけることができそうだ。或いは捕らえられた女は、ロブロスの横領を知らなければ、城を恨みながらも何事もなく一生を終えたかもしれない。

人の出会い、その運命は実に危ういものだ。彼女も子供の頃彼に出会わなかったら、まったく違った人生を送っていたのだろう。もしかしたら彼の言った通り、四百年を経た後に彼に請われてその妻になっていたのか——

「……まさか」

自分でも笑ってしまうような想像だ。過去のオスカーはともかく、今の彼は彼女のことを、場所を取る猫くらいにしか思っていないだろう。きっと頼んでも結婚してくれない。

ティナーシャは無意識のうちに頬をふくらませて……ふと、ずいぶん行っていないファルサスがどうなっているのか気になった。

オスカーには対魔法の守護結界をかけてある。もし彼に何らかの魔法攻撃が加えられれば、それはすぐに彼女にも伝わるはずだ。今のところ何の変化も感じないのは平和の証拠だろう。

——行こうと思えばすぐに転移できる。

だが行けない。これが王同士となる自分たちの距離なのだと、彼女は知っている。

「別にいいですけどね。あの人が欲しいわけじゃないです」

ティナーシャは誰も聞くことがない独り言を洩らすと、美しい唇を少し歪めた。

※

魔法士たちの集まるファルサスの談話室には、大体いつもお茶の香りが満ちている。

二人の同僚とそこで休憩していたシルヴィアは、彼女としては珍しい不機嫌顔を見せた。

「私、あの人嫌い」

「はっきり言うな。誰かに聞かれたらどうするんだ」

ドアンは書類に目を通しながら嫌な顔をする。

トゥルダールの王女であるティナーシャが、自国に詰め始めてから既に二週間ほどが経っている。シルヴィアが忌々しげに話題にしたのは、彼女と入れ違いに城にやってきたデリラのことだ。

「だあって。妙に偉そうにわたしたちを見下すんだもん！　何様なのよ！」

「陛下の愛人だろ」

「きぃぃぃぃ」

口惜しそうにテーブルを引っかくシルヴィアに、本を読んでいたカーヴが顔を上げた。

「でもかなりの魔力だ。魔法士としてはどうなんだろうな」

「魔力だけが魔法士の優劣をつけるわけじゃないっての！」

テーブルが乱暴に叩かれる。男二人はシルヴィアの荒れように溜息を飲みこんだ。

確かにデリラは一段高いところにいるように振舞っているが、寵姫《ちょうき》なら当然だろうし彼らはさほど気にならない。シルヴィアがこうまで苛立つのは同性だからだろうか、と二人は目で会話した。

「あー、ティナーシャ様早く帰っていらっしゃらないかしら……」

「怖いことを言うのはやめてくれ」

「何で」

ドアンは言葉では答えず、大げさに肩を竦めて見せた。彼は主君から「あれは怒らせると周りを破壊するから気をつけろよ」と聞いているのだ。とは言え、一番怒らせそうなのは当の主君だ。

だからむしろドアンが気になっているのは、何故オスカーがデリラを招きいれたかだ。確かに肉感的な美女ではあるが、それが理由で動く主君ではない。今回の件には一体何が絡んでいるのか。

詳しい事情を知らないカーヴは、暢気そうに口を開く。

「でも陛下のお相手として考えるならティナーシャ様よりふさわしいだろ。人格は別として」

「お前も結構はっきり言うよな」

「どこが！　旅の占い師なんて似つかわしくないにもほどがあるわ！」

「いや隣国の女王は普通に無理だろ」

どうにも話が両極端だ。それもこれも王家にかかる呪いのためなのだが、そもそも当の呪いはティナーシャが解呪にかかっているのだ。このまま無事に行けば王の抱える問題は解消されるはずで、そこを下手に引っ掻き回せばかえって悪化しかねない。

ただティナーシャの解呪については、デリラには伏せておくようオスカーから言われている。何を考えているかわからぬ主君に、重臣たちは黙って従っている状況だ。

「まぁ陛下もお若いし。別に怒るようなことじゃないだろ」

面倒くさくなったドアンはそう締めくくると席を立った。

※

同じ頃、ファルサスの執務室でもラザルが浮かない顔で主人に書類を差し出していた。

何も言わず、ただ気力のない目で自分を見つめてくるラザルを、オスカーは初め黙殺していたが耐えきれなくなったのかペンを置いた。

「何だ辛気臭い。その顔をやめろ」

「陛下……恐れながら、私はあの女性を傍に置くことに賛成できません。何を考えておいでですか」

「何と言われてもな」

オスカーの幼馴染であり従者でもあるラザルは、この国王が結婚相手ならともかく、遊ぶ相手には不自由していないのを知っている。

なのに何故今更デリラのような女を城に置く必要があるのか。世継ぎの件ならティナーシャの解呪を待てばいいのだし、愛人としてならもっと口の固く素性が明らかな女性がいるはずだ。

「まさか……ティナーシャ様を怒らせてみようとかお思いじゃないでしょうね」

「そんなことをして城が壊れたらどうする。そこまで酔狂じゃない」

「だとしたらご趣味がよくありません。解析をなさっているティナーシャ様がお気の毒です」

「お前は俺とあれをくっつけたいのか引き離したいのかどっちだ」

「中庸を希望してます！」

オスカーは書類を置くと背もたれによりかかった。深く息を吐きながら足を組む。

「とりあえず放《ほ》っとけ。あいつもまだレジスの治療にかかるらしいし、当分戻ってこないだろう」

――トゥルダールで犯人が捕まったという連絡は午前中に来ている。

だが結局襲撃の犯人は、ファルサスでティナーシャを毒殺しようとした男とは繋がりがなかったのだという。今現在、更に関わった人間がいないか調査中だが、その結果が出るかもわからない。

ラザルは嫌そうな顔のまま王にお茶を出す。ティナーシャが淹れたものとは大分風味が異なるそれを彼は黙って口にした。まだ自分を責めるように見ている従者に気づくと、オスカーは人の悪い笑いを見せる。

「まぁティナーシャよりは抱き心地がいいな。あいつは細すぎる」

「貴方は最低です！」

ラザルは正直な叫びを上げると、処理済の書類を抱えた。扉に向かいながら苦言を呈す。

「とにかくさっさと片をつけてください！　ティナーシャ様に怒られる前に！」

乱暴に閉められる扉にオスカーは笑い出す。彼はそして、不意に笑いを収めると言った。

「あいつが戻ってくる前に片付くにこしたことはないな」

それはひどく冷えきった、王としての声音だった。

※

ファルサス城の奥まった区域、人気のない廊下を歩いていたデリラは、ある一室の前に差しかかるとそこで足を止めた。

彼女には寵姫としてかなりの特権が与えられていたが、それでも宝物庫の他出入りが禁止されている場所は幾つかある。この部屋もその一つで、扉には侵入を防ぐ強固な結界がかけられていた。

デリラは緻密で繊細なその構成に、触れるか触れないかのところへ象牙色の手を伸ばす。

そして爪の先に魔法構成を灯し――

「そこで何をしておいでです」

突如かけられた男の声に、彼女は手を引くと、むしろ堂々と振り返った。

そこにはファルサスでもっとも若い将軍のアルスが立っている。デリラは一歩も退くことなく赤い唇で微笑んだ。

「いいえ、何の部屋かと思いまして……」

「そちらはトゥルダールの客人のお部屋です。今は自国に帰られていますが。どなたも主人の許可なしに立ち入ることはできかねますよ」

「そうですの？　失礼致しました」

デリラは優雅とも言える立ち振る舞いで踵《きびす》を返《かえ》す。

立ち去っていくその背中を、アルスはいつまでも不審そうに眺めていた。

※

犯人が捕縛された後、ティナーシャはレジスの解呪と平行しつつ日々の政務をこなしていった。

レナートが補佐についたとはいえ、その仕事の的確さと迅速さは非凡なもので、彼女の出自を知らない周囲の人間は「魔力だけが取り柄の娘」と侮っていた認識を改めざるを得なかった。

会議室で書類を広げながらお茶を淹れたティナーシャは、それをレナートにも振舞いながら笑う。

「昔も仕事は色々やりましたけど、私のやることって大雑把らしくって旧体制派には嫌われました」

「大雑把というか……革新的というのではないでしょうか」

今回の一件で彼女の信頼を得て、その本当の素性を聞いたレナートは平然と返した。

「ティナーシャ様がタァイーリの魔法士を受け入れ始めてくださったおかげで、今日の私や母があるわけですから。感謝しております」

さりげない謝辞にティナーシャは照れくさそうに苦笑する。レナートは魔力を持って生まれたため、幼い頃に母とタァイーリを出てトゥルダールに移り住んだのだ。もしタァイーリでそのまま暮らしていたなら、迫害を受け続ける生活を送ることになっていただろう。

時代を経て即位を望まれた彼女は、自分が玉座に在った頃を振り返る。

「四百年前はやはり王家の絶対的な力が重要視されていました。王位も力量制でしたし。でも今はどうなのかなあ。ドルーザは分裂しちゃいましたし、変に他国を威嚇しなくてもと思うんですよね」

「力の在り様だとは思います。平時に大きすぎる力を誇示すれば、要らぬ警戒も生み出すでしょう。ですがいつ何が起こるかはわかりません」

「そうなんですよね。ただ長い目で見るなら、国が持つ力は広く育てられるものに寄らないと危ないです。トゥルダールの精霊もファルサスのアカーシアも、個人の力と血に頼る危うい絶対ですよ。比類なき力を一部に期待するより、全体が安定して持てる力を重視しないと……。もう大陸の暗黒時代は脱したんですから、国もその在り方を変えてもいいと思うんですけどね」

千年前から七百年の長きにわたって戦乱が吹き荒れていた時代を、人々は「暗黒時代」と呼ぶ。

今ある大きな国家のほとんどがその戦乱の中で形成され、そして生き残れた国々なのだ。

トゥルダールの精霊やファルサスのアカーシアも当時出現し、その力を核にして国ができたのだが、どちらも大国として安定した現在では、ティナーシャからすると無用の長物にも見える。

先日のドルーザの件のように、まだまだアカーシアが必要とされる小競り合いもあるだろうが、その後に締結された条約にも見られるように、「絶大な力を持つ魔法が戦争に用いられることを禁忌とする」方向に、時代は動いていくのではないかと彼女は期待していた。

レナートは、常に時代の先を見据えようとする彼女に目を瞠ると、頭を垂れた。

「貴女様がお望みなら、いかようにも粉骨砕身させて頂きます、女王陛下」

ティナーシャは彼の言葉に微苦笑する。

動かそうと思う人間がいる限り、時代はいつでも、どこへでも動き出していくのだ。

※

暗い夜の寝台で淡い眠りに落ちていたデリラは、不意に象牙色の肩を叩かれて現実に引き戻された。顔を上げると寝台脇に立つ男が彼女を見下ろしている。

「ここで寝るな。部屋に戻れ」

日が沈んだばかりの夜空と同じ色の瞳を、デリラはうつ伏せになりながらうっとりと見返した。

「つれないお言葉ですね。もう二週間以上になりますのに」

「期間の問題じゃない。傍に人がいると俺が眠れん」

「今までの女性も皆そのように？」

「まぁそうだな」

例外は今まで一人だけ、トゥルダールの名を持つ規格外な魔法士だ。彼女だけは無防備に一人で眠ってしまったので、オスカーとしても猫が寝台にいるような気分で放置した。猫にしては場所を取るのとなかなか起きないのが面倒だっただけだ。

デリラは探るような目で男を見上げる。

王がそこに立っているということは、ほんの少し彼女が眠っている隙に寝台から出たのだろう。何をしていたのかと懸念が一瞬彼女の脳裏をよぎるが、剣を佩いていないということはあくまで彼にとって今は私的な時間なのだろう。少なくともデリラは、自分と二人の時、彼が王剣を持っているところを見たことがない。それはきっと、彼に気を許されている証拠だ。

デリラは寝台の上でゆっくり上体を起こした。甘い香りを纏う裸身に自身の服を羽織る。彼女は暗闇の中でも赤く目立つ唇で笑みを形作った。

「そういえば先日、城内で迷っておりましたら、入ってはいけないお部屋に辿り着いてしまいました。トゥルダールの方のお部屋だと、アルス将軍に怒られてしまいましたわ」

「ああ、ティナーシャの部屋か。あそこはファルサスであってファルサスではないからな。よくわからん魔法具も多いようだし、入っても仕方ないだろう」

興味がなさそうに答えると、彼は寝台に腰かける。私的な時間のせいか、彼は万事において興味がないようだ。初めに謁見した時を除いて笑顔を見せることもない。女に甘くない性質なのだろう。

だがそれくらいは想定範囲だ。

デリラは彼の背にしなだれかかった。茶色の両眼が潤み、媚態を作りながら男を見上げる。

「どんな方ですの？　興味がありますわ」

「気にするようなことでもない。隣国の女王になる女だ。機嫌を取っておくにこしたことはないから出入りを許しているだけだ。お前とは話も合わないだろう」

「本当ですか？」

「しつこい。他に興味を向けろ。望みがあるなら叶えてやるぞ」

破格とも言える王の言葉にデリラは目を瞠った。次いで匂いたつ微笑を浮かべる。

彼女は柔らかな両腕を男の体に回し、ぴったりと体を寄せながら囁いた。

「いいえ何も。貴方様のお傍にいるだけで充分です」

「殊勝だな」

穏やかで優しい声が女を労う。

ただそれを呟いた王は自分の背に顔を埋める女を、感情のない目で鏡越しに見据えていたのだ。

※

ティナーシャがファルサス城からいなくなって早一ヶ月。シルヴィアの忍耐は限界に達しかけていた。というのもデリラは日中、城内を好きにうろついては高圧的な態度で兵士や魔法士に接するのだ。色香ある美女のせいか男たちは大して気にしていないようだが、女性陣の受けはすこぶる悪い。馬鹿にするような態度で彼女たちを見てくるデリラに、シルヴィアは怒りを表情に出さないようにするのも大変になっていた。

その日も鬱憤がたまっているシルヴィアと、それに触れぬように心がけているドアン、カーヴの三人は、魔法書を抱えながら城の廊下を歩いていた。

硝子がはまっていない窓の外はいい天気だ。空が青白く高く広がっている。

気持ちのよい景色に気を取られていたシルヴィアは、曲がり角で危うく誰かとぶつかりそうになって、寸前でドアンに体を引かれた。慌ててお詫《わ》びとお礼を口にする。

だがぶつかりそうになった当の相手を見て、彼女の顔はたちまち引きつった。そこにいるのはまさしく、最も会いたくなかった人物であるデリラだ。

デリラはじろじろと三人を、特にシルヴィアを眺めると鼻を小さく鳴らした。波打つ赤毛を手で払いながら胸を反らす。

「お忙しいのはわかりますけど、気をつけて頂きたいわ」

「……申し訳ございません」

「私に何かあったら陛下もさぞ悲しまれると思いません？」

思わない、と言いたいのをぐっと堪えてシルヴィアは頭を下げる。ドアンとカーヴは困惑して顔を見合わせた。デリラは顔を上げないシルヴィアになおも言い募る。

「どうもあなたは私のことをよく思っていないみたい。顔に出てますわ。そんな様子でよく宮仕えができますわね。それともどなたか男性の後押しでもあるのかしら。可愛らしい方は羨ましいわ」

「――――」

血管が切れる幻聴がカーヴには聞こえた。シルヴィアは怒気に染まった顔を上げる。

今にも何かを吐き出そうとする彼女を、ドアンとカーヴは本から両手を離し、慌てて羽交い絞めにした。カーヴが彼女の口を塞ぐ。

「シルヴィア、弁えろ。さすがにまずい」

「何か言いたいことがあるなら仰ったらよろしいのに」

嘲る声に激昂したシルヴィアが、カーヴの腹に肘を叩きこむ。

思わずうずくまったカーヴをよそに、シルヴィアは姿勢を正してデリラを睨みつけた。怒りに震えながら可憐な唇を開く。

「わたしは――」

だがその先が続くより早く、彼らの背後から澄んで明るい声がかけられた。

「ドアン、お久しぶりです。カーヴ、シルヴィアも」

三人は慌てて振り返る。そこには窓辺に腰掛けて微笑む稀有な魔法士と、その精霊が佇んでいた。

ティナーシャの着ている白い魔法着が風を受けて揺らめく。裾から見える足は折れそうなほどに細い。彼女は屈託のない笑顔を知己に向けた。

「ドアン、留守中に誰か私の部屋に入ろうとしました？　結界を破ろうとした痕跡があるんですが……って、どうかしました？」

ティナーシャはうずくまるカーヴと、ぽかんとしているシルヴィア、そしてその奥に立つデリラの異様な雰囲気に首を傾げた。

一方、ドアンは内心冷や汗をかき始める。そろそろティナーシャが戻ってくるかは思っていたが、まさかいきなりデリラと会ってしまうとは思わなかった。いずれ会うのは仕方のないことだろうが、できればこの問題とは無関係でいたかった。

しかしドアンは魔法士としての精神力で気を取り直すと、にこやかに本を拾い彼女に歩み寄った。

「お久しぶりです。トゥルダールの方も解決なさったと聞いております。結界のことは覚えがありませんのでさっそく調査させましょう。ところでご一緒にお茶でもどうですか。さぁ行きましょう」

口を挟む間を与えず喋《しゃべ》りきると、ドアンはティナーシャをその場から遠ざけようとする。

だが彼女は眉を寄せると、彼の肩越しにシルヴィアを見つめた。

「シルヴィア、どうかしました？」

「ティナーシャ様……」

突然現れた彼女にシルヴィアは気が抜けてしまったのだろう。たちまち目が潤んでくる。

ティナーシャは友人の様子に驚くと、急いで彼女の前に駆け寄った。気遣う声をかけようとするティナーシャに、しかし今まで黙っていたデリラが誰何《すいか》する。

「あなた、お見かけしない顔ですけど魔法士か何か？」

問われた女は一瞬怪訝そうにデリラを見返したが、すぐに苦笑した。

「お初にお目にかかります。トゥルダールのティナーシャと申します」

彼女の名乗りにデリラは大きく目を瞠る。

向き合う二人はどちらも美女ではあるが、まったく性質が異なる。

あからさまに警戒を滲ませるデリラに対し、ティナーシャは染みついた高貴さでそれを受け流している。何者の下にも置かれない彼女の泰然さと清冽《せいれつ》さは一朝一夕で身につくものではないだろう。それは王族として育ってきた者だけが持つ顔だ。

デリラは腕を組んで豊かな胸をそらせると、あくまでも尊大に言い放った。

「これはこれは、あなたがトゥルダールの王女殿下でいらっしゃいますか。拝見したところ、その魔法士の女性とずいぶん親しいようですが、ご友人はお選びになったらいかがです？　どうやら男性だけでなく、権威があれば誰にでも擦り寄るような方みたいですけど？」

毒気に満ちた言葉に、シルヴィアの顔が真っ赤に染まった。だが彼女もティナーシャの手前、先ほどのように噛みつこうとはしない。

ティナーシャは失礼を軽く通り越した言葉に啞然としてデリラを見、ついでシルヴィアを見た。泣き出しそうな彼女の顔に、ティナーシャは再びデリラを振り返る。

闇色の目がすっと細まる。氷をちりばめた声が小さな唇から漏れた。

「何を仰りたいのかわかりかねます。名乗りもなく私に意見しようする貴女は、一体どちらのどななのです？　最低限の礼を弁えくださらなければ、今のお話のように的外れで失笑ものではないご意見だとしても、聞き入れがたくなってしまいますよ？」

柔らかい口調には痛烈な批判が乗せられている。その迫力に押されてデリラは瞬間言葉に詰まった。ティナーシャは彼女を無視してドアンを振り返る。

「で、どなたですか、この人」

俺に聞かないで欲しかった！　とドアンは心中で叫んだが、渋々口を開いた。

「この方はデリラ様と仰いまして……へ、陛下の……」

「オスカーの？」

「――何をそこで固まってるんだ」

角の向こうから男の声が響く。

ドアンは正直、もう全速力でこの場を逃げ出してしまいたかった。横を見るといまいち事態を追いきれていないらしく呆然としているカーヴがいる。シルヴィアは、ティナーシャの後ろで真っ青になっていた。

角を曲がって一同を視界に入れた男は、その中に黒髪の女を見つけて目を瞠る。

「ティナーシャ、帰ってたのか」

「お久しぶりです」

一ヶ月ぶりに会うファルサス国王に、ティナーシャは軽く手を挙げて挨拶した。オスカーは相変わらずの彼女に微笑する。

「レジスの調子はどうだ？」

「おかげさまで復調しました。私が仕事をすると型破りすぎるとのことでお役御免です」

「型破りすぎるって……お前が次期女王だろう」

「型破りな国家を目指してます」

白々と答えるティナーシャにオスカーは思わず笑ってしまう。

だがその時、存在を忘れられかけていたデリラが、場の注目を引き戻すように両腕をオスカーの右腕に絡ませた。今まで傍観していたミラが、それを見て軽く口笛を吹く。

「陛下、確かに仰られた通り、この方とは話が合いそうにありませんわ」

しなを作ってオスカーを見上げるデリラに、ティナーシャはきょとんとするとドアンとシルヴィアを見た。ドアンは青ざめながら頷き、シルヴィアは泣きそうな顔で首を振る。まったく逆の二人の仕草で、ティナーシャは大体の事情を悟った。彼女は表情に困りながら視線をデリラに戻す。

「それは……私としても貴女と話が合うようになると品性を疑われかねないので結構です」

「なんですって!? 陛下、何とか仰ってください！」

「オスカーは黙っててください。——私は友人を身分でも、力でも選びません。人と付き合うにあたってそれは無関係なことでしょう。それとも貴女は隣にいる男が偉ければ、自分の価値も上がると勘違いされていらっしゃいますか？ 他人の権威をかさに胸を張られるのは結構ですが、私の友人を侮辱なさるなら黙ってはおりませんよ」

毅然と立つ女の辛辣さに、デリラは華やかな美貌を歪ませた。言い返せずに口元をわななかせる。

一方、ティナーシャは反論が返ってこないと悟ると、普段は見せぬ艶笑を浮かべた。デリラを見据える王者の目。魂を縛り引きこむ微笑に、女は怒りも忘れて息をのむ。

ぞっとするような魅力が彼女を捕らえる。耐え難《がた》い引力に目を離せなくなる。

絶大な魔力で人を支配する女王、ゆっくりと精神を圧してくる圧力に、デリラは硬直した。ティナーシャを見たまま青ざめていくデリラを見下ろし、オスカーは溜息をつく。彼は黒髪の魔法士に向かって空いた方の手を振った。

「あまり威圧してやるな。俺の女だ」

「そう思うなら檻《おり》にでも入れておいてください。首輪も鎖もなしに飛び回っていると、何が起きるかわかりませんよ」

「考えておく」

オスカーは苦笑するとデリラを伴ったままその場を後にした。我に返ったデリラは立ち去る瞬間勝ち誇ったような笑みをティナーシャに向ける。ティナーシャはそれを平然と受け流した。

二人が廊下の先に見えなくなると、ようやくドアンはほっと肩を下ろす。

だが彼は、振り返った女の満面の笑みを見て、何も終わっていないことに気づいた。顔から音を立てて血の気が引いていく。

「で、あの無礼な女は何ですか？　詳しく教えてくださるととても嬉しいです」

それは拒否を許さぬ迫力に満ちた声だった。

「へー、寵姫なんですか」

氷のような声音に、カーヴは思わず首を竦めた。談話室に移動した一同は、ティナーシャの迫力に押されながら仕方なくデリラについて説明したのだ。宙に浮くミラが楽しそうににやにや笑う。

「え、ティナーシャ様、また振られちゃった？」

「ミラ？　振られるって何ですか？　私があの腹立たしい男をどうにか思ってるとでも？」

笑顔のまま自分を見下げてくる主人に、ミラはさすがに表情を強張らせた。

「あははは……何でもありません。ティナーシャ様、真剣に怒らないで」

「怒ってませんよ？」

壁際に飾られていた陶器の壺《つぼ》が、乾いた音を立てて砕け散る。ティナーシャはそれを見て舌打すると、手の中に封飾具を転移させ耳につけた。精霊の少女が慌てて空中で身を翻す。

「わ、私、レジスの様子見てるね！」

そうして消えてしまったミラに、残された三人の魔法士、特にドアンとカーヴは「煽っておいて逃げないで欲しい」と心中で呟いた。だがともかく城が壊される前に彼女を宥めなくてはいけない。

一番事情を知っているドアンは、遠まわしにデリラが迎え入れられた理由を切り出す。

「ほら、あれがあるじゃないですか陛下には。あの女性はあれに耐えられるって言ってきたんです」

伏せてしまうと何だか怪しい文章になったが、ティナーシャには意味が伝わったらしい。整った眉を顰めると顔を傾けた。

「あれって……無理ですよ、あの程度で。まず死にますね」

「え!?　ほ、本当ですか？」

「本当です。あれって並大抵の魔力じゃどうにもできませんよ。私は規格外ですから何とかなりますけど、私の魔力って半分は後天的なものですから。普通に生まれて育った人間では、どんなに優秀な魔法士でもまず無理です」

今までデリラは、呪いに耐えられるからこそ特別待遇を受けてきたのだ。それが偽りであったなら話はまったく変わってくる。彼女は自身の死の危険をわかった上で王を騙しているのか、それとも彼女自身誰かに騙されているのか。事態を把握すると、ドアンは立ち上がった。

「陛下に言ってきます」

「承知の上じゃないですか？　そういうことにしとけば堂々と彼女を傍に置けるじゃないですか」

「ティナーシャ様……」

このような言いがかりをつけられるのは、オスカーにまったく信用がないのか、彼女がかなり怒っているのかのどちらかだろう。ドアンは脱力しかける体を両腕で支えた。

表面上は笑顔のままティナーシャは続ける。

「それとも、もう解呪作業をしなくていいっていう私への遠まわしな気遣いですか？　なかなかできませんよね、嬉しいです」

「ま、待ってください……」

五枚の窓硝子に続けてヒビが入る。シルヴィアが首を竦めてそれを見上げた。ティナーシャは、もう一つ封飾具を取り寄せると指に嵌めたが、部屋の中に渦巻く魔力は一向に収まる気配がない。

今まで笑顔を保ってきた彼女は、その時初めて目の中に苛立ちを浮かべた。笑うのをやめ、渋面を作る。ティナーシャは黒髪を乱暴にかき上げた。

「何ていうかもう……色々馬鹿らしくなってきますね。ちょっと出てきます。顔も見たくないんで」

誰の顔を見たくないのかは明らかだ。ティナーシャは一瞬で構成を組むとその場から姿を消す。

嵐が去った後の談話室では、三人の男女がそれぞれの表情でお互いの顔を見合わせていた。


ファルサスの城都が遥か南に見える。

詠唱もなく転移した先で、ティナーシャは上空に佇んだまま眼下を見下ろしていた。

何もない平原が広がるここならば、多少魔力が洩れたとしても人目につかないでいられるだろう。

彼女は乱暴に封飾具を取るとそれらを手元から消す。途端、晴天の上空に雷光が走った。

忌々しげに散っていく魔力を眺めながら、ティナーシャは毒づく。

「本当に……度し難い……煩わしい！」

耐えきれず吐き出された言葉は、ひどく幼いものとして己の耳に聞こえた。

体中の熱が色を変えて燃え上がるようだ。ティナーシャはちりちりと漏れ出す魔力を、白い右手へ集めていった。膨大な力はみるみるうちに巨大な光球となって現出する。彼女は火花を散らせるそれを手元に留めたまま、遠くの城を見やった。

——滅ぼそうと思えば、ここからでも滅ぼすことが出来る。何一つ残さず一掃できる。

それくらいの力なら持っているのだ。ティナーシャは唇の端を上げる。

「……馬鹿みたい」

小さな呟きは、口に出せば一層自分を打ちのめした。

そんな風に幼い怒りで力を振るおうとすることも、これくらいのことでかっとなってしまう自分も、何もかもが馬鹿げている。馬鹿げていて、情けない。

彼が自分に興味を持っていないことはわかっていたはずだ。それに、時間がかかる解析を待つより別の女を選ばれても仕方がない。それくらいで傷つく方がきっと子供だ。

そうわかっていても――悔しいことには変わりがない。

「オスカーの馬鹿！」

ティナーシャは右手の光球を消すと、駄々っ子のように呟く。

罵る相手は今の彼ではない。子供の頃に一緒だったもう一人の彼だ。あの時の彼は、心から愛《いとお》しむように彼女の未来である妻を思い起こしていたのだ。なのに今の自分ときたらどうだろう。彼に好かれる要素を持っていないとしか思えない。

「必ず幸せになれるって言ってくれたのに……」

涙が滲みかけてティナーシャは唇を噛む。過去の彼に当たるのは筋違いだとはわかっているが、彼がかけてくれた言葉を思い出すと胸が痛む。結局自分は甘やかされたままの子供なのだ。

――愛して欲しくて来たわけではない。そんなものが欲しいわけではない。

ただ、自分だけがこの時代で異物の気がして少しだけ寂しい。どこにも、誰の元にも帰れない。

この寂しさを乗り越えることができたら……自分はもっと別のものになれるのだろうか。

ティナーシャは子供の幻想に目を閉じた。

定まらない精神の沃野に、だが不意に男の声が割り込んでくる。

「——何だ、いい顔してるじゃねーか」

軽く響く声を掛けられて、彼女は驚きに目を開いた。

誰もいないはずの上空、彼女の視線の先に一人の男が浮かんでいる。銀髪に黒眼《くろめ》のひどく美しい顔をした男、人ならざる彼は、口元にからかうような笑いを貼りつけていた。

「トラヴィス……」

男は鼻で笑うと、ティナーシャを斜めに見返した。

「四百年ぶりだな。ああ、お前は眠ってたからつい最近か？　まぁ俺にも大した年月じゃない」

「お久しぶりです……こんなところでどうしたんですか」

「お前の辛気臭い顔を見にきたんだよ」

傷口に喜んで塩を塗ろうとするトラヴィスの表情に、ティナーシャは顔を顰めた。

四百年前に会った時も彼は終始こんな調子だったのだ。人間に好んで干渉する最上位魔族にとって、ティナーシャの煩悶《はんもん》は面白い酒の肴《さかな》の一つでしかない。

それでもオスカーを追って時を越えるよう助言をくれたのは彼だ。ティナーシャはその点は素直に感謝していた。

トラヴィスはにやにやとティナーシャの渋面を眺めていたが、大げさに両手を広げてみせる。

「何だ？　魔法の眠りまで使って会いにきたのに、見てももらえないのか？　憐れだな」

やっぱり塗りこまれた塩に、ティナーシャはがっくり頭を垂れた。弱々しくも反論する。

「いえ、別にいいんですよ。期待してませんから……」

「強がるなよ。余計憐れだ」

「うう……」

覗き見ていたのか、今ここからでも事情を知る力があるのか、トラヴィスはせせら笑った。

「その女を殺せばいいんじゃねーの？　お前なら一瞬で消し炭にできるだろ」

「人間はそういうことをしてはいけませんよ……」

「人間以外誰がそんなことをするんだ。俺たちはしないぞ？」

ある意味説得力のある皮肉にティナーシャは言葉に詰まった。

本当に度し難い。人が人を殺す理由など千差万別なのだ。

だが少なくとも、自分は劣情で人を殺したくはなかった。それがどんなに強い感情になろうとも流されたくない。だったら感情自体なくしてしまった方がいい。

唇を噛む彼女を、トラヴィスは品定めをするような眼で見やった。

「お前、精霊とやらはもういないのか？」

「退位時に返しましたよ。ミラだけいますけど、今はトゥルダールです」

「ふぅん」

トラヴィスは興味がなさそうに相槌を打つ。彼はそして優雅な仕草でティナーシャに手を差し伸べた。そこらの女より美しい手を彼女が見ると、男は微笑する。

「殺したくないならお前が死んでみるか？　生きてても辛いだろ？」

「は？」

軽い、唐突な言葉。

ティナーシャはさすがに唖然とした。だが体は反射的に構成を組む。彼は冗談でこんなことを言わない。全てが本気で、全てが遊びなのだ。ティナーシャは身を以てそのことを知っていた。

トラヴィスの手に膨大な魔力が集まっていく。空気を変えるそれを、彼は無造作に打ち出した。

「――ッ！」

襲いかかる力の奔流。全て掻き消すほどの魔力の塊を、彼女は防壁で受ける。

だが螺旋《らせん》状に渦巻く力は、ティナーシャを防壁ごと押し流した。彼女はそれに乗ってトラヴィスから距離を取る。

戦慄に体が冷える。心臓の鼓動が跳ねあがる。

彼は楽しそうに笑っていた。


右から第二波が襲ってくる。正面から受ければ消し飛んでしまうだろう攻撃を、ティナーシャは角度を変えて受け流した。トラヴィスが嘲る。

「ほら、ちゃんと向かって来いよ。無抵抗な女を嬲《なぶ》るのはつまらねーぞ。それとも自殺志願か？」

「ちょっとまだやることがあるので死にたくないですね……」

ティナーシャは言いながら両手に構成を生んだ。空気で出来た強大な十字の刃《やいば》が生まれ、トラヴィスに切りかかる。

しかし彼は、それを軽く手を振っただけで打ち消した。

「お前、俺を舐めてるのか？　四百年前から進歩がないなら腸《はらわた》ぶちまけろ」

吐き捨てる彼の笑いは凄絶だ。ティナーシャは緊張に乾く唇を舐めながら空中を駆けた。

短く詠唱する。風の流れを変える。四方から追いすがる無形の力を、相殺し巻きこみながら返した。荒れ狂う風がびゅうびゅうと耳障りな音を立てる。

「参りますね……もう一度あの人と戦う羽目になるとか」

四百年前は、十二の精霊がいたにもかかわらず彼女は大敗した。血みどろになった彼女を覗きこみながら、トラヴィスは「面白いやつだから貸しにしてやる」と彼女を治癒したのだ。

今がその貸しを清算する時なら、甘んじて殺されるわけにはいかない。まだオスカーに何も返していない。何も伝えていない。もっと生きていたいのだ。

ティナーシャは一秒だけ眼を閉じる。

だがそれは永遠にも等しい刹那だ。目覚めればそこには戦場がある。

「自分の死ぬ時くらい、自分で決めます」

宣言と共に、彼女は複雑極まる構成を組み上げる。白く絡み合う魔力の線が恐ろしいまでの密度を以て展開された。

——この力が芯から自分の力ならば、それを以て証《あかし》を立てる。

越えていける。真っ直ぐに立つ。

ティナーシャは自分を信じて、力を打ち出した。

※

デリラは一人自室に戻ると、抑えきれない笑いをこぼした。

ティナーシャと対面した時はその美貌と迫力に気圧《けお》されたものだが、結局王はデリラを庇ってくれた。あの美しい王女よりも自分を取ってくれるのだ。これはもう充分なくらいだろう。

デリラは寝台に座ると、城に来る時に持ちこんだ化粧箱を膝の上に乗せた。箱を開け、蓋に張られた鏡の隙間に、爪を整えるための薄刃を入れる。隙間を広げて中から出てきたものは紙片だ。彼女が折りたたまれた紙片を広げて伸ばすと、中には魔法の紋様が描かれている。

デリラは紋様に手をかざすと、小さく詠唱した。

「我が声よ届け。遠くに在りし片翼に繋げよ」

彼女の魔力を受けて紋様が光りだす。構成が紙の上に浮かび上がり、数秒の後、年老いた男の声が紋様の上から聞こえてきた。

「デリラか？　調子はどうだ」

「上々。寵愛されてるわよ？」

自信に溢れる彼女の言葉に、男の声はしばらく考えこんだようだった。確認の疑問が返ってくる。

「トゥルダールの王女はどうした」

「会ったけど、相手にならないわ」

「毒は効かなかったようだ。可能ならば追い返せ。できれば解析中とやらの構成も破壊しろ」

「部屋には侵入できないわ。どうしてもというなら助けを寄越してよ」

不満が滲む女の声に、男は鼻を鳴らした。

「それは無理だ。なら追い返すだけでいい。宝物庫には入れそうか？」

「頼めば入れてくれそうね。望みがあったら言うように言われたわ」

「用心しろ。入れたなら箱を探せ。小さな紋様の彫られた球が入っている」

「わかったわ」

男などいかようにも操れる。だがそれでも今回の相手は最上だった。できればずっとここにいたいくらいだ。その権力と甘さに魂が蕩けそうだ。

けれどやることはやらねばならない。それを忘れてしまえば、どこにいようと彼女に報復の刃が襲いかかるだろう。この老人だけなら何とかなる。だがその後ろには、あの男がいるのだ。

——その時不意に、部屋の扉が叩かれた。

薄ら笑いを浮かべていたデリラは、慌てて通信を切ると紙を元通りに畳む。それを鏡の後ろに押しこんで蓋を閉め、箱は鏡台に戻した。何食わぬ顔で返事をする。

「はい、なんでしょう」

「俺だ」

情人である男は扉を開けたまま部屋に入ってくると、真っ直ぐデリラを見つめた。

「何をしていた？」

「何もしておりませんわ。貴方様のことを考えておりました」

オスカーは小さく笑った。その腰にアカーシアがあることに気づき、デリラは眉を寄せる。

「どこかにお出かけになりますの？」

「いや？　どこにも行かん」

オスカーは言いながらアカーシアを抜いた。その切っ先をデリラに向ける。

あまりのことに呆然と硬直するデリラに対し、オスカーは声音だけは優しく囁いた。

「お前は中々用心深かったな。尻尾を摑むまで一月もかかるとは思わなかった。おかげでティナーシャがへそを曲げたぞ。また硝子を交換に出さないとならないかもしれん」

「な、何のことでしょう」

「ずっと見張られていることに気づかなかったか？　どこと話していたかクムが追跡していたぞ」

デリラは瞬間で真っ青になった。開けたままの口を両手で覆う。どう言い逃れをしたら助かるのか、頭の中をぐるぐると言葉が回った。

——何かを言わなければならない。ここで退いてはまずい。

彼女は気力を振り絞ると潤んだ眼でオスカーを見つめる。両手を差し伸べて懇願した。

「陛下、私は脅されて利用されていたのです。貴方様を想う心には偽りはございません」

「言いたいことがあるならアルスにでも言っておけ」

オスカーは言いながら横に一歩動いた。今までデリラから死角になっていた戸口に、アルスが兵士を従えて立っている。その意味を悟って彼女は愕然とした。

「捕らえろ。封飾も一応つけとけ」

「かしこまりました」

入ってきたアルスに腕を取られたデリラは、アカーシアを鞘に戻したオスカーに叫んだ。

「わ、私をどうなさるのです！　私がいなければ困るのは貴方ですわ！」

「全然困らん。誰に吹きこまれたか後で報告を受けるが、呪いのことなら解呪してくれるやつがいる。駄目でも子供は生んでくれるそうだぞ？　変わり種だが佳《い》い女だ。俺はあれで間に合ってる」

王の言葉にデリラはこれ以上ないくらい目を見開いた。

同時にアルスも軽く息をのむ。彼の主君は今まで、ティナーシャのことを肯定的に話すことがほとんどなかったのだ。それが本気なのか、それとも惹かれていることの裏返しなのか、アルスはずっと計りかねていた。

だが当の判別がついた今でも、何かが変わるわけでない。

共に在ることが難しい立場の二人だ。もしオスカーが彼女を手に入れられるとしたら、それは解呪が不可能になった時くらいのものだろう。その難しさを思ってアルスは目を伏せた。

兵士たちが奇声を上げるデリラを引き摺りながら部屋を出る。最後にアルスが礼をするため振り返ると、オスカーはどこか遠くを眺めるように、窓の外を見つめていた。

※

体のあちこちが痛い。負った傷はもう数えきれない。

ティナーシャは短く詠唱すると足の出血を止めた。すかさず数歩右に転移する。

直後、彼女がいた箇所を、黒い顎門《あぎと》が通り過ぎていった。顎門が振りまく魔力の飛沫がティナーシャのところにまで届く。ちりちりと痛むその余波を浴びながら、彼女は血に濡れた指を空中に走らせた。

「我が呼ぶは原始なる水、生かし殺す為の流れ、全てを飲みこみ、在りしものを圧せよ」

構成の完成と共に、彼女の周囲に四本の太い水柱が現れる。轟々《ごうごう》と渦巻いてうねるそれに、けれどトラヴィスは余裕を崩さないままだ。ティナーシャは彼を指差す。

「行け！」

水柱は四方から恐ろしい速度でトラヴィスに迫った。たちまち彼の姿は濁流の中に見えなくなる。

ティナーシャはそれを確認しながら新しい詠唱を始めた。

「声　我が　響く　定義する　望みを記号とせよ　息吹を祝福と見なせ　現出のための……」

「お前、サシで二重詠唱とか使うなよ」

突然背後から聞こえた声に、ティナーシャは慌てて詠唱を中断ししゃがみこんだ。そのまま離れたところに転移する。

「痛……ッ！」

左腕に遅れて激痛が走る。見ると二の腕の外側がぱっくりと抉《えぐ》られていた。肉の間から白い骨が見えている。ティナーシャは苦痛を堪えながら出血と痛みだけを消した。抉られてしまっては治療には時間がかかるし、今はそんな余裕がない。

トラヴィスはつまらなそうな顔で空中に佇んでいる。左手が血に濡れているのはティナーシャの肉をもぎ取ったためだろう。

「精霊はいねーんだぞ？　堂々と隙を作るな」

「そんなことを言われても……」

ミラに以前指摘された通り、ティナーシャは後衛型の戦いしかしたことがないのだ。詠唱を重ねる他にどうすればいいのかわからない。

だが今敵となっているのはほぼ万能の魔族の王だ。魔力はともかく戦闘技術では格が違う。このまま正面から挑んでは、勝つどころか生き延びることさえできないだろう。

「考えないと……」

ティナーシャは呼吸を統御しながら、思考を巡らせる。

その間にも、全方向から無数の風の刃が振りかかる。逃げることを許さない間断ない攻撃が続く。

僅かな隙間もない攻撃を前に、彼女は鋭く息を吐いた。

そしてそれを——紙一重で捌く。

「もっと細く……研ぎ澄ませられるはず……」

ティナーシャは意識を集中させた。頭の中が綺麗になっていく。

全ての魔力の軌道を捉えていく。背後だろうと頭上だろうと手に取るようにわかる。積まれていく経験が、一瞬先の未来に追いつき始める。

「――謳《うた》え」


空中に構成が広がる。

美しく絡み合って展開するそれは、魔力で紡がれた無数の線だ。一本一本はか細く掻き消えそうなそれは、けれど更に苛烈に降り注ぐ風の刃を全て逸らしきった。最小限の力で嵐のような攻勢を防いだ彼女に、トラヴィスは軽く口笛を吹く。

「本気になったか？　四百年前より動きがいいじゃねーか」

それどころか数分前よりよほど動きがよくなってきている。前衛でも後衛でもない、純粋に戦うための存在に化けつつある彼女をトラヴィスは楽しそうに見つめた。

「だがまだまだだ」

トラヴィスは呟くと、彼女に向かって不可視の網を放った。

ティナーシャは網に気づいて飛びのいたが、それは意志があるかのように彼女を追う。

「……っ！」

ティナーシャは光線を放って網を切り裂いた。けれどそれはあっという間に裂かれた部分を再生して彼女に迫る。

足を取られる。網はそのまま肉を切り裂いて彼女の骨を捕らえた。

「あぁ……っっ！」

焼けるような痛みに集中が乱れた。気が遠くなる。網が次々と全身に絡みつき、食いこんでくる激痛にティナーシャは身悶《みもだ》えした。トラヴィスの嘲りが聞こえる。

「何だ、もう終わりか？　つまらんな。期待して損したぞ。残りはお前の男に払ってもらおうか？」

痛みに漂白された脳裏に、かろうじてトラヴィスの言葉が届いた。

彼女はその意味を咀嚼《そしゃく》して理解する。

――それは、それだけは、駄目だ。


「っ、ぁ――」

全身から魔力を放つ。構成を持たぬ強大な力。それに焼かれて網は綺麗に消し飛んだ。

満身創痍《そうい》になったティナーシャは、深淵の目に殺意を閃《ひらめ》かせてトラヴィスを睨み据える。

「あの人のところへは行かせない」

「……いい顔だな。そういう表情も嫌いじゃない。だが頭に血が上ると死ぬぞ？」

「弾けろ！」

ティナーシャは右腕に魔力を纏わせると、トラヴィスに向かって跳んだ。

右手を覆う魔力は、巨大な黒い鎌となる。ティナーシャはそれを一閃した。

しかしトラヴィスは、向かってくる鎌を軽く横に退いて避けた。空を切った鎌は四散する。

ティナーシャは空中を蹴って転移しながら、次の詠唱を始める。

血塗《ちまみ》れの肢体を揮《ふる》って空を翔《かけ》る彼女は、異様なほど美しかった。

※

デリラの通信を追跡していたクムは、ほどなく相手の居場所がファルサス城都のある建物だと突き止めた。報告を受けたオスカーは冷笑を浮かべる。

「例の怪しい新興宗教か。わかった。すぐに行って一網打尽にしろ。一人も逃がすな」

命令を受けてメレディナが礼をすると出て行く。それを見送ったクムはふと眉を顰めた。

「陛下……北の方で強力な魔力の波動を感じます」

「北？　どれくらい北だ」

「城都とテネトの村の中間くらいでしょうか……これは……禁呪並みです」

「何だと？」

今回の件に禁呪並みの大魔法の関与はないはずだ。オスカーは険しい表情になると考えこむ。

「……ティナーシャはどこにいる？」

「私は存じ上げておりませんが……」

「ちょっと見てくる。後を頼んでいいか？」

「かしこまりました」

クムに任せてオスカーは慌しく部屋を出た。腰のアカーシアを確認する。

先ほどの三人と一緒なら談話室かもしれない。そこにいることを願って彼は廊下を駆け出した。

※

「息吹を定義とせよ！　我が言葉は命を形成す！」

ティナーシャの詠唱と共に、両腕の中から数百本の蔓《つる》が現出する。

槍《やり》のような鋭さで一本一本向かってくるそれらに、トラヴィスは指を弾くと結界を張った。蔓は次々結界に突き刺さって止まる。全ての蔓を支えてしまうと彼は結界もろともそれらを砕いた。

「さっきから攻撃が粗いぞ」

ティナーシャは答えない。転移で場所を変えると別の詠唱を開始する。

その様子にトラヴィスは冷ややかな目を送った。

「しょせんこの程度か……」

人間の精神の不安定さは時に面白いが時に腹立たしい。他人のために限界以上の力を出せるのは興味深いが、熱くなって忠告も聞けないのでは仕方ない。トラヴィスは彼女への興味を急速になくしつつあった。

眼前にティナーシャの放った破砕波が迫る。彼はそれを軽く手を振って相殺した。

「つまらねぇ。そろそろ幻滅だ」

彼は両手に絶大なる構成を生む。それは人一人を消失させるには充分過ぎる力だ。

だが視界の先で、敗北を知るべきティナーシャは苦笑混じりに微笑んでいた。

彼女は血に汚れた手をトラヴィスに向かって差し伸べる。

「——成れ」

その言葉を最後の欠片として、空中に巨大な檻が出現した。

細密で膨大な構成の檻。それはトラヴィスを閉じこめながらみるみるうちに輝きを増していく。

男はさすがに驚いて周囲の構成を眺めた。

「お前……二重詠唱か」

「さすがにああ言ってなお、二重詠唱を使うとは思わないだろうと逆手に取らせていただきました。七つの呪文に分けてそれらを二重にし、一つの構成を作りました」

ティナーシャは息を切らせつつ説明する。白光に圧されていくトラヴィスは可笑しそうに笑った。

「怒り狂ってたのは演技か。いい性格になってきたじゃねーか」

「罠を張らねば貴方には勝てません」

差し伸べた手を挙げてティナーシャは構成の強さを増す。光の檻は、いまやそれ自体が巨大な光球となっていた。イヌレード砦を消滅させた禁呪をも凌駕《りょうが》する、恐ろしいまでの魔力の粋だ。

ティナーシャは構成を操る手を止めぬまま語りかける。

「貴方は恩人です。殺したくない」

殺されかけたのだとしても、彼のおかげでここまで来られた。だからここで痛み分けにしたい。

だがそう思って待っても彼からの返事はない。ティナーシャは逡巡する。

しかし長く迷ってはいられない。彼女は決意すると構成を完成させる最後の魔力を走らせた。

空中を彼女の意志が伝う。

――その時、何かが破裂するような鈍い音が響いた。

「え……？」

ティナーシャは首を傾げる。構成が完成したのではない。彼女の意志を帯びた魔力は空中で打ち落とされていた。

ティナーシャは自分の体を見下ろす。

ぼろぼろになった華奢な肢体の中央、薄い腹部に子供の頭ほどの穴が開いていた。

刹那が、とても長く感じる。吹き飛んだ臓腑《ぞうふ》と引きちぎられた肉が、血を撒き散らしながら落ちていく。声を出そうとしたが喉を血が逆流した。

トラヴィスを封じこめていた光球が、術者の魔力を失って消える。その中に浮かぶ男の姿を見出《みいだ》して、ティナーシャは己の敗北を悟った。

体が傾ぐ。彼女を支えていた魔力が拡散する。

――まだ死にたくない……

ティナーシャは誰かを求めて空に両腕を伸ばす。

だが、彼女の体は壊れた人形のように、ゆっくりと地上に向かって落下していった。

落ちていく彼女を見送りながらトラヴィスは笑う。

「いい線いってるな。だが甘い甘い。まだ虎の子だ。自分の力も上手く使えてねーよ」

彼は軽く伸びをすると少し考えこむ。

そして思いつきを実行するために、人の悪い笑顔を見せその場から転移した。

※

談話室に駆けつけたオスカーは、彼女が城内にいないと知って愕然とした。

「いない？　なんでだ。トゥルダールに帰ったのか？」

「それが、『ちょっと出てくる』と仰っていただけで……」

歯切れの悪いドアンの口ぶりからすると、デリラとやりあったことで怒って出ていったのだろう。だがそんな状態でトゥルダールに帰るとも思えない。落ち着くまで一人になろうとするはずだ。

「……まさか、北の平原か⁉」

その時、彼の背後の空間がひずむ。

そこから転げ出るように現れたのは赤い髪の少女だ。ミラはオスカーの姿を認めて叫ぶ。

「助けて！　ティナーシャ様が殺されちゃう！」

「は？」

誰が「魔女殺しの女王」を殺せるというのか。そう思ったのは頭のほんの片隅で、オスカーは即座にミラへと手を伸ばしていた。

「連れてけ！」

ミラがその手を取る。視界が歪み、空間が変わる。

そうして転移した先は、何もない平原だ。予想した通り見覚えのある場所は、城都の北にあたる。広い平原の只中《ただなか》に出たオスカーが見たものは、視線の先に倒れている女と……その傍に膝をついている男だ。男は気配に気づいてか振り返る。

——見知らぬ男だ。芸術品のように美しい顔をしている。

だがオスカーが愕然としたのは、男ではなく足元に倒れているティナーシャを見たからだ。

意識のない彼女は全身が血に塗れている。着ている白いドレスは無残にもあちこちが引きちぎられ、美しく可憐な姿は見る影もなかった。乱雑に踏《ふ》み躙《にじ》られたとしか思えないその姿は息があるかもわからない。何もかもが理解できない光景を前にして——けれどオスカーは、理解するより先に地面を蹴っていた。アカーシアを抜きながら二人に向かい距離を詰める。

トラヴィスは、そんな彼に口の片端だけで笑った。

「もう連れ合いが来たか」

意味のわからぬ戯言《ざれごと》を無視して、オスカーはアカーシアを横に薙《な》ぐ。

目視しきれぬ速度で首を刎《は》ねようとする刃は、だが何もない空を切った。トラヴィスは十数歩後ろに転移すると肩を竦める。

「その剣をあまり振り回すなよ。危ないだろ？」

「こいつに何をした？」

オスカーの声は、聞く者の心胆を寒からしめる力に溢れていた。常人なら聞いただけで膝をついてしまう程の迫力に、しかしトラヴィスは平然と返す。

「別に？　遊んでやってただけだ。大したことでもないだろ？」

子供の遊びのように軽い、しかし悪意に満ちた返事。その口ぶりに、オスカーの全身は怒りに沸き立った。不快に息が詰まる。彼はトラヴィスを睨んだまま背後に言った。

「ミラ、ティナーシャの治癒を。動かせるようなら連れて逃げろ」

「わ、わかった」

男の口ぶりからしてまだ命はあるはずだ。ミラが主人に飛びつくと、オスカーは二人を庇って前に出る。ふつふつと湧き起こる怒りが視界を染め上げていく。内腑《ないふ》を焼くそんな感情に、オスカーはアカーシアを握り直した。

「生きて帰れると思うなよ、人外が」

「俺が人じゃないとわかるのか。中々だな。面白い」

「戯言を抜かすな」

短く息を吐き、止める。

そして彼は数歩の距離を一瞬で詰めた。振りかかるアカーシアに、トラヴィスが苛立たしげに舌打ちする。彼は白く光る指先を上げ——だがそこから放たれた光条は、オスカーの右腕に触れる寸前で不可視の防護結界に弾かれた。間近に迫る刃に、男の美しい顔が驚愕に歪む。

「あの女の結界か……！」

罵言を吐き捨てる男を、アカーシアが両断しようとする。

けれどその寸前でトラヴィスは再び転移した。剣の届かぬ空中に立った男は、凍りきった目でオスカーを見下ろす。

「舐めた真似も大概にしろ。死体も残らないほど焼き尽くしてやろうか」

吐かれた言葉は死の気配に満ちていた。気の弱い者なら気絶したかもしれない声音に、けれどオスカーは傲然と男を見上げる。彼が同様の言葉を返そうとした時、だが女の掠《かす》れた声が響いた。

「……殺させませんよ」

「ティナーシャ！」

振り返ると蒼白な顔色の女が、ミラに支えられ上体を起こしている。闇色の眼が悲壮な決意を湛えてトラヴィスを睨んだ。

「その人には触らせません。……何と、引き換えにしてでも」

血塗れの体に強大な魔力が凝っていく。それは、平原全てを飲みこみ消し去れるほどの力だ。

自分の命を引き換えにすることも厭わぬ目。その意志を見たトラヴィスは乾いた笑いを吐く。

「馬鹿かお前……見てももらえない相手のために、くだらねえ……」

吐き捨てる言葉は嘲りよりも憐れみが滲んでいた。

けれどティナーシャの目は変わらないままだ。トラヴィスは彼女と、殺気を漂わせたままのオスカーを一瞥する。彼は煩わしげに美しい顔を顰めて……不意に肩を竦めた。

「疲れた。また今度遊んでやるよ」

あっさりそう言うと男はふっと姿を消す。呆気ない退場にオスカーは眉を上げた。

「何だあいつは。何者だ？」

「最上位魔族ですよ……全員殺されてもおかしくなかったです」

女の声は力がない。オスカーはアカーシアをしまうと彼女のもとに駆け寄った。相変わらずティナーシャは血だらけで顔色も悪いが、露《あら》わになっている肌に怪我は見えない。彼は隣のミラに問う。

「傷は治ったのか？」

「治ったっていうか……私が来た時には全部塞いであった」

「トラヴィスが治したんでしょう……あの人そういうの得意ですから。……私なら腹部完全欠損をここまで綺麗には治せません」

「腹部完全欠損？」

物騒な言葉にオスカーが彼女を見ると、確かにティナーシャのドレスは胸から下の腹部がほぼ存在しない。吹き飛んだか引きちぎられたかしたのだろう。細い両足も付け根までが剝き出しで、そのほとんどが血と泥に塗れていた。悪意を以て凌辱《りょうじょく》されたとしか見えない有様に、オスカーは言いようのない憤りを覚える。

「……あの男は、お前が精霊術士だと知ってたのか？」

「え？　知ってると思いますけど」

その返答にオスカーは苦いものを飲みこんだ。さっきの男は、少し相対しただけだが好んで人をいたぶる性格に見えた。だからこそ精霊術士の特性を知って、あえてそれを踏みにじったのだろう。だが、純潔を失ってしまったのなら即位の話にも影響が出るかもしれない。彼は己の上着を脱ぐと細い体を包んだ。血の匂いが濃い女を抱き上げる。

「とりあえず城に戻るぞ。部屋の中に直接出られるか？」

他の人間にこのような姿を見せるわけにはいかない。ミラが転移門を開くと、オスカーはティナーシャを抱いたままその中に入った。運ばれながら彼女は男を胡乱《うろん》な目で見上げる。

「オスカー……服に血がつきますよ……」

「だからどうした。それより、この件が即位に障るようならお前は俺が娶るからな」

「へ!?　な、なんで!?」

「トゥルダールには俺が交渉する。揉めるだろうが、お前が出ていく必要はない」

ファルサスのティナーシャの部屋は、一月以上空けていたせいで窓に布が引かれ薄暗い。それは偶然だが好都合だ。オスカーは彼女を寝台に運ぶ。その間にミラが浴室に走った。一人だけついていけないティナーシャは寝台の上で叫ぶ。

「え、何がなんでですか？　私が負けちゃったのに、どうして貴方が出てくるんですか」

「俺の立ち回りがまずくてお前を一人にさせたんだ。そのせいで純潔を失ったなら責任取るのが筋だろうが」

「失ってないですけど!?　恐いこと言わないでくださいよ！」

思いきり叫んだティナーシャは、血が足りないのかくらりとよろめいた。その肩をオスカーは手を伸ばして支える。

「本当か？　俺に嘘をつく必要はないぞ」

「本当ですよ……失ったのは内臓くらいです。作り直されたみたいですけど」

浴室の方からミラの「本当だよー」という声が聞こえてくる。思わず安堵の息をつくオスカーに、ティナーシャは気まずげな目を向けた。

「第一、貴方にはちゃんと寵姫がいるんですから、訳わからないこと言い出さないでください」

「寵姫？　ああ、あの女のことか」

ついさっきのことなのにデリラのことをすっかり忘れていた。オスカーの反応に、ティナーシャはむっと眉寄せると横を向く。

「今回のお礼と報告は後で私が伺いますから、彼女のところにお戻りになったらどうですか。また品のない嫌味をぶつけられても困りますし」

「──ティナーシャ様、お湯用意したから血を落とそう。あの方の魔法がかかった血だから早く清めないと毒になるよ」

「そ、それはまずい……行きます」

浴室から響くミラの声にティナーシャは立ち上がろうとする。だが両足に力が入らなかったのか顔から転びそうになるのを、オスカーは受け止めると抱き上げた。

「ぼろぼろすぎるだろ。置いていけるか」

「一人でできますから！」

「あとあの女は拘置済みだ。元から寵姫でもなんでもない」

「は？」

目を丸くするティナーシャをオスカーは浴室に運びこむと浴槽の中に座らせる。そこには既にミラが用意したお湯が湛えられていた。精霊の少女はオスカーに白い布を何枚か投げながら軽く言う。

「ティナーシャ様、魔力と血が足りなくて体動かないでしょ。脱がしてもらって。早く」

「子供じゃないから一人で脱げますもん……」

「お前たち二人ともなんかずれてないか？」

人ではない精霊は男が主人に触れることを何とも思っていないし、ティナーシャ自身は「子供扱いされたくない」と頬を膨らませている。それでもティナーシャは実際に動きがままならないらしく、腕を動かそうとして短い悲鳴を上げる彼女に、オスカーは受け取った布を渡した。

「前押さえてろ。急ぐんだろ。とにかく洗い流すぞ」

「か、体中が痛い……欠損復元の反動がひどい……」

しょんぼりとうなだれるティナーシャの背に回り、オスカーはほとんど服の体裁を残していないドレスを脱がしていく。どこもかしこも血に汚れた肌は無残そのものだ。オスカーはお湯を汲み出すと小さな背に注いだ。たちまち濃い血臭が浴室にたちこめる。オスカーはこびりついた血を布で擦り落として、その下に傷がないか確かめ始めた。

「痛いところはあるか？　傷が残ってるなら染みる前に塞げ」

「じ、自分でできますってば！　それより拘置したってなんで？　痴話喧嘩《ちわげんか》でもしました？」

「誰が痴話喧嘩だ。最初から泳がせてただけだ。俺の呪いの話を知ってたこと自体怪しいからな」

オスカーは、ティナーシャの髪を梳《す》いてよけながら血に汚れた背や腕にお湯をかけていく。ついでのように事情を説明してやると、ティナーシャはぽかんとした顔になった。

「怪しいと思ってそれに乗ってたんですか？」

「回りくどいが確実だ。お前の毒殺を企んだのも多分同じやつらだぞ。あの時みたいに実行犯だけ残して逃げられるのはごめんだからな」

「うー」

そうとも知らずデリラとやりあってしまったティナーシャは唇を尖らせる。

「そうならそうと先に言ってくださいよ……知っていればもっと……」

「窓を破壊せずに済んだか？」

「今回は破壊まではいってませんから！」

むしろ破壊しそうになったのは城で、さすがにそれは思いとどまった。思いとどまって……ただ泣きそうになっていただけだ。子供のように涙ぐんでいた自分を思い出し、ティナーシャは両手に持った布に顔を埋める。

「は、恥ずかしい……消えちゃいたい……」

「急にどうした。あとお前は恥ずかしがるところが絶対違う」

無防備な白い背を向けたままじだじだ暴れている彼女に、オスカーはお湯を遠慮なくかけた。その勢いにティナーシャは「ひゃあ」と悲鳴を上げる。

「それより、さっきの人外はなんだ。そっちの事情を話せ」

「あー……」

途端に気まずそうな顔になるティナーシャは、しぶしぶ気紛《きまぐ》れな魔族の王について説明した。オスカーは何も言わずそれを聞いていたが、ティナーシャが今回も含めて二度、敗北して死にかけたことがわかるとその頰をきつくつねる。

「痛い！　なんで！」

「あいつとはもう会うな！」

「向こうから来るんですもん！　知らないですよ！」

ティナーシャの叫びは本当だろう。オスカー自身、トラヴィスと対面したのはほんの僅かな時間だが、それでもあの最上位魔族が理解しがたい存在だということはわかる。

「お前は本当に世話が焼けるな。まったく手のかかる……」

ちょっと一人にしただけで死にかけるのだ。危なくて目が離せない。意味がわからない。

本来の白さを取り戻した背、滑らかな肌にうっすら残る裂傷をオスカーはそっと指でなぞる。無骨な指先にティナーシャはびくりと体を震わせ――恨みがましそうに彼を振り返った。

「そんなの……私のことなんて放っておいてください。大体、本当に私が純潔じゃなくなってたとしても、そんな理由で貴方の妻になるなんてありえませんから」

「…………」

温かいはずの浴室の空気が一段下がる。お湯を汲《く》んでいたミラが「あーあ」と小さく呟いた。

それに気づいていないティナーシャは、ミラの流すお湯の下で膝についた血をこする。オスカーの冷えた声が降ってきた。

「ありえないって……どんな理由ならいいんだ、馬鹿」

「り、理由？　国が滅ぶかもしれないとか、なら……まあ……」

「ほう……自国を滅ぼして欲しいとはいい度胸だ」

「そんなこと言ってませんし!?　なんなんですか、もう！」

悲鳴じみた叫び声を上げるティナーシャの髪を、オスカーはきつく縛って一つにまとめ上げる。

ティナーシャは「みぎゃ」と猫のような悲鳴を上げ、そんな彼女をオスカーは叱りつけた。

「とにかく、またあの男が来たらさっさと逃げろ。というかもっと早く俺を呼べ！　助けてやると言っただろうが！」

オスカーの説教に、彼女は反射的に身を竦める。だがすぐに膨れた顔になると横を向いた。

「お気遣いありがとうございます。でも、自分の身くらい自分で始末をつけますから。今回だって助かりましたけど、下手をしたら貴方まで死ぬところでしたし。私のことなんて、しょせん貴方には関係ないことなんですから……構わないでください」

——線引きをするような、突き放すような言葉は、まるで子供の強がりだ。

ティナーシャは軽く唇を噛む。うっすらと伏せた瞳に涙が滲んだ。

彼は何も答えない。無言になったオスカーを彼女は恐る恐る見上げ、硬直する。

彼女を見下ろす目には怒気が明らかだったが、それはいつもの冷ややかな目ではなく、燃えるような感情に満ちていた。ティナーシャは反射的に謝りかけて、だがそれを小さな反抗心で飲みこむ。

オスカーは彼女をしばらく睨みつけていたが、不意に視線を外して吐き捨てた。

「そう思うなら好きにしろ」

そうして彼は、ティナーシャに背を向け浴室を出て行った。


浴室が静かになると、ティナーシャは深く息を吐き出した。

彼女は改めて自分の腹部を見下ろす。あれだけ血塗れだった体が白く戻っているのは、オスカーとミラがひたすらお湯をかけてくれたからだろう。赤髪の精霊は、浴槽のお湯を換えながら笑う。

「ティナーシャ様は、どうしてああいうこと言っちゃうんですかねー」

「ああいうこと？」

「助けてくれるって言ってるんだから、甘えちゃえばいいじゃないですか。結婚だってしたいならトゥルダールと交渉してくれるって言ってますよ？」

「そんなの……あの人が損をするだけじゃないですか。駄目ですよ」

最上位魔族と戦うことも、好きでもない女を仕方なく妻にすることも、本来彼が負う必要のないことだ。そんな負担を彼にかける気はない。自分は彼を助けにきたのであって、彼に手のかかる面倒事を増やしにきたのではないのだ。

涙が滲みそうになってティナーシャは裸の両膝をきつく抱く。うなだれる主人にミラは苦笑した。

「だったらちゃんとそう言えばいいと思いますけどねー。助けの手を拒絶されたらいい気分しないってのは、ティナーシャ様自身が経験済みじゃないですか？」

「…………」

「大体、そう生半可な覚悟で助けを申し出てくれてるわけじゃないと思いますけどー。アカーシアの剣士はさっき私に『ティナーシャ様を連れて逃げろ』って言ったんですよ。普通、ティナーシャ様をぼろぼろにした相手を前にそこまで言えませんよね。死んじゃうじゃないですか」

「え」

彼女は闇色の目を見開く。驚く主人へ、ミラは新しい布を手渡した。

「ティナーシャ様もアカーシアの剣士もそうですけど、人間ってよくわかんないですね。ちょっとしか生きられないのに、なんで自分から遠回りするんですか？」

「……遠回りなんて」

結局自分は、どう彼に接すればいいのかわからないのだ。

助けてやると言われても、好意に甘えていいのか自信がない。

何かが欲しいわけではないと自身に言い聞かせてきた。自分はもう、無条件に愛されていた子供ではないのだ。頼って弱くなるのは嫌だ。いずれその手を離さなければならないのなら、握ること自体が怖かった。

ティナーシャは目を閉じる。かつての彼の言葉が甦《よみがえ》る。「お前にはできる」と言ってくれた。その言葉を信じた。自分を信じてきた。

「まだ大丈夫。私は強く在れる」

ゆっくりと息を吐く。精神を整えていく。

それは玉座に在った頃、何千回と繰り返してきたことだ。

一人でも立てなければならない。そうでなければ王ではない。今もそれは変わらない。

――だがその時、波一つなく統御された感情に、ふっと水滴のような感傷が落ちた。

「でもあの夜、私は一人じゃなかった……」

本当に苦しかったあの時、傍には彼がいてくれた。決して一人ではなかったのだ。

喉元が熱くなる。泣き出しそうになってティナーシャは両膝に顔を埋めた。大怪我の反動で強烈な睡魔が襲ってくる。

全てを手放して眠ってしまいたい。もう何も考えられない。

それでも夢の中で一人にはなりたくなくて……ティナーシャは濡れた睫毛をそっと揺らした。

※

デリラを城内に送りこんだ宗教団体は、その日の内に幹部全員が捕らえられた。周囲の民は、胡《う》散臭《さんくさ》い集まりが何かをして城に引き立てられたことに対し、安心すると共に噂話に花を咲かせる。

取り急ぎの報告をクムとアルスから受けたオスカーは、取調べの内容を聞いて苛立ちを顕《あらわ》にした。

「結局、クラリスに毒を渡した魔法士はいなかったのか」

「デリラもその男から直接指示を受けたことがあるようです」

整理してみると、彼らの目的は二つに集約された。

一つは宝物庫にあるという謎の球の奪取。

もう一つはティナーシャの殺害、或いはファルサスから遠ざけること。

どう繋がるのかわからない二つの目的に、オスカーは首を傾げる。

「その謎の球とやらは一度見てみたほうがいいか？　触らない方がいいかな」

「どうでしょう……宝物庫の警備は厳重ですが。四十年前一度盗賊に入られた時にかなり強化されたはずです」

「四十年前か。あの時は確か何も盗《と》らずに逃げたんだったか？」

「何を盗られたのかわからなかったのです」

「いい加減に一度整理した方がいいかもな」

オスカーは書類に走り書きをするとそれをクムに渡した。アルスが報告を引き取る。

「ティナーシャ様については、男と教祖の意見は微妙に異なっていたようです。教祖は殺害か解呪構成の破壊を狙っていたようですが、男はファルサスから遠ざけたがっただけのようで。『どうせ殺せない』と言っていたのを聞いた者も多いとか」

「こっちはもっと訳わからんな。あいつがファルサスにいて何だというんだ」

「デリラを擁立するのに不都合だったからでしょうか」

「そう思ったからかなり引き立ててやったんだがな。まぁティナーシャ相手にずたぼろにされてたから、邪魔は邪魔だろうが」

軽く言う王の言葉に、アルスはその場に居合わせなくて本当によかったと胸を撫で下ろした。

オスカーは頬杖をついて半眼になる。

「時間をかけた割には肝心の人間には逃げられたか。まったく後手に回らされて腹立たしい」

「城内の者には警戒を徹底させます」

クムとアルスが執務室を退出すると、オスカーは肩をほぐした。

「……どうも苛々するな」

昨日から鬱屈した気分が抜けない。その原因の半分は聞き分けのない女が担っている気がした。

彼女の頑《かたく》なさを思い出すと腹が立つ。ここにいる時くらい少しは自分を頼ればいいのだ。一人で何でもしたがるのはお互い様だが、死にかけるくらいならもう少し譲ればいいと思う。

一方、朝から不穏な空気を染み出させている主人に、ラザルは沈黙を保った。

はたしてティナーシャと仲直りができたのか聞きたいが、聞いたが最後八つ当たりを受けそうな気もする。気がつけばよく王は彼女に苛立っているが、何だかその距離が少しずつ近づいてきている気がする。それは二人の立場を知るラザルにとっては、むしろ不安をもたらすだけだ。

だが王に問いただしても、彼は「何とも思ってない」としか返さないだろう。

だから今はそれを信じることにする。執着して囚われて、けれど結局手放さなければならないとしたら、その方が余程不幸ではないか。

感情を押し殺して書類の束を手に取ったラザルは、執務室の扉が叩かれる音に顔を上げた。

開かれた扉の先に立っていたのは、渦中に在る美しい魔法士だ。長い黒髪を二つに縛って纏め上げた彼女は、気まずそうな顔でしり込みしている。オスカーは不機嫌さを隠さない顔で言った。

「何だ、入って来い」

「はい……」

ティナーシャは扉を閉めて入ってくると机の前に立った。躊躇しながらもオスカーを真っ直ぐ見つめる。その視線を受けて、頬杖をしたままの彼は顔を上げた。彼女はおずおずと切り出す。

「昨日は大変失礼いたしました。助けてくださったのに、八つ当たりのような真似をして申し訳ありません」

「別に」

俺はどうせ無関係だからな、と言いたいところをオスカーは飲みこむ。それを言い出したら本当に子供の喧嘩になる。彼女はともかく自分だけでも弁えていなければならない。

ティナーシャは躊躇いがちに続けた。

「あと……お願いがあるんですが」

「言ってみろ」

闇色の瞳が揺れる。その中に蠱惑的《こわくてき》な光を見出してオスカーは目を細めた。

ティナーシャは意を決して口を開く。

「あの、暇な時があったらでいいんですが……私に剣を教えてください」

予想外の言葉に、ラザルは書類の束を取り落としそうになった。

オスカーはというと、ついていた頬杖から顔がずり落ちかけている。

ティナーシャは二人の反応を見て顔を朱に染めた。

「あ、あの……変なこと言いました？」

「いや……」

頭をかきながら手招きする王に応じて、彼女は机を回った。彼の隣に立つ。

オスカーは座ったまま彼女に向き直る。どんな顔をすべきか決めかねて、しかし結局微笑した。

「わかった。俺も書類仕事ばかりで体がなまるからちょうどいい。あと一時間したら出られるから支度して待ってろ」

「ありがとうございます！」

男の了承にティナーシャは破顔した。大輪の花のような笑顔を浮かべる。子供のように嬉しさを隠さないまま出て行った彼女を見送ると、オスカーは呟いた。

「まったく……無防備だし、予想外な女だな」

その言葉に込められた優しさにラザルは目を丸くした。

オスカーは彼女との約束のため仕事を処理する速度を上げる。先ほどまでの苛立ちはどこにも残っておらず、代わりに不思議な気分の良さが彼の中に満ちていた。

8．答えの無い祈り

白い城の真上には、薄曇りの空が広がっていた。

強い日差しが雲で遮られて、ファルサスにしては比較的過ごしやすい陽気だ。

訓練場の片隅でティナーシャに稽古をつけていたオスカーは、区切りで剣を引くと首を傾げた。

「お前、基礎が出来てるな」

「即位する少し前、ちょっとだけですけど集中して習ってました」

ティナーシャは練習用の剣を握り直して感触を確かめる。ずっと気になっていたことだが少し剣が重い。彼女は魔力を通わせて腕力を強化してみた。素振りをする女にオスカーは問う。

「教えたのはファルサス出身者か？」

「え!?　何でわかるんですか」

「お前の基礎はかなり正統なファルサスの剣術だ。俺も昔やった」

「うわぁ、そんなことがわかっちゃうんですか。その通りです」

正統も正統、彼本人なのだから当然だ。くすくすと笑う彼女を、オスカーは不審そうに見やる。

「生粋の魔法士に剣を教えるなんて奇特な人間だな」

「あはは。厳しかったけど優しい人でしたよ。ためになりましたし、すごく格好よかったです」

闇色の目に深い親愛の情が浮かぶのを見て、オスカーは何だか面白くない気分に駆られた。確かめるように斬りこんでくる彼女の剣を受けながら皮肉を込めて呟く。

「どうせ教えるなら無謀さまで直しておいて欲しかったぞ。大人になってから付き合う身になれ」

そう言ってしまってからオスカーは己の発言に呆れてしまった。ティナーシャの即位前に剣を教えていたということは、相手は間違いなく故人だ。彼は謝ろうと口を開きかけて、しかし女の笑い声にそれを遮られる。ティナーシャは何がそれ程面白いのか身を折って笑い出していた。

「普通怒りこそすれ、笑うところじゃないと思うが……」

「い、いえ、お気になさらず……」

まだ肩を震わせている彼女を一瞥すると、オスカーは剣の平で肩を叩いた。

「少し実戦を繰り返して経験を積めば伸びると思うぞ。反射神経はいいからな。力がないから相手の剣を正面から受けるな」

「了解です」

「できるだけ毎日見てやるが、俺がいなくてもアルスとかに頼めば稽古をつけてくれる」

オスカーは振り返ると外壁に嵌めこまれた時計を見た。そろそろ戻らなくてはいけない時間だ。

彼はティナーシャの傍に歩み寄ると、小さな頭をぽんと叩く。

「いい運動になった」

「ありがとうございます」

ティナーシャは男の剣を引き取りながら微笑んだ。たおやかな笑顔につい引きこまれそうになってオスカーは目を逸らす。

「じゃあ俺は帰る。またな」

「後でお茶を淹れに伺いますよ」

去っていく王に手を振って、ティナーシャはその背を見送る。

直後、彼女の背後に今まで待っていたように一つの気配が現れた。別の男のからかうような声が掛けられる。

「面白いことやってるじゃねーか」

ティナーシャは振り返らぬまま苦笑した。平然と後ろの気配に返す。

「貴方に会うと怒られるんですけど。何故私を助けたんですか？」

「つまらんこと気にするな。強い奴は嫌いじゃないが、お前はまだ伸びるからな。俺と互角に戦えるくらいまで粘ってみせろ。さぼるなよ？」

「中々先が遠いですね……」

「文句を言うな。あの男も鍛えてやろうか？　面白《おもし》れーし」

「やめてください。あの人に関わらないでくださいよ」

鼻を鳴らす笑い声と共に背後の気配が消える。

ティナーシャは気紛れな知人に肩を竦めると、振り返らぬまま剣を返すためその場を離れた。

※

自分の屋敷《やしき》に戻った男は、魔法士のローブを脱ぐと深く椅子に腰掛けた。天井を見上げながら深く息を吐き出す。すぐに目の前にお茶のカップを差し出されて、彼は笑いながらそれを手に取った。カップを渡した少女は、男の座る椅子の肘掛けに寄りかかる。

「首尾はどうだったの、ヴァルト」

「両方失敗した。捕まったよ。せっかく時期を揃えたのにな」

「いい加減な人間を使うからよ。もっと優秀な手駒を持たないと」

「と、言っても優秀な手駒を育てると情報が流れるしね。のんびりやるしかない。まだ前哨《ぜんしょう》戦《せん》だ」

気楽に言うヴァルトにミラリスは不満げに口を尖らせた。

「本当に大丈夫なの？」

「大丈夫。彼女がいくら強力でも魔女だった頃より大分扱いやすい。こんなことは初めてだからね」

ヴァルトは己の少女を安心させるように優しく笑った。

――まだ運命は緩やかに回り始めたばかりだ。

たとえこれから苛烈になっていくのだとしても、負ける要素は見当たらない。

彼は運命を俯瞰《ふかん》する。

その目は見据える先に切望する結末があるのだと、信じて疑わないものだった。

※

解析作業に夢中になっていたティナーシャは、何度目かに扉を叩かれてようやく返事をした。扉を開けるとそこにはオスカーが立っている。

「あ、もう稽古の時間でした？　気づかずすみません」

「いや違う。仕立て屋が来たから呼びに来たんだ。見に行くぞ」

「仕立て屋？」

ティナーシャは彼の後を追いながら聞き返す。オスカーは他国から来た彼女に説明してやった。

「たまに布を持って職人が来る。服を頼むんだ」

「ああ、なるほど……」

「いつもはもっと早く来るんだが、今年は仕入れに時間がかかったらしい」

「へぇ。そういうの初めてです」

彼はティナーシャを連れて仕立て屋がいる部屋に着くと、彼女を職人に向かって押し出した。

「じゃあ、隅々まで計ってやってくれ」

「何で!?」

「服を作るんだから当然だろう」

「そ、それはそうなんですが」

納得がいかないままティナーシャは採寸され始めた。オスカーはそれを面白そうに眺めている。

高級な生地ばかり集められた部屋には二人と職人たちの他には誰もいなかったが、ティナーシャが採寸責めにあっているうちに、書類を手にオスカーを訪ねてきたアルスと、同様に魔法書を持ってティナーシャを探しにドアンとシルヴィアが現れた。

採寸を受けながらティナーシャは魔法書に目を通し、二人の質問に答える。

「トゥルダールに行けばこれの解釈本が数冊あったはずです。今度持ってきますよ」

「お願いします」

ドアンが頭を下げた時、ようやくティナーシャは職人から解放された。書きこまれた採寸表をオスカーが興味津々といった表情で覗きこむ。当の女は嫌そうな顔をした。

「そんなもの見ないでくださいよ……」

「お前本当に細いな。筋肉もあまりないし」

「体質です」

「まぁでも着やせしてるところはあるな。脱がすとそれなりに肉がついてる」

「その誤解を生みそうな発言は誰が得をするんですか！」

「俺が面白い」

赤面して殴りかかってくるティナーシャの拳をオスカーは平然と手で受け止める。周囲ではたまたま居合わせた三人が形容しがたい表情を浮かべていた。

かんかんになりながら封飾具を取り寄せるティナーシャを尻目に、オスカーは布を選んで職人に渡し始める。五つほどの封飾具をつけてしまうと、彼女は諦めたのか溜息をついた。

「服を仕立てるって、何か要るんですか？」

「いや、俺の趣味。お前最近暑がって軽装ばっかりだしな」

「本当に暑いんですよ……。自分でも頼んでいいですか？」

「好きにしろ。今なら帰るまでに間に合うだろう。間に合わなくても届けてやる」

その言葉で彼女は、自分があと二ヶ月もすれば即位のために帰国しなければいけないことを思い出した。何だかばたばたしていてずいぶんあっという間に月日が過ぎてしまった気がする。

「あ、あと二ヶ月ですか……間に合うかな」

ぼそっと呟いた声をオスカーが聞きとがめる。

「別に気にするな。いつでもいいぞ」

「そういうわけにはいきませんよ」

元々ぎりぎりだったのだが、レジスが襲撃された一件で一ヶ月余り中断していたのだ。だがあの時の呪詛の構成に着想を得て、解析はかなり速度を上げてきている。ただそれでも難解を極めているのは確かで、ティナーシャは作業を中断して考えこむことも少なくなかった。

もしかつて見た解呪の構成が己の組んだものというなら、その癖に今の自分と通ずるものがあってもよさそうなのだが、中々そうはいかない。確かにあちこちに、いかにも自分がやりそうな構成はあるのだが、大部分は元々かけられていた祝福の構成に添う形になっているのだ。

――もっと根を詰めた方がいいかもしれない。

そう考えこんだティナーシャの頭を、見透かしたようにオスカーがぽんと叩いた。

「せっかく始めたんだから稽古は続けとけ。一日二、三時間でいいから」

「……ありがとうございます」

ティナーシャは男の顔を見上げると、困ったように微笑みながらも頷いた。

オスカーは彼女の注文を優先で仕上げるように職人に命じると、自分の分は面倒くさいのか採寸もせずにアルスの持って来た書類に目を落としている。彼は最後の一枚に端整な顔を顰めた。

「これは面倒そうだな」

「信用のおける者たちで品名を書類に起こすと同時に、地下迷宮を塞ぎます」

「地下迷宮!?」

話を聞いて素っ頓狂な声をあげたのはティナーシャだ。城の主である男と、彼に仕える三人はそれぞれが渋面を浮かべた。

「凄い。地下迷宮なんてあるんですか？　入ってみたいなぁ」

「死ぬぞ」

「ええ？」

よく意味がわからない。だがそれでも地下迷宮という響きを魅力に思って彼女は食い下がった。

「どこから入るんですか？」

「宝物庫」

「えええ……？」

宝物庫から地下迷宮。違和感があるが他国のことだ。トゥルダールの宝物庫も地下にあるのだし、この国ではこれが普通なのかもしれない。そう納得しかけたティナーシャにオスカーが説明した。

「四十年前宝物庫に泥棒が入ってな。何を盗られたかわからないまま逃走されたんだが、当時の王が……俺の祖父だが、かなり口惜しがって宝物庫から城の外に出る通路を作ったんだ」

「え、何でその流れで通路を」

「通路があればそこを使うと思ったらしい。その代わり通路を迷宮にして、大量に罠をしかけたんだ。ご丁寧なことに一度誰かが入ると丸一日は王族以外扉を開けられないし、王族でも中からは丸一日開けられん。で、一度に二、三人しか入れないようになってる」

「何考えてるんですか、それ」

「盗賊と捕り物冒険ごっこでもしたかったんじゃないか？　そんなことより収納されてる物を整理して欲しかったんだが……変わった人だったからな」

故人である先々代の王をオスカーはそう評した。突飛な話にティナーシャはしみじみ述懐する。

「貴方の血縁者って感じがしますね……」

「何か言ったか？」

「つねらないでください！」

ティナーシャは赤くなった頬を押さえて飛《と》び退《の》いた。会話の切れた隙に、アルスが確認を取る。

「迷宮の方はそのまま塞いでよろしいでしょうか。中は確認されてませんが」

「そうだな……」

「何かあるんですか？」

「何があるかわからないんだ」

面倒くさそうにオスカーは頭を掻いた。

「結局地下迷宮が出来てから誰も入ったことがない。そんなに宝物庫に侵入者があったら大変だ。作った職人たちも部分部分の担当しかしていないし、全体を把握していた魔法士長は死んでる。酷い話になると、作っていた途中に中で職人が死んで幽霊が出るとかいう怪談もあるくらいだ。記録だと誰も死んでないけどな」

物騒な話のせいか、シルヴィアが両耳を塞いでぶるぶると震えている。それを振り返ってティナーシャは首を傾げた。

「いかにも歴史のある城って感じがしますね」

「迷宮は四十年しか経ってないけどな。お前のところにはこういうのないのか？」

「そういう面白そうなものはないですね。怪談も特には。強いて言うなら私が怪談です」

「なるほど」

オスカーは顎に指をかけて考えこんだ。

——地下迷宮を塞ぎたいは塞ぎたいのだが、中に何か持ちこまれていたらそれはそれで困る。出口が何処に繋がっているのかもわからないのだ。このまま塞いでしまうべきか悩むところだ。

ふと王の視線が、魔法書を覗きこむティナーシャを捉えた。彼は目を細めて彼女を眺める。

「ティナーシャ、地下迷宮に入ってみたいか？」

「そこまで聞いたらもういいです」

「何で⁉」

驚いて顔を上げたのは彼女だけではない。臣下三人も同様だ。

「へ、陛下、お入りになるんですか⁉」

「しかもティナーシャ様も巻き添えで……」

「ちょうどいいだろう。ざっと中を見てくる」

オスカーは言うなり、口をあんぐり開けているティナーシャを肩の上に抱き上げた。どう反応すべきか立ち尽くしているアルスに、軽く手を振る。

「二、三時間で戻る」

彼が部屋を出て行くと、外から持ち運ばれるティナーシャの叫びが聞こえてきた。

「ちょ、ちょっと待ってくださいよ！」

「稽古だと思え。入りたがってただろう」

「もういいですって！」

遠くなっていく声を聞きながら三人は顔を見合わせた。

「どうするの……」

「ある意味最強の組み合わせだからいいんじゃ」

「何かあったら俺たち処分か？」

アルスの呟きに二人の魔法士がぞっと首を竦める。

何だかんだ言って祖父が祖父なら孫は孫なのだ、とドアンは頭を落とした。

※

オスカーは、ばたばた暴れているティナーシャを抱き上げたまま宝物庫に入った。入り口前にいた見張りの兵士たちが目を丸くしたが気にしない。彼は中に入るとようやく彼女を床に下ろす。抱え上げられていたことで軽い眩暈を覚えたティナーシャは、小さく頭を振った。

「貴方の強引さには何も言えません……」

「ほら、この剣使え」

「人の話を聞いてくださいよ！」

ティナーシャは言いながらも、差し出された細身の剣を手に取った。鞘から少し抜いてみると、魔法の剣らしく剣身が少し紫がかっている。宝物庫の収納品だけあって特殊な一振りなのだろう。

「これ、使っていいものなんですか？」

「使わなかったら剣の意味がないだろう」

「何事も例外ってありますから……」

文句を言いながらも彼女は紐《ひも》を使って剣を腰に佩く。その間にオスカーは、部屋の奥にある石の扉に手を触れた。石壁の扉はそのまま奥へと開く。王は振り返ると女を手招きした。

「来い来い」

「入ったら丸一日出られないんじゃないんですか？」

「出口から出ればいいだろう」

「うう」

つけていた封飾具を外しながら、ティナーシャは彼の隣に立つ。彼の服の裾を摑んで後に続いた。中は磨かれた石で四面を覆われた暗い通路だ。二人が数歩中に入ると、扉が音もなく閉まる。真っ暗になったのはほんの一瞬だった。すぐに壁の燭台《しょくだい》に火が灯る。等間隔に奥へと続く燭台に、ティナーシャは感嘆の息を零した。

「凄い仕掛け」

「凝り性だな」

彼女は振り返ると扉を調べる。魔力を通わせた手を表面に触れさせて頷いた。

「これ魔法仕掛けですね。多分中から開けられると思います」

「それはよかった」

「帰りませんか？」

「駄目」

オスカーは言いながらもどんどん歩き始める。その後を追ってティナーシャは駆け出した。

通路は徐々に地下へと下っているようだ。最初は綺麗に磨かれていた壁や床も、次第にごつごつとした岩肌そのものに変わる。きょろきょろと周りを見回していたティナーシャは、突然同行する男に体を後ろに引かれた。同時にそれまでいたところを、数本の矢が音を立てて貫いていく。

「ひぃ」

「防御結界張っとけ」

言われた通りに彼女は自分と男に結界を張った。おずおずと手を伸ばして彼の服の裾を摑む。

「急に走って置いてったりしないでくださいね……」

「それをされた時のお前の顔をちょっと見てみたいが、さすがにしない」

「私を置いていったら、天井をぶちぬいて城に帰りますからね」

「城を壊すな。転移で帰れ」

徐々に涼しくなる空気は、誰も入ったことがないという割には澄んだものだ。どこかで外に通じているのかもしれない。その後もいくつかの罠を越えながら二人は進んでいく。

「迷宮という割には一本道だな。この方がありがたいと言えばありがたいが」

「迷宮って名前を使ってみたかっただけじゃないですか」

ティナーシャは天井を見上げてぶるっと体を震わせた。涼しくなって来たのはいいが、涼しすぎるくらいだ。元々ファルサスの住人であるオスカーと違って、暑さに耐えられない彼女はかなりの薄着だ。肩と手足が露出する夏着の彼女をオスカーは横目で見た。

「寒いのか？」

「平気です。結界で調節しますから。それより湿度上がってませんか？」

「……水音が聞こえる」

嫌そうな男の言葉に、ティナーシャは返事をしたくなかった。まもなく彼女の耳にも水滴が落ちるような水音が聞こえ始める。そこで石の通路は一旦の終わりを迎えた。

そうして眼前に広がったものはまるで予想外なもの——地底湖だ。

神秘的とも言える眼前の眺めに、二人は苦い顔で立ち尽くす。

「何ですかこれ……何で城の地下に湖があるんですか。地盤大丈夫ですか？」

「そんな大きくないから地盤は大丈夫だろう。それよりこれは……ひょっとして『無言の湖』か？」

驚愕しているオスカーの言葉に、ティナーシャは首を傾げながら彼を見上げた。

確かに壁の岩盤に囲まれた水面はそれほど大きいものではない。池と湖の中間くらいだ。天井は自然のものらしく、半球型に岩壁からそのまま繋がっていた。

二人の立つ通路は湖の外周を少し沿い、ある地点から湖面へと伸びている。柵も何もない石畳だけの通路は、楕円形《だえんけい》の湖上を迷路のようにくねりながら、向こう岸に伸びていた。

遥か向こう、通路の終わる反対側の岩壁に、扉らしきものが三つ見える。

ティナーシャは、炎の明かりを反射する黒い水面を眺めた。

「無言の湖って何ですか？」

「ファルサスの古い伝説だ。人外がそこからアカーシアを取り出したという。人々はその周囲に集まり住んだと言われているが、該当する湖がないから単なる伝説だと思われてる。まさか上に城を建てたとはな……」

オスカーは腰に佩いたアカーシアを確かめた。魔族であることが分かっているトゥルダールの精霊より余程不思議に満ちた剣だが、その謎は効力だけではなく起源にもつきまとっている。

ティナーシャは恐々《こわごわ》水辺に寄ると、水面を覗きこんだ。

「どれくらい深さがあるかわかりませんね。それに何か……嫌な気配です」

「嫌な気配？」

「うーん……気のせいですかね」

ティナーシャは首を振りながら彼の隣に戻ってくる。少し心細そうな目で男を見上げた。

「じ、実は泳いだことないんですけど……」

「……覚えておく。あと戻ったら練習しといた方がいいぞ。城の大浴場使っていいから」

「はい……」

オスカーは彼女の肩を安心させるように叩くと歩き出した。その後にぴったりと彼女が続く。

二人は湖上をくねる通路に出た。石畳は水面からはほんの少し高いだけだ。もし波でもあれば簡単に水浸しになってしまうだろう。磨かれた鏡を思わせる水面に、ティナーシャはぽつりと洩らす。

「何か生き物がいますかね」

「どうだろう。餌とかなさそうだぞ」

「水棲《すいせい》生物って本で見ただけですけど見た目が苦手なんですよね。妙に大きかったりするし。北の深海にはでっかいイカとかいるらしいですよ」

「俺も海には行ったことがない」

緊張が滲むティナーシャとは対照的に、平静に返しながらオスカーは先を進む。

右に左に曲がっている通路は、時折先に飛び移れそうなほど近づくが、何があるかわからぬ以上普通に通路を進む方がいい。水の上の石畳にも等間隔に燭台が置かれ、水面に炎が揺らいでいる。

二人がそうして湖の中央辺りに出た頃には、反対岸にある扉がよく見えるようになっていた。

「何で三つも扉があるんだろうな」

「二つははずれなんじゃないですか」

オスカーの後ろをとぼとぼと歩いていたティナーシャは、視界の隅、硝子のような水面にふと影が差した気がしてそちらを向いた。だが何もおかしなところはない。

首を捻りながら前に向き直った時、背後で水音がする。

「――え?」

次の瞬間、ティナーシャは逆さになった視界でオスカーの驚愕する顔を見返していた。


異様な気配に振り返ったオスカーは、自分の見たものがすぐには信じられなかった。

半透明の巨大な触手が女の細い体を空中に持ち上げ締めつけている。拘束されたティナーシャは苦痛と驚愕に美しい顔を歪めていた。

そのまま彼女を水中に引きずりこもうとする触手を、駆け出したオスカーが切断する。同時にティナーシャが無詠唱で自分を捕らえる部分を破砕した。

落ちかける体を空中で支えようとした彼女を、しかし背後から現れたもう一本の触手が捕らえる。

激しい水音と共に、彼女の体は水中に消えた。

「あの馬鹿！」

オスカーは石畳を蹴ると自らも水中に飛びこむ。暗い水の中で、引きずりこまれるティナーシャの白い足とそれを取り囲む十数本の触手が見えた。

オスカーは潜りながら、向かってくる触手にアカーシアを向ける。水の反発に顔を顰めながらも、膂力を以て近づく触手を切り落とした。

三本目を退けたオスカーはティナーシャを探したが、触手に埋もれてよく見えない。

――その時、彼女を中心に水中で魔力が爆《は》ぜた。

構成を持たない魔力の炸裂《さくれつ》。苛烈な爆砕によって透明な肉片が散り散りに舞い上がる。それらをかき分け、弱々しく揺れ動く触手を斬り捨てながら、オスカーはようやくティナーシャの手を掴んだ。意識を失った体を小脇に抱えると、水を蹴って上昇する。

彼は女の体を先に石畳の上に押し上げると、自らも石畳に上がった。身を屈めて確認すると息はしている。ついで脈もあることを確認すると、オスカーは彼女の体を横にし、両手で腹を押した。

二度目に押した時、彼女は水を吐き出しながら目を覚ます。そのまま腹を抱えて蹲った。

「あ、ありがとうございます……」

「大丈夫か？」

「い、痛いです」

「そんな強く押してないぞ」

「いえ、そうじゃなくて。……多分、あばらが折れてます」

苦痛を堪える声にオスカーは目を丸くした。防御結界は張っていたのだから、その上から圧迫されたのだろう。結界がなかったらもっと大変なことになったかもしれない。

内臓に損傷があるほどではなさそうだが、眉を顰める女にオスカーは声をかけた。

「治せるか？」

「それが……魔法が使えないみたいです……」

「は？　どういうことだ？」

ティナーシャは探るような目を周囲に彷徨《さまよ》わせていたが、渋々口を開く。

「この湖水……おそらくアカーシアと同じ成分が含まれてます。触れたくらいでは少し嫌な感じを受けるだけですが、飲んでしまうと、体内の魔力が乱されて構成が組めません。さっきみたいに構成を持たない魔力を無理矢理放出することならできますが、治癒とかはさすがに無理です」

「なんだそれは……」

——本当にこの湖が伝説の湖だったのだ。

だがそのことは今何にもならないどころか、二人の足を引っ張る要素になっている。オスカーは疑わしげに女を見下ろした。

「アカーシアと同じって……本当にそれだけで魔法が使えなくなるのか？」

「です。その剣って凄いんですよ。魔法が効かないだけじゃないです。触れられたら魔力が拡散して構成なんて組めません」

「知らなかった。何でお前が知ってるんだ」

「秘密です」

しらっと答える女の頬をオスカーはつねってやろうかと思ったが、さすがにあばらを折った人間にそれは酷だ。彼は代わりにティナーシャを抱き上げようとしたが、彼女はそれを断る。

「また何か来ると困りますし、自分で歩けますよ」

「それは構わんが……どれくらい魔法が使えないんだ？」

「この感じだと半日から一日ってところでしょうか」

「お前が魔法を使えないなんて……単なる役立たずだな」

「自覚はあるんで言わないでくださいよ！」

「冗談だ。連れてきて悪かったな」

ティナーシャはそれを聞いて複雑な表情になった。手を引かれて歩き出した彼女は、申し訳なさを滲ませて半歩前を行く男を見上げる。

「これで入り口から出られなくなっちゃいましたね」

「最初から出口まで行くつもりだし、関係ない」

ティナーシャは握られた手に目を落とす。水に濡れて冷えきった体の中で、その手だけが安堵できる温《ぬく》もりに満ちていた。

先ほどの襲撃以外は何事もなく、二人は湖の向こう岸に到達した。並んで三枚の扉の前に立つ。

「さて、どれがはずれですかね」

「何が当たりで何がはずれなんだ」

「死んだらはずれじゃないですか？」

物騒なことを言う彼女を放置してオスカーは扉を調べ始めた。一番左の扉の前で足を止める。

「これは……ちょっと見覚えがあるな。開けるから一応下がってろ」

「わくわくですね」

まったくわくわくしていない平坦《へいたん》な声を背に聞きながら、オスカーはアカーシアの切っ先を、扉に彫られた紋様に触れさせた。

数瞬の後、扉がゆっくりと向こう側へ開いていく。ティナーシャはそれをきょとんとして見つめた。オスカーは部屋の中を見て溜息をつくと、後ろにいる彼女を呼び寄せる。

「来い。大丈夫だから」

「ええ？」

扉の先は広々とした部屋になっており、床には赤い絨毯《じゅうたん》が敷かれている。家具はテーブルや椅子、寝台や机まで揃っており、まるで豪奢《ごうしゃ》な王族の部屋に見えた。奥には他の部屋への扉も見える。

オスカーの私室に似た、しかし装飾を嫌う彼の部屋よりいくらか贅《ぜい》を尽くした内装を見て、ティナーシャは首を傾げた。

「何ですかここ……」

「つまり……祖父《じい》さんの隠れ家だったんだろ」

魔法で維持されているのか古さを感じない部屋に、オスカーは機嫌悪そうに呟く。彼はどんどん中に入ってしまうと、机の上に置かれていた本を手に取った。ファルサスでは有名な冒険小説は、後ろの頁に栞《しおり》が挟まっている。変色しかけた栞を引き出して、オスカーはそこに書かれていた名前と筆跡に舌打ちした。それは紛れもない祖父のものだ。

ティナーシャが唖然として天井を見上げた。

「できてから誰も入っていないって嘘だったんですか？」

「みたいだな。ちょくちょくここに来てたんだろう」

「さっきの化け物は愛玩動物か何かですか？」

「それはない」

オスカーは部屋の奥に行き他の部屋を確かめた。隣接する三つの小部屋は、書庫と衣裳《いしょう》部屋と浴室だ。ティナーシャは彼の後ろから浴室を覗きこんだ。

「真水が出るんだったら、この水を落としたいです」

「さすがに湖水は引いてないんじゃないか？」

彼が蛇口を捻ると少しだけ濁った水が出たが、すぐにそれは透明になり湯気を帯びた。

「凄い。どこから引いてるんですかね」

「城だな、多分」

まったく手がこんでいる。この分では別の出入り口もあるかもしれない。オスカーは悪戯好きな祖父を思い起こしながら、湯を浴びるというティナーシャをその場に残して部屋に戻った。

ティナーシャは本当に水を洗い流しただけらしく、衣裳部屋から拝借した白いドレスに着替えて出てくると、代わりにオスカーを浴室に押しこんだ。よほど魔力を狂わせる湖水が苦手なようで、濡れた自分の服は畳んで皮袋にしまいこんでしまう。剣だけは借り物なので隣に置いた。

オスカーが浴室から出て来た時には、彼女は寝台の上で上半身だけ脱いで、自分の体に包帯代わりの布を巻いているところだった。

長い黒髪は片側に寄せて前に流している。彼に向けられている背中が恐ろしいほど白い。

ティナーシャは人の気配に気づいて、振り向かぬまま声を掛けた。

「ちゃんと水、流してきてくれました？」

「……大丈夫だ」

「ちょうどいいんで手伝ってください。自分でやるとどうも緩くて」

オスカーは何か言いかけて、しかしそれを飲みこむと寝台に歩み寄った。彼女が持っていた布の両端を引き取ると、既に巻かれていた布を整えながら締め始める。

「きつかったら言えよ」

「平気なんでぎゅっとやっちゃってください」

いつもは魔法で乾かす髪は、今はしっとりと濡れて艶《なまめ》かしい引力を帯びている。柔らかなうなじから背中にかけて、無防備な曲線には僅かに汗が滲んでいた。

オスカーは布を縛りながら感情のない声を洩らす。

「こうしているとただの女だな」

「魔法しか取り得がありませんからね」

自嘲的な声音だが、どんな表情を浮かべているのか彼からは見えない。見えるのは蠱惑的な白い輝きを放つ肩口だけだ。

彼は吸いつくような手触りの肌に目を落とす。淡い花の香りが鼻腔《びこう》をくすぐる。

彼女の背に触れるのは一度目だが、噎せ返るほどの血臭に怒り出しそうだったあの時とは違い、柔らかな肌にはひどく色香が滲んでいた。

オスカーは細い首を見下ろす。白いうなじに口付けたくなる。なだらかな背に舌を這《は》わせ、華奢な体を腕の中に捕らえたい。——隅々まで支配し、独占したい。

燻《くすぶ》る情念に突き動かされ首筋に顔を寄せかけた彼は、怪訝そうな女の声に我に返った。

「オスカー？　できました？」

「……ああ」

オスカーは手を離し一歩退く。

その間に彼女は礼を言いながら服を着た。襟の立った長袖のドレスは年代がかっていたが、彼女が着ると人形のようによく似合う。オスカーも衣裳部屋から服を借りているが、男物はさほど違和感がない。彼は突如実感として湧き起こる精神的な疲労に、ティナーシャの頭を軽く叩いた。

「お前はどうしてそう危機感がないんだ！　二人きりなんだからもっと用心しろ！」

「え？　でもこの前も背中洗ってもらってましたし……別にいいかなって……」

「そういう問題じゃない！」

ティナーシャは不思議そうに唇を曲げる。だがすぐに微笑して頭を下げた。

「あの時はありがとうございました。あと、色々ごめんなさい」

少しだけ恥ずかしそうなのは、子供のようにふてくされた自分を覚えているからで、鈍感なところは変わらないのだろう。結局彼女の心は、女王になる以前の少女の部分を残したままなのだ。だから親しい人間に対するように屈託のない好意を彼に向けてくる。

オスカーはティナーシャを視界に入れないよう顔を背けた。

「礼を言われるようなことはしてない」

男の興味が自分には向けられていない、と安心しきっている彼女が憎たらしいが、そう思わせたのは自分なので仕方がない。ティナーシャはくすりと笑う。

「私がお礼を言いたいんですよ。何だか……貴方のために来ているのに助けられっぱなしです」

毒のように甘い言葉だ。「貴方に会いに四百年前から来た」という彼女の言葉が甦り、オスカーは軽い眩暈を覚える。彼は彼女から離れた椅子に座ると、溜息混じりに答えた。

「お互い様だ。戯言を言うな」

「そうですか？」

「そう。あばらの具合はどうだ？」

「少し熱を持ってますが、大丈夫です。痛みには割と強いんで」

ティナーシャは花のように微笑む。その笑顔に彼は、女を手に入れるために相手の国を滅ぼした男の気持ちが少しだけわかった気がした。

「……まずいな」

このままここに二人でいてはよくない気がする。自分たちには忘れてはならない立場があるのだ。

オスカーは吐く息と共に気分を変えると、無理矢理連れて来た女に言った。

「痛いなら寝てていいぞ。明日迎えに来る」

「それもどうかと思うんですが……」

ティナーシャは寝台の上に座ったまま部屋を見回した。

「本当に寒いじゃうんですか？　ここにも魔法の品が結構あるみたいですけど」

「そんなことがわかるのか」

「構成を組めないだけで魔力があることには変わりないですから」

足を組んで背もたれによりかかりながら、オスカーは禁呪と相対した時のことを思い出す。

——彼女の視界を借りたあの時、確かに世界の見え方が変わったのだ。

「訓練すれば誰にでもああいうものは見えるのか？」

「無理です。できる人はできる、できない人はできません」

「なんだ、便利そうなのにつまらん」

「貴方はできますよ」

ぞんざいに返って来た答えに、オスカーは目を丸くした。寝台で膝を抱える女に問う。

「できるのか？」

「多分、意識すれば」

「どうやるんだ」

ティナーシャは小首を傾げてしばらく考えていたが、やがて立ち上がるとオスカーのすぐ傍にやってきた。テーブルの上に分厚い本を横にして置く。

「たとえば、この本が私たちのいる世界だとします。今、貴方が見ている世界は、この表紙部分だけです。でも本当はこの上……正確には同じ場所には無数の透明な頁が重なっています」

彼女の指がぱらぱらと頁を捲り、また閉じた。ティナーシャはぱちん、と指を弾く。

「見えている世界はあくまでも世界の一頁にしか過ぎないと意識してください。そしてその頁に、違う文字が書かれた頁が重なっていると思ってみてください。そこには力の流れと構成があり、更に上には魔法法則があります。風や水の流れを見るように、そういった力を視覚的に捉えることができると確信すれば見えるはずです」

「なるほど……？」

「すぐにできるかというと人それぞれなので。意識してればいつかは見えるようになるんじゃないですか？　正直、貴方ほどの剣の腕で、アカーシアを持っていて、魔法の構成が見えたら、中近距離だと魔法士は為す術がないと思います。天敵どころじゃないですよ。完全に狩る側ですね」

「そんななのか？」

「です。私が戦うなら絶対近づきません。上空から爆撃です」

魔女殺しの女王の心底嫌そうな顔を見て、オスカーは自分の可能性を実感と共に理解した。軽々と魔法士を狩れるという言葉に空恐ろしささえ感じる。

——だがしょせん人一人の力だ。どれほど個人が強大でも、世界からは点の一つに過ぎない。

オスカーは軽く頭を振って、ひとまず思考を棚上げした。

「ここを塞ぐかどうかは保留にするか……まだ先もあるみたいだが、無言の湖があるしな」

「湖水を汲み出したりしたら呪います」

「そんなに嫌なのか……」

ティナーシャはにっこり笑ったが、目は笑っていない。彼女はそのまま話を変えた。

「で、どうして急に宝物庫の整理をするんですか？　探し物でも？」

「ああ、お前には言ってなかったか。こないだの怪しい宗教団体が宝物庫の中の物を狙ってたんだが、それが何なのかよくわからなくてな」

「何を狙ってたのかわからなかったんですか？」

「いや、物はわかるんだが何に使うのかわからない。どこに収納されてるかもわからないから整理しようかと思ってる。小さい箱に手の平くらいの赤い球が入ってるらしいぞ。さっき見なかったか？」

身振りで説明していたオスカーは、ふと顔を上げて驚いた。

ティナーシャの顔色が蒼白になっている。口を押さえた両手は小刻みに震えていた。

「どうした？」

「触らないでください……」

「え？」

「その球に触らないで！　誰も触れないように……いえ、探さないでください……」

顔を両手で覆ってしまった彼女にオスカーは腰を浮かせた。テーブルを回って彼女の横に立つと、白い両手を取る。ティナーシャはその手の下で今にも泣き出しそうな目をしていた。

「何を知ってる？」

オスカーは潤んだ闇色の瞳を覗きこむ。

深淵に自分が映っている気がした。その先はとても深く、見通せない。

彼女はしばらくオスカーを見上げて唇を噛み締めていたが、不意にうつむき首を振る。

「いなくならないで……」

それはひどくか細い呟きだった。


宥めても脅しても彼女は何も言わなかった。頑なな様子に、オスカーもいい加減苛立ちを覚えてくる。そんなに自分が信用できないのかと問いたい。

そうして何度目かにティナーシャに向き直った彼は、そこで初めて彼女の額に脂汗が浮いていることに気づいた。いつの間にか白い頬が紅潮している。額に手を当てると驚くほど熱を持っていた。あばらを痛めたためか、水に落ちたためかはわからないが、かなりの高熱だ。

「熱があるならもっと早く言え！」

オスカーは毒づきながら彼女を抱き上げると寝台に運んだ。既に意識が朦朧としかけていたらしいティナーシャは、横になると苦しげに目を閉じる。

「ごめんなさい……」

「少し寝てろ。俺は周りを見てくる」

彼女の額の汗を拭いてやってから、オスカーは部屋を出た。改めて残りの二つの扉を調べる。王家の紋様が彫られていた先ほどの扉とは違って、二つには何の印もない。

彼はまずアカーシアを抜くと中央の扉を押した。僅かに開いた隙間から中を確認する。先は暗く奥が見えなかったが、複数の生き物の気配がし、唸り声が聞こえた。

闇の中にいくつもの赤い目が光るのを見て、オスカーはとりあえず扉を閉める。

「さて、隣も見るか」

続いて彼は一番右の扉を開ける。そちらは細い通路になっており、磨かれた石が四方を囲んで奥に続いていた。壁にはこれまでと同様、燭台に火が灯っていたが、その明かりが照らし出しているのは、これ見よがしに設置された無数の罠だ。膝くらいの高さと、腰ほどの高さで前後に動いている巨大な円形の刃物を見て、オスカーは乾いた笑いを漏らした。

「本当、いい趣味だ」

彼はとりあえずその扉も閉めた。三枚の扉を前にして考えこむ。

一人ならどちらの扉を選んでもそれなりに突破できるとは思うが、今は熱を出している女がいる。彼女を連れて突破するのは至難の業だし、かといって彼女をここへ置いておくこともできない。

オスカーは辺りをもう一度よく探索したが、三つの扉以外に出口となる箇所はなさそうだ。彼はティナーシャの様子を見に一度部屋に戻る。

彼女は寝台の上で猫のように丸まって眠っていた。オスカーは額に浮かぶ汗を、水を絞った布で拭く。それで気づいたのか彼女はうっすら目を開けた。

「置いていってください……魔法が回復したら戻ります……」

「そんなわけにいくか」

オスカーは寝台に座ると、まだ湿り気のある彼女の髪を梳いた。揃えると絹織物《きぬおりもの》のように艶やかになっていく髪に執心していると、彼女のか細い囁きが聞こえる。

「オスカー……あの球、トゥルダールにもあるんです。色違いですが……」

予想もしなかった話にオスカーは目を丸くした。手を止めると聞き返す。

「本当か？」

「トゥルダールにある方は、四百年前に私が封印しました」

「封印って危険なものなのか？」

「魔法史上未知のものです。あり得ない力を持ってます。あの球は……使用者を過去に飛ばすんですよ。どんな魔法士でも、魔族でも、そんなことはできません」

「……は？」

オスカーはさすがに啞然とする。ただ魔法に詳しくない彼は、それがどれほど異常なことなのかわからなかった。

「確かに危険な代物だが、使いようによっては便利じゃないか」

「違うんです……これを使うと使用者のいた世界は消えてしまうんです。今あるもの全てを消して時を遡って、もう一度過去の時点からやりなおすことになるから……戻れる世界が、時間が、まだないものになるんです」

ティナーシャは瞼を閉じる。ぽたりと、黒い睫毛を伝って涙が寝台に零れた。

「私はそれで、丸々それまでの人生を失った人を知ってるんですよ……」

白い敷布を濡らす彼女に彼は絶句する。同時に、以前彼女から打ち明けられた話を思い出した。

『私は子供の頃、ある人に命を救われたことがあるんです。けどその人は私を助けることで……自分の過去や未来を全部失くしてしまったんです』

気がついてみれば話は明らかだ。オスカーは彼女の顔の横に手をつくと、その顔を覗きこむ。

「まさか、それがお前を助けた男か……？」

闇色の目が開き彼を見つめた。そして頷くようにゆっくりと閉じられる。

涙に濡れた顔が、世界にただ一人残された女のように不安げだ。彼女はオスカーの手に自分の両手を添える。確かめるようにそっと触れてくる小さな手。その温かさに彼の胸は痛んだ。

——子供の時に何を見てきたのか。存在の儚《はかな》さに苦しむ彼女が憐れだ。

オスカーは静かに泣く彼女をじっと見つめていたが、耳元に顔を寄せると囁く。

「俺はいなくならない。変えたい過去もない。あの球が嫌なら探さないし封印してもいい」

優しくはない声音。そうして告げるのは、ただの約束だ。

「だから……いつまでもそんな風に泣くな」

表には出ない感情。けれどそこに迷いはない。

ティナーシャは彼の言葉を聞いて、涙を零すと頷いた。


ようやく深く眠った彼女を寝台に残すと、オスカーは今いる部屋を詳しく調べ始めた。

ここが祖父の隠れ家だったというなら、宝物庫を通らずに済む近道があるはずだ。そしてこの地下迷宮で細かく探していないのは、もうこの部屋しか残っていない。オスカーは丹念に壁や棚の後ろを探していく。それをしながら彼は、先ほどのティナーシャの話を考え続けていた。

過去を改竄する球——嘘のような話だが、彼女が言うなら本当なのだろう。その点はむしろ魔法に詳しい魔法士よりも彼は柔軟に受け止めていた。

「過去に戻ってやり直せる魔法具なんてものがあるとはな」

確かに時間遡行を願う人間は多いだろう。だが実際は不可能だからこそ他愛なく願えるのだ。過去の一点を改竄して、その後が望みどおりになる保証はない。元よりも悪くなる可能性もあるのだ。ましてやそのために元の世界を引き換えにしなければいけないとは博打《ばくち》もいいところだ。

——彼女を助けたという男の目的は、一体なんだったのか。

その目的が彼女を助けること自体なのだとしたら相当な執心だ。だが代わりに彼女はずっとそれを気にして泣いているのだ。思わず溜息をついてしまう。

「いなくならないで、か……」

オスカーは本棚の裏を調べながら、忌々しげに顔を顰めた。

何故、自分だけが彼女の眠る部屋に入ることができたのか。ナークが主人と認めているのか。

彼女を助けた男に自分が似ているという話。時折見られる彼女の不思議な言動。

そして、四百年を越えて彼女自身がここまで来たという事実。

――それらの破片を繋ぎ合わせれば、一つの結論が見えてくる。

「……あった。これか」

本棚の裏に手を差し入れたオスカーは、小さな金具を手探りで引く。

すぐに軽い振動音を立てて本棚は横に開いた。その奥に隠し階段が現れる。オスカーは数段上がって罠も魔物もいないことを確認すると、寝台に戻った。

「ティナーシャ、帰れるぞ」

そっと名を呼んでみるが、女は目覚める様子はない。オスカーは掛布で彼女を包んで抱き上げる。

びっしょりと汗をかいているのは相当辛いのだろう。オスカーは意識のない彼女を見ながら、初めて彼女と出会った時のことを思い出す。

「最初からお前は、俺の名前を知っていたんだったな……」

迷うことなく呼ばれた名――それが真実を導く最後の断片だ。

だがオスカーは、綺麗に組み立てられたその推論を、あえて頭の中で崩した。

もし本当にそうなのだとしても自分には記憶がない。そして記憶がないということは、やりなおして別の自分になったのだ。どんなに彼女が泣いたとしてももう返してはやれない。

そして、そのことをよく知っているからこそ、彼女はあの球を忌避してるのだろう。

失ったものは戻らない。新しいものを作るしかない。

だがどうせ彼女はいずれ彼の元を去っていくのだ。手離せなくなる前に留まらなければならない。

何も作らない。何にも気づかない。そうしてあと二ヶ月を過ごす。

「……度し難い」

かつて彼女を助けた男は、こうなることまで予想していたのだろうか。オスカーは自嘲的な笑みを浮かべて、眠り続ける女をじっと見つめた。

※

ふと目が覚めたティナーシャは、仰臥《ぎょうが》したまま周囲を見回した。

そこはすっかり夜で暗くはなっていたが、ファルサス城の彼女の自室だ。

ティナーシャはそろそろ体を起こしかけ、軽い違和感に気づいた。自分でかけたものではない鎮痛の魔法が体にかかっている。肋骨《ろっこつ》を痛めた彼女のためだろう。

「ああ……誰かかけてくれたんですね」

確認すると魔法は使えるようになっている。ティナーシャは鎮痛を解きながら肋骨を元通りに治した。窓の外に浮かぶ青白い月を見上げ、次いで時計を確認する。

「オスカー、まだ起きてるかな……」

自分の部屋で寝ていたということは彼が連れ出してくれたのだろう。不都合がなかったか聞いておきたいし、お礼も言いたい。それだけでなく話さなければいけないこともあるのだ。

ティナーシャは乱れた髪をかきあげると、着替えるために立ち上がった。


執務を終え、自室で着替えを終えたオスカーは、露台に出る窓を叩かれて顔を上げた。不審に思いながらアカーシアを手に窓辺に寄る。

そこには白い肌を月光で薄青く染めたティナーシャが立っていた。

「何で窓から来るんだ」

「中からだと道がわからなかったんですよ……」

部屋に招き入れられたティナーシャは、テーブルに寄りかかる。子供が着るような薄着に着替えている彼女を見て、オスカーは眉を寄せた。

「骨は治したのか。あの服も似合ってたんだがな」

「後でお返しします。すみません」

「別にいいぞ。誰も着ない」

オスカーは自分の寝台に座った。彼はティナーシャを見上げると、わからないように息をつく。

「どうやって帰ってきたんですか？」

「あの部屋に隠し通路があった。今は使っていない王族の部屋に繋がってたぞ。あとお前を置いてから残りの通路を探索しに行ったが、二つの扉は中で繋がってた」

「え？　どういうことですか？」

「つまり、城の外には通じてなかったんだな」

思い出すと腹が立って仕方ない。魔法生物らしき狼《おおかみ》を捌きながら進み、何度か角を曲がりようやく通路が真っ直ぐになると、そこは罠ばかりの一番右の通路に通じていたのだ。熱を出した彼女を連れて突破しなくて本当によかったと思う。

「ちなみにお前を連れて帰った時、皆に怒られた。珍しくアルスにまで怒られた」

「す、すみません……」

「まぁ俺が悪い」

隣国の次期女王を連れ去るように危地に伴って、骨折させた上熱を出した状態で戻ってきたのだ。さすがに苦言の雨はやむをえない。オスカーは片膝を抱えて天蓋を見上げた。

「宝物庫の整理はまた今度にした。そもそもあの宗教集団が面倒事を持ちこんできただけだしな。シミラとかいう神を崇《あが》めてるらしいぞ。聞いたこともない」

ティナーシャは男の言葉にきょとんとした顔になった。

「私はどこかで聞き覚えが……」

「本当か？　どこでだ」

「う……思い出せない……明日トゥルダールに本を取りに行くんで、ちょっと調べてきます」

「わかった。頼む」

頷きながらも記憶を探ろうと視線をさまよわせる彼女に、オスカーは続けて問う。

「で、あの球はどうする？　封印してもいいぞ」

その問いに、彼女は一瞬息を止めたように見えた。まじまじと彼を見返す。

「でも……お母様の形見なのでしょう？」

「形見？　俺の母のか？」

初めて聞く話にオスカーは眉を寄せる。ティナーシャは失言に気づいたのかはっと口を押さえた。彼がそれを知らないとは思っていなかったのだろう。オスカーは青ざめる女を斜めに見返す。

――十五年前に亡くなった母について、ずっと眠っていたティナーシャが何を知っているはずもない。ましてやオスカーも知らない魔法具との関わりなど誰が教えられるわけもない。彼女に教えられる人間がいるとしたら――それはきっとオスカー自身だ。

彼は深い嘆息をのみこむと、表面上は平静に言った。

「なら親父に確認してみる。まぁだからといって封じても構わんとは思うが。欲しがってるやつらに渡ってもろくなことにならないだろう」

「は、はい……」

探るような目で彼を見るティナーシャに、オスカーは溜息をついた。

逡巡はない。きっとこれは四百年前から決まっていたことだ。

「ティナーシャ——俺は何も知らない。知るつもりもない。お前のことは信用しているし、忠告があるならありがたく聞く。望みがあるなら可能な範囲で叶えてやる。全て俺が選んでやってることだ。不満はないし後悔もない。それは、いつどこでした選択であっても同じだ」

彼は闇色の瞳を見つめる。

そして過去を悔やみ続けている彼女に言った。


「だからもう、気にするな」


核心へと触れる言葉。ティナーシャは大きく目を見開く。

「オスカー……気づいて……」

月が白々と窓から差しこむ。稀有なる女の横顔を照らし、その影を作る。

オスカーはただ、床に視線を落としその影だけを見つめた。

——ある意味、自分のために四百年を越えてきた彼女を突き放すことになるとはわかっている。

だが彼にとって、四百年前と今は不連続だ。初めからないものは埋められない。今あるものしか与えられない。冷たいようでも、それが彼の思う誠実さだ。

そしてそのように彼女も在ればいいと思っている。過去のことに囚われる必要はないのだと。

ティナーシャの影は微動だにしない。

泣いているのだろうかと心配になって彼は顔を上げて、そして思わず息をのんだ。

月が照らし出す彼女の瞳は透き通った光を湛えていた。口元はわずかに笑んでいる。

初めて見る、混じり気のない清冽な微笑。

ティナーシャは白い右手で自分の胸に触れる。

「私、この時代に来て、貴方に会えてよかったです。目が覚めてまだ四ヶ月ですけど、もういっぱい幸せをもらいました」

嬉しそうに、幸福そうに、混じり気なく彼女は微笑む。

闇色の瞳が、うっすらと濡れてオスカーを見つめる。

その目を彼が見返した時、ティナーシャの小柄な体が飛びこんできた。細い両腕が首に絡みつく。

熱そのもののような躰。潤んだ声が耳元で囁いた。

「だから……私はこれで充分です」

変えられぬものを告げるように。

変わらぬものを告げるように。

その想いに哀切はない。そうであることを彼女は選ばない。彼を抱きしめる腕に力がこもる。

「これから先お互いの道が分かれても、貴方は私の――」

ティナーシャはそこで言葉を切った。体を離し至近からオスカーを見つめる。

それは、慈愛に満ちた蕩けるような笑顔だった。目が合ったオスカーは思わず絶句する。

息が止まる。魂を囚われそうになる。

形にならない衝動に彼女の名を呼ぼうとした時、ティナーシャはふわりと浮き上がった。

「おやすみなさい……今日はありがとうございました」

女はそのまま転移し、部屋の中から消える。

影はもはやない。

彼女のいた場所には月光の飛沫が残っているような気がして……オスカーはいつまでもその場から動けずに、鮮やかな存在の残滓を見つめていた。

9. 見えない貌

薄暗い城の一室にはその時、四人の男が集まっていた。

そのうち三人は日に焼けた肌と鍛え上げられた体を持っており、戦うために日々訓練をしている人間だとわかる。残りの一人は髪が薄くなり始めた壮年の男だ。豪奢な服装を身にまとった彼は、三人を見回すと口を開く。

「ともかく王女が邪魔だ。即位だけは何としても阻止せねばならない」

「ですが、かと言って王女に何かがあってもまずいでしょう」

問いかけられた言葉に彼はしばし考えこんだ。逡巡が脳裏をよぎり、だが彼は決意する。

「構わん。即位の儀式などしょせん形骸にすぎない。もはや時代は変わったのだ」

その言葉に三人は息をのんだ。そこにあるものは時代を変えようとする意志だ。彼は熱く続ける。

「これから国を動かしていくのは安定した内政と外交、そして軍事力だ。王族にそれだけの力がないのなら我々が代わるしかない。――これは一つの革命だと心得てくれ」

彼は強い意志を全身に漲《みなぎ》らせる。その覇気に三人は飲まれて、続く話に引きこまれていった。

※

「たとえばこれとこれ、どっちが魔法の指輪だと思います？」

訓練場でいつもの稽古をしていての休憩時間、木陰に座ったティナーシャは、隣の男に二つの指輪を示していた。白い手の中にある指輪はどちらも銀でできており時代がかっている。オスカーはしばらくそれらを眺めていたが、片方を指差した。

「こっちだな」

「どうしてそう思うんですか？」

「勘」

即答にティナーシャは指輪を消すと腕組みする。彼女は形のよい眉根を寄せた。

「貴方は確かに勘がすごいですけど、でもこれに関しては勘じゃないと思うんですよ。どちらが魔力を帯びているか、本当は感じ取れているんじゃないですか？」

「と言われても自覚がない。ただ何か違う感じはするな」

「うーん……もうちょっと鋭敏にしてみたいですね」

ティナーシャは右掌を上に向けると、そこに一瞬で構成を組んだ。そのまま魔力を注いで構成を可視化させる。赤い線が絡み合った立体的な紋様が掌上に浮かび上がった。

「見えますよね？」

「見える」

「じゃあ徐々に薄くしますよ」

ティナーシャは言いながら魔力を調節し始めた。赤い線が徐々に薄れて溶け消える。だが魔力が見える者ならば、変わらず構成が同じ場所に見えるはずだ。

オスカーはまじまじとそれを見つめている。完全に可視化を解いてからティナーシャは尋ねた。

「見えます？」

「うーん」

「歪んでいるように見える。そこだけ水があるみたいに見えるな」

ティナーシャは小さく詠唱をすると、今度は迷彩をかけていく。構成は徐々に消え、普通の魔法士には見えない程度にまで覆い隠された。

「これは？」

「変な感じがする」

「本当、勘はいいですね……」

呆れ混じりの顔でティナーシャは構成を消した。膝を抱えて大樹の葉々を仰ぐ。

「貴方みたいな人は実戦を積むとすぐ見えるようになるかもしれませんね」

「じゃあ、お前ちょっと実戦で使ってみろ」

「うーん……じゃあちょっとだけですよ」

二人は立ち上がるといつもの稽古のように距離を取った。ティナーシャは練習用の剣を軽く振る。

「その場を動かないでください。普通の剣でも構成の要を遮れば解けるように術を作ります。その代わり、当たっても構成の要に触れなければ解けません。いいですか？」

「わかった」

彼女は剣を持ったまま両手を広げる。胸の前に手の平ほどの大きさの光球を十個生んだ。男はその光景に目を細める。

「行け」

小さく、しかし鋭く命じると光球はまちまちの速度で宙を滑り出した。散開しながらオスカーに向かう。彼はそれを剣を引きながら待ち受けた。一番近くに達した光球から斬りつける。

真ん中をばっさり切られた球は、すっとその場からなくなった。続いて彼は剣を横にし、右側から飛んでくる球を斬る。一つ目同様に中心を斬られた球はしかし、何事もなかったように突き進むとオスカーの肩に当たった。ぽんと弾力のある感触が伝わる。

「見るってことを意識してくださいね。感覚を押し広げてください」

「ああ」

言う間にも球は飛んでくる。オスカーは呼吸を統御しながら剣を上げた。

意識を集中させる。緊張を細く保った。

光球を注視する。その内部が歪んで見える。

三つ目は少し左上を斬った。球は掻き消える。

四つ目は右を。だがそのまま球は剣をすり抜けた。彼の胸にぶつかる。

——もっと意識を研ぎ澄ませねば。

感覚を鋭く保つ。視界を広く保ちながら対象を注視する。

球の内部の歪みがいくらか澄んで見える。白い二つの円が継がれているのがわかる。

息を止めながら彼は、その継ぎ目を斬り裂いた。


ティナーシャは魔法球を作り出しながら感嘆の溜息を堪えた。

構成を斬りそこなってぶつかる球もまだあるが、その数は徐々に減ってきている。先程から時折不可視の球を混ぜ始めているが、それも少しずつ斬り落とされ始めていた。

ティナーシャの剣の稽古などとは違って、彼の魔力視は本来身に備わっているものなのだ。意識を変質させ、こつを摑めば時間はかからない。ましてや勘のいい彼のことだ。普通の魔法士よりよほど早いかもしれないだろう。ティナーシャは構成を生んでいた手を止めると両手を挙げた。

「とりあえずここまでで。あんまりいきなりやり過ぎて反動が出ても困りますし」

「ああ、ありがとう。何となくわかってきた気がする。お前もこういう訓練をしたのか？」

「私は物心ついた時から見えてましたから。逆に必要ない時は感度を落とす方が大変でした」

それでも完全に見えなくはできない。不可能なのではなく、何があるかわからないから常にある程度は意識しているのだ。彼女の見る世界は、魔力のない人間が見る世界とは大分違う。だが極論を言えば、人は皆自分の視野を通してしか世界を見られないのだ。差異があるべきは当然だろう。

オスカーは城の壁に嵌めこまれた時計を見上げる。

「お前の時間を取ってしまったな。悪い」

「いいえ。こちらが稽古をお願いしてますから。しばらくはこの訓練もしましょう」

「ああ、助かる」

ティナーシャは彼の元に小走りに駆け寄ると、嬉しそうに男に寄り添って歩き出す。まとわりついてくる猫のような彼女の頭を、オスカーはぽんとぞんざいに叩いた。

ファルサス城はこうしてしばらくぶりの平穏な日々を送っていた。

※

その日、談話室で数冊の魔法書を広げていたドアンとシルヴィアは、ティナーシャが入ってくるのに気づいて頭を下げた。

ティナーシャは腕に十数冊の薄い装丁の本を抱えている。その後ろには見ない顔の魔法士の男が付き従っていた。男もたっぷり本を抱えているがこちらは全て厚い魔法書だ。彼が机にそれらの魔法書を置くとティナーシャは微笑んだ。

「レナート、ありがとう」

「これくらいいつでもお申し付けください」

レナートはティナーシャに一礼すると、ドアンに手を挙げて挨拶する。

「久しぶり」

「元気そうだな」

知り合いらしい二人に、ティナーシャとシルヴィアは目を丸くした。怪訝そうな視線を受けて、ドアンは自分がトゥルダールに留学していたことを話し、レナートはシルヴィアに挨拶する。

三人の魔法士の面通しが終わると、ティナーシャは持ちこんだ魔法書について説明し始めた。

「――で、ここからここまでが解釈本です。この二冊は関係ありそうなので持ってきました」

ファルサスの二人は説明を真剣に聞いていたが、レナートの方は最後の二冊に首を傾げる。

「ティナーシャ様、これ禁帯出じゃないですか」

「ちゃんと外側の箱は置いてきましたからばれませんよ。写しを取って返せば大丈夫です」

「ならいいですね」

平然と言ってのける性格のいい二人組にシルヴィアは心配そうな目を送る。その目がティナーシャの抱える薄い装丁の本を捉えた。

「ティナーシャ様、そちらは何ですか？」

「ああこれ、私の昔の日記です」

ティナーシャは抱えていた本を机に置いた。十数冊あるそれらには、確かに年号が書いてある。

「ちょっとオスカーに頼まれて聞き覚えのある単語を調べてたんですが、まったく見つからなくてもうこれしか残ってないんです。さすがに人には見せられないし量もあるんで大変そうですが……」

「何だ、お前の日記なのか」

後ろから不意に男の手が伸びてきて日記の一冊を手に取った。ティナーシャは声にならない叫びを上げて振り返る。

「オスカー！　返してください！」

手を伸ばす彼女から届かないところで、オスカーは日記帳を開いた。彼はたまたま前の廊下を通りがかって彼女の声を聞き、いるならば稽古に誘おうと部屋を覗いたのだ。

ティナーシャは必死に手を伸ばすが、小柄な彼女と長身の男では、いかんせん身長差がかなりあって届かない。オスカーが目で中身を追うと、日記の中には綺麗な字で、戦況と内政そして研究中の魔法構成について書き留められていた。少し字体に癖があるトゥルダール文字だが、一部を除いて基本は共通文字であり、彼にも理解できる。

先まで読むとどうやらタァイーリ戦中の日記らしい。感情的な部分が一切見られない淡々とした文面に、彼はつまらなそうにそれを閉じた。同時に宙に浮いたティナーシャが日記帳を取り上げる。

「返してくださいってば！」

「もっと面白いことを書け」

「忙しかったんですよ！」

ティナーシャは床に降り立つと、取り戻した日記帳をぱらぱらとめくる。特に見られて困るようなことはない年だが、それでも落ち着かない。オスカーが机の上の日記帳を眺めた。

「いつから書いてるんだ」

「五歳くらいからですか？　字の練習がてら」

「その頃のやつがみたい」

「絶対、お断りです！」

毛を逆立てた猫のように怒っている女の頭を、オスカーは笑いながらぽんぽんと叩いた。

「今は書いてるのか？」

「今も書いてたら八割は貴方の悪口じゃないですか。意地悪ばっかりされますし」

「面白いことを言うじゃないか……」

「痛い痛い！」

頬をつねられ暴れるティナーシャと楽しそうなファルサス国王を見て、レナートはドアンに囁く。

「ファルサスではいつもあんななのか？」

「まぁ……おおむね」

トゥルダールではまず見られない外見年齢相応な彼女の姿に、レナートは目を丸くして不敬な感想を飲みこんだ。

※

ファルサスの東の隣国であるヤルダから一通の書状が届けられたのは、それから三日後のことだ。

執務をしていたオスカーはそれを一読して眉を寄せる。

「ヤルダから面倒な依頼が来たぞ。国内が荒れているから王女を預かってほしいと」

「王女？　ネフェリィ様をですか？」

ヤルダとは十年前に戦争があった間柄だが、その後は復興を請われてファルサスが支援している。向こうとしてもこのままファルサスとよい関係を保ちたいようで、特に王女のネフェリィはよくファルサスを訪ねてくるのだ。

だが彼女が長く滞在していくことは今までなかった。そうまでしなくてはならない国内の揉め事とはどの程度のものなのだろう。オスカーは机に頬杖をつく。

「まあ、断るのも不自然か」

「さすがにそうでしょう。陛下もネフェリィ様とは親しくていらっしゃいますし」

ラザルの言葉にオスカーは上の空で頷きかけて、ふと幼馴染に問うた。

「ティナーシャがいるけど平気か？　あいつの行動は読めないからな。ヤルダと揉められても困る」

「……それは陛下次第だと思いますよ」

先日ティナーシャとデリラが揉めた時には、談話室の窓にヒビが入った。もちろん弁償はティナーシャ自身がしていったが、あの時と違い相手が王族ではとりかえしのつかない事態になることもありうる。だがラザルをはじめとする臣下たちからすると、ティナーシャが何かを破壊する時は大体オスカーが悪い。そんな周囲の心配をわかっているのかいないのか、若き王は軽く笑う。

「一応ティナーシャに会ったら釘を刺しとく。最近解析に引きこもってるから影響ないかもしれないが、まったくネフェリィに会わないわけでもないだろうしな」

「釘の刺し方というものもあるんですよ、陛下。くれぐれも慎重に……」

「稽古のついでにでも言う。外で釘を刺せば割れる窓もない」

「慎重にというのはそういう意味ではなく！　ティナーシャ様がお気の毒でしょう！」

ラザルはそこで言葉を切ると顔を曇らせた。

「……ティナーシャ様は、もうあとちょっとしかファルサスにいらっしゃらないんですよ」

子猫のように王になついている彼女は微笑ましくもあるが、そんな光景が見られるのはきっと今だけだ。ティナーシャの即位はもうすぐのところに近づいてきているし、二人とも自身の立場を弁えていることは、近くで見ていればわかる。

だからこそ心配になってしまうラザルに、オスカーは苦笑する。

「冗談だ。あいつも上手くやるさ。俺たちはそういう人種だからな」

当然のように負った責務に王は笑う。執務室を退出したラザルは、そうして一人になると改めて溜息をついた。

※

その日は青空が広がるよい陽気で、絶好の結婚式日和だった。

午前中、ティナーシャの私室に魔法書を返しに来たシルヴィアは、嬉しそうに笑う。

「今日、同僚の魔法士の結婚式があるんですよ。式は街で挙げて、夕方城の中庭を借りてちょっとした宴席があるんです」

「へぇ、結婚式ですか。いいですね」

「よろしかったらティナーシャ様もお顔を出されてはいかがですか？　皆喜びます」

「私も？」

ティナーシャは返された本を抱えながら水盆の上を見やる。浮かび上がった構成は相変わらず緻密な美しさだ。進行は、少し遅れてはいるが順調と言っていい。気分転換をしても支障ないだろう。

「じゃあお言葉に甘えて伺います。同僚は男性の方ですか女性の方ですか？」

「男です。テミスっていいます」

「了解です」

シルヴィアが機嫌よく辞した後、ティナーシャも準備のためにトゥルダールに転移する。そうしてファルサスに戻って解析をしているうちに、あっという間に宴席の時間になった。

時刻は夕暮れといってもまだ充分明るい。城の中庭にはテーブルと椅子が置かれ、祝い料理と酒が並べられた。これらは全てオスカーが城に仕える花婿のために用意させたものだ。列席者である魔法士や兵士たちが集まり、やがて主役の二人が現れると、ささやかながらも宴席が開始された。はじめに魔法士長のクムが花婿に代わって挨拶をする。

ティナーシャが宴席に顔を出したのは、人々がくつろいで談笑し始めた頃だ。トゥルダールの儀礼用の魔法着で現れた彼女は花婿と花嫁に挨拶すると、小声で花嫁に問うた。

「ひょっとして精霊術士の方ですか？」

「元ですがそうです。お会いできて光栄です。トゥルダールの姫様」

幸せそうに笑う花嫁に、ティナーシャはつられて微笑んだ。彼女は右手に持っていた薄い箱を開ける。布が張られたその箱の中には、真珠を贅沢《ぜいたく》に列《つら》ねた首飾りが入っていた。

「実は魔法具なんですが、貴女なら丁度いいですね。お祝いにどうぞ」

「あ……ありがとうございます！」

花嫁は感激して差し出された箱を受け取る。隣では恐縮して花婿が頭を下げた。

祝辞を言って二人の前から下がろうとしたティナーシャに誰かが後ろから抱きつく。彼女が驚いて首だけで振り向くと、しがみついているのは既に酒が回っているらしいシルヴィアだ。

「ティナーシャ様、何かやってくださいっ」

「何かって何を」

「おい、シルヴィア、おい」

他の人間たちはあわてて無礼を止めようとしたが、ティナーシャは笑ってそれを留めた。彼女は友人を背中に張りつかせたまま首を傾げる。

「そうですね。じゃあ……」

彼女はカーヴにシルヴィアを預けると、主役の二人の許可を取って彼らの前に立った。


開けられた窓を背に仕事をしていたオスカーは、外から微かに聞こえてくる歌に手を止めた。

よく知る女の声。だが歌を聴くのは初めてだ。四琴だけを伴奏として歌われる旋律はファルサスのものではなかったが、透き通って響く声が思わず聞《き》き惚《ほ》れるほど美しい。

ラザルも気づいたのか顔を上げる。

「あれ、ティナーシャ様ですか」

「みたいだな。結婚式の宴席に出てるんじゃないか？　器用なやつだな」

耳に染み渡る心地よい歌声を聴きながらオスカーは苦笑した。

仕事ももうすぐ終わる。顔を出すのもいいかもしれない。彼はふとした思い付きをすぐに決定事項とすると、書類を処理する速度を上げる。

そうしてオスカーが宴席に顔を出した頃には、既に場は大分盛り上がっていた。

主役の二人が何度も頭を下げようとするのを制してオスカーは祝いの言葉を送る。酒盃を受け取って二人の前を離れた彼は中庭を見回し、その隅に先ほど歌っていた女の背中を見つけた。

彼女は楽しそうに声を上げて笑いながら、隣のシルヴィアと談笑している。だがオスカーは近づくにつれその様子がおかしいことに気づいた。

彼は女の背後から白い右手を掴む。ティナーシャは笑顔のまま振り返った。

「あれ、オスカー？」

「お前、これ酒だぞ……」

「えー？」

彼が捕らえた手首の先には口当たりのよい果実酒の杯がある。手を離してやると、彼女はその杯に口をつけながら首を傾げた。

「甘いよ？」

「甘くても酒だ」

「あれぇ……」

どうも既に酔っているらしい。オスカーは右隣に座りながら彼女の様子をうかがう。

ティナーシャは何が可笑しいのか、くすくす笑いながら杯を空けた。テーブルの上の酒壺から更におかわりしようとするのを、彼はさすがに止める。

「もう飲むな。魔法が暴走するんだろ」

「そう。暴走しちゃうの。駄目だよね」

「お前な……」

オスカーは酒壺自体を遠くに取りあげた。代わりに水を注いでやる。

「これでも飲んどけ」

「全然甘くない……」

「砂糖を入れろ」

冷ややかな言葉にティナーシャは頬を膨らませる。水を飲み始める彼女にオスカーは念を押した。

「封飾具つけとけ。祝いの席だぞ」

ティナーシャは素直に頷くと杯を置き、右手に封飾具を転移させようとした。

だが、そこに現れたのは陶器の壺だ。オスカーは苦い息を漏らす。

「それのどこが封飾具なんだ」

「ちょっと待って……」

ティナーシャは壺をテーブルに置くと、再度転移を試みた。次に現れたのは小さな猫の石像だ。彼女は目を丸くする。

「猫だ！」

「見ればわかる！」

反対側の席ではシルヴィアがテーブルに突っ伏して笑っている。どうやら同様にかなり酔っているらしい。少し離れたところでは、ドアンとカーヴが恐怖に満ちた目で女性二人を見ていたが、彼らは関わるまいと決めたらしく近寄ってこない。

ティナーシャは自分の手の中を見て唸った。

「おかしい……封飾具がない」

「ティナーシャ様もっし！」

「はーい」

ティナーシャの手の中に、どこから取り寄せたのか金属甲冑《かっちゅう》の兜《かぶと》部分が現れたのを見て、さすがにオスカーは頭を抱えた。見ると魔力の影響か、近くで杯や水差しがふわふわと浮き始めている。不思議そうに兜を抱えるティナーシャの手からそれを取り上げると、オスカーは彼女を叱った。

「もう魔法を使うな！」

「使ってるの私……？」

「お前だお前」

オスカーはアカーシアを鞘ごと取るとそれをティナーシャの膝の上に乗せた、たちまち近くで浮いていた杯が全て落下する。オスカーは空になった彼女の杯に引き続き水を注いだ。

その時、回廊からラザルが駆けてくる。

「陛下、ヤルダからお返事が来まして、明後日《あさって》には王女殿下がいらっしゃるそうです」

「早い」

返事をしてすぐに来訪を知らせてくるとはよほど国内が荒れているのか。ともかく隣国の王族を迎えるならそれなりの手配が必要だ。いくつかラザルに指示をしたオスカーは、じっと自分を見てくる視線に気づいて平静を保った。ラザルが駆け去ると、ティナーシャがぽつりと聞く。

「オスカー、結婚するの？」

周囲の何人かがそれを聞いて「うっ」と固まる。ドアンがさりげなく席を立った。臣下たちの不安を肌に感じながらオスカーは酒杯を口に運ぶ。

「さあ？　どうしてそうなるんだ」

「むー……」

子供のような唸り声を上げて、ティナーシャは頰を膨らます。酔っていても彼女には今の指示でネフェリィが長期滞在するとわかったのだろう。オスカーは彼女の頰をつねる。

「何だその顔は。不満があるなら言えばいいだろう」

そもそも彼が結婚できるか否かはティナーシャ自身にかかっているのだ。他の女と結婚させたくないなら「解呪できなかった」と言えばいい。そうすれば彼の子を孕める女は彼女だけになる。そんな未来を想像しかけたオスカーの前で、しかしティナーシャはぷい、と横を向く。

「別にいいです。私、貴方のお役に立つために来ましたから。不満なんてありませんし、どなたでも好きな女性を選べばいいです」

言いながら別の酒壺を手に取ろうとするティナーシャから、オスカーは壺を取り上げる。

「わかった。なら甲冑を破壊しない王妃をもらうことにしよう」

「な……」

王の返事に周囲の人間が緊張を高める。オスカーは彼女が王剣を手放さないよう横目で確認した。ティナーシャはきらきらと感情の燃える目で彼を睨む。それは彼の目に宝石のように映った。オスカーがその光に見惚れかけた時、ティナーシャは膝の上のアカーシアを払いのける。それを止めようとしたオスカーの左腕に、彼女は抱きついた。

「もう！　きらい！」

「そうかそうか。俺も酒癖の悪い魔法士は嫌いだ。そろそろ帰って寝ろ」

「帰らない！　ばかー！」

王の腕にしがみついたまま騒いでいるティナーシャは、けれどそろそろ限界なのかしきりにまばたきをしている。やがて彼女は力尽きたらしく、オスカーの膝の上に突っ伏して眠ってしまった。

王は安らかな寝息を立てているティナーシャを膝に置いてしばらく酒を飲んでいたが、中庭に魔法の明かりが灯ったのを機に彼女を抱き上げる。

「部屋に置いてくる。騒がせて悪かったな」

そう言って立ち去る主君を、臣下たちはそれぞれの苦笑で見送った。

ティナーシャの部屋は鍵の代わりに魔法結界がかかっているが、オスカーはこの城の主人であるため結界をくぐりぬけることができる。そうして中に入った彼は、ティナーシャを寝台に寝かすと細い体に掛布を掛けた。ふと室内を見回すと、机の上には彼女の日記帳が置かれている。

「意外と几帳面《きちょうめん》なやつ……」

少しだけ見た文面は普段の彼女からは想像もできない冷徹なもので、確かに彼女が若くして国の頂点に立つ女王であったことをうかがわせた。そしてその生活が孤独で、内外との争いに満ちていたということも。

おそらく彼女を排斥したがる旧体制派とは、日々水面下の戦いを繰り広げていたのだろう。あの華奢な体にその重圧がかかっていたことを思うと、オスカーはつい溜息をついてしまう。

「なのにまた女王か……せっかく玉座を降りられたのに」

顔を顰めかけてオスカーはしかし、その考えを打ち消した。当時とは大分事情も違う。彼女は請われて即位するのだ。そして長らく現れなかった精霊を持つ王だ。レジスも彼女を支えるだろうし、昔のように孤独ではないはずだ。

オスカーは日記の冊数を目で数える。帳面は全部で十五冊あった。

「即位する少し前と言ってたな……十三歳の頃か？」

一番古い日記から数えて九番目のそれ、二百三十六年と書かれた一冊を前に彼は黙りこむ。

本当のことが知りたくないわけではない。

子供の彼女を助けたのは本当に自分なのか。別の誰かではないのか。

自分だとしたら何故四百年も前に戻り、彼女を助けたのだろう。

――その答えはここに書かれているのかもしれない。


表紙に触れて考えこんだ彼は、しかしそれを開かぬまま手を離した。

やはり本人の了承を得ず見るべきものではない。それに……もし自分であってもそれは自分ではないのだ。このように知っていいことがあるとは思えない。仮に必要なことになれば、彼女自身が教えてくれるだろう。

オスカーは寝台に戻るとそこに腰かける。穏やかに眠るティナーシャを見つめた。

「……会えてよかった、か」

それはまぎれもなく、今の彼自身に彼女が言ってくれた言葉だ。

だが、四百年の時を越えて来た彼女に、その思いに足るだけのものを自分は本当に与えることができているのだろうか。

もらうだけなら波のようにもらった。稚く笑い、怒りながら注がれる深い親愛が怖くさえある。重いわけではない。愛情に囚われるわけにはいかないからこそ怖いのだ。

彼は振り返ると部屋の中央に置かれた水盆を見やる。そこにあるものは解析途中の構成だ。

「……あれさえなければ」

解析ができなければ彼女を手中にできる。大義名分の元に手元に置くことができる。そしてそのままどのようにでも言いくるめる自信があった。彼女も、トゥルダールも。本来いるはずのない女なのだ。彼女がいなくてもトゥルダールはやっていけるはずだ。――自分のために来た女を自分が手に入れて何が悪い。

水盆の上の構成を睨みつけていた彼は、しかしティナーシャの寝顔を一瞥し、再び彼女が苦心して読み解いている構成に視線を戻すと、深い溜息をついた。

「こういう巡り合わせなのかもな……」

ほろ苦さが滲む声音で呟きながら、オスカーは彼女の髪に触れる。

ゆっくりと艶やかな髪を一房、愛しむように指で梳くと、男は生まれかけた感情を振りきるように頭を振って、彼女の部屋を後にした。

※

翌日時間通りに訓練場に現れたティナーシャは、痛む頭に軽く手を添えていた。

待っていたオスカーはそれを半眼で見やる。

「何か言うことはあるか？」

「記憶が曖昧なんですが、とりあえず甲冑壊しちゃってすみません」

「……お前はもうファルサスで酒を飲むな。禁止だ」

「はーい……」

ティナーシャは軽く伸びをして準備運動を始める。両膝を曲げながら、改めて苦い顔をした。

「昔飲んだ時は壁に穴を空けちゃって……それから自粛してたんですけどね」

とんでもない話だ。それに比べると今回は飾り物の甲冑が壊れただけでよかった。内心胸を撫で下ろしたオスカーは、ティナーシャの準備ができたのを見ると、練習用の剣を手に取る。

「で、連絡事項については覚えてるか？　覚えてないなら改めて言うが」

「ヤルダのネフェリィ王女がいらっしゃるという話はうかがいました。心配なさらなくてもレジスの立場が悪くなるので大人しくしてます」

「俺の立場は」

「知らないです、そんなの」

つん、と横を向く彼女に、昨日のことを思い出しオスカーは目を細める。だがここで喧嘩を買っては同じことの繰り返しだ。どう返そうか彼が迷っている間に、ティナーシャは向き直る。

「とは言え、私も今日の午後から外出しますので。何かあったらトゥルダールに連絡ください」

「トゥルダールに帰るのか？」

「それだけじゃないですけど、トゥルダールにも帰るのでそういうことにしておいてください」

引っかかる言い方だが、他国の事情なら口出しはできない。オスカーは剣を手元で返した。

「わかった。戻ってきたら一応ネフェリィに挨拶させるから顔を出せよ」

「かしこまりました。私の仕事でもありますしね」

にこやかにそう言う彼女の微笑は、どこか澄んで孤独にも見える。そこに知らないはずの女王としての姿が見える気がして、オスカーは眉根を寄せた。

「……あくまでファルサスの賓客だ。お前は気楽にしていればいいさ。昨日の宴席と同じくらい」

「どさくさにまぎれて嫌味を言わないでください。飲み過ぎた自覚はあります」

「でも、あの歌はよかったな」

本当は、それを近くで聴きたくて行ったようなものだ。彼の言葉にティナーシャは小首を傾ぐ。

「歌ですか？　貴方のためならいつでも。ご所望ください」

彼女はそう言って、花のように嬉しそうに笑った。

※

城都に程近い小さな町の酒場は、昼過ぎから数人の男たちがたむろっていた。

酔ってくだを巻く男たちには退廃的な空気が漂っているが、それは何も彼らに限ったことではない。この国のそこかしこにはいつからか諦めと虚脱が満ちている。

空になった酒瓶を逆さにして振っていた男は、不意に差しこんできた外の光に目を細めた。

見ると戸口に二人の人間が立っている。小柄な女とその連れらしい男は中に入って戸を閉めると、彼らの隣のテーブルについた。その二人組、特に女の方を見て彼らは息をのむ。

艶やかな黒絹の長い髪に、深い黒の瞳。恐ろしいほどの美貌の主は彼らの視線に気づくと苦笑した。椅子を回して彼らに向き直る。

「よろしければちょっと伺いたいことがあるんですけど」

にこやかに笑う彼女を品定めするように、男たちはその全身を眺めた。


「レナート、やり過ぎじゃないですか」

「当然の報いです」

十分後、酒場の隅に叩きのめした男たちを寄せながらレナートは主人に返した。彼らは何だかんだと言いながら、ティナーシャを連れ去ろうとしてやり返されたのだ。

その中の一人、まだ意識がある男の傍にしゃがみこむと、ティナーシャは首を傾げる。

「で、質問してもいいですか？　シミラって何だか知ってます？」

それはファルサス城都で暗躍していた宗教団体の崇めていた「神」だ。それが何であるのか調査に来た二人に対し、男は目を見開いた。そこに恐怖の色が満ちる。

「し、知らない！　俺は何も知らない！」

明らかに何か知っている様子の男にティナーシャは重ねて要求した。

「今、話すとちょっと幸せになれるかもしれませんよ？　話さないよりは」

「知らない！」

床に顔をこすり付けるようにして動かなくなってしまった男に、立ち上がったティナーシャとレナートは顔を見合わせる。今まで回ってきた五軒の店でこうなのだ。さすがに途方に暮れてしまう。

二人はどう問うても口を割らない男に諦めて酒場を出た。

「何だって言うんでしょうね。何か知ってるらしいのは確実なんですが」

「そもそも、ティナーシャ様は誰にその話をお聞きになったんですか？」

「子供の頃世話をしてくれた女官です。確かセザル出身だったんですよ」

日記帳をさらっていたティナーシャは、問題の単語が六歳の頃、女官の一人に聞いたものだと思い出したのだ。女官は「とても怖い底にいる怪物」とシミラのことを話し、彼女を寝かしつけた。日記によるとティナーシャはその晩、地面に空いた穴から黒い手が伸びてきて追いかけられるという悪夢を見てしまっている。

「こんなに手こずってしまうとは。もうすぐレジスと約束があるのに困りますね」

ティナーシャはあと一時間ほどでトゥルダールに戻り、レジスと即位絡みの打ち合わせをしなければいけない。現王カルステは知らぬことだが、レジスが呪詛の眠りから目覚めて以来、彼らは何度となくある方針に向けて話し合いを持っているのだ。

「こうなったらセザルの城都にでも行ってみますかー」

「ティナーシャ様、ご自身の容姿が目立つものだという自覚をお持ちになってください」

先程から聞きこみがうまくいかない原因の一つは、彼女の美貌であるとレナートは思っている。

彼はふと町を見回すと軒先に座っている老婆を見つけた。主人に断って老婆の元に歩み寄ると、挨拶をしながら片膝をついて老婆を見上げる。

「すみません。お尋ねしたいことがあるのですか……」

数回の問いかけの後、渋々といった様子で話し始めた老婆の語る内容を、二人はようやく得られた情報として聞き入った。

そして全て聞き終わるとお互いの顔を見つめ、唖然と立ち尽くす羽目になったのだ。

※

ネフェリィはファルサスに連絡を入れた二日後、転移陣を使ってやってきた。

王族の来訪としては急な話だが、事情がある以上仕方がない。三人の武官と二人の魔法士そして二人の女官を伴ってファルサスに身を寄せたネフェリィは、出迎えに現れたオスカーに父王からの親書を手渡す。そこには「宰相のジシスが、王太子サヴァスの排斥を狙っているようだ」と書かれていた。確たる証拠はないが怪しい動きが散見され、王とサヴァスは念のため、彼女を情勢が落ち着くまでの間預けたいのだという。

不安げなネフェリィを見返して、オスカーは微笑む。子供の頃から定期的に顔を合わせているが今年十九になる彼女は可憐な美しさを残したまま大人の女になりつつあった。

「慣れない国で大変だろうが、ゆっくり過ごされるといい」

「突然のことで申し訳ございません。ご好意に甘えさせていただきます」

ネフェリィは薄桃色の頬を更に赤く染めながら礼をする。オスカーは滞在中の彼女の部屋を案内するためにネフェリィを連れて広間を出た。二人の後ろには両国の護衛が続く。

ティナーシャなどは「自分のことは自分でできる」と言って単身ファルサスに来ているが、普通はネフェリィのように護衛や女官を連れてくるものだろう。前にオスカーが似たようなことを言った時、ティナーシャは「一時期は食事の支度も自分でしてましたよ」と言って彼を驚かせたものだ。

その彼女は昨日からトゥルダールに帰ったままだ。即位式まで一か月を切った今、決めることも多いのだろう。

廊下をきょろきょろと見回していたネフェリィも、同じ人間のことを恐る恐る口にした。

「トゥルダールの王女殿下もいらっしゃっているのですよね……？」

「神出鬼没だが一応。戻ってきたら挨拶させよう」

「一度、ファルサスでレジス殿下にご紹介頂きました。お美しい方ですよね」

それはオスカーの即位式でのことだろう。ネフェリィの瞳に不安と嫉妬が揺らぐのを見て、彼は苦笑する。

「爆発玉みたいな人間だ。中身が強烈で外見はさほど気にならない」

あんまりと言えばあんまりな評価だ。ネフェリィは本気かどうかわからぬ言葉に逡巡を見せて、ただ曖昧に微笑すると男の顔を見上げた。

※

夕暮れ時にファルサスに戻ってきたティナーシャは、その晩ネフェリィのための接宴が開かれることを知った。自室の前に機嫌が良さそうなシルヴィアが立っていて、化粧道具とドレス袋を示しながら教えてくれたのだ。

分厚い書類の束をトゥルダールから抱えてきたティナーシャは、思わず笑顔を強張らせる。

「え……化粧しなきゃ駄目ですか……」

「駄目に決まってるじゃないですか！　ドレスもちゃんと着てくださいね！」

「ううう……もう一日遅れて帰ってくればよかった……」

ティナーシャはうなだれながらもシルヴィアを部屋に招き入れる。シルヴィアは早速壁にドレスをかけながら、部屋の主人にはりきって声をかけた。

「ティナーシャ様はちゃんとなされば誰にも負けないんですから、ちゃんとしてください！」

「私は誰と戦ってるんですか……」

ティナーシャは書類を片手に浴槽に湯を張り始める。疲れた声にシルヴィアが答えた。

「それはもちろんネフェリィ王女ですよ！」

「何で!?」

「私はティナーシャ様に陛下のお妃になって頂きたいので」

「へ!?」

突拍子もない言葉に、ティナーシャは危うく書類を湯船に落としそうになった。慌ててそれらを胸に抱きなおす。

「そ、それは公私共に難しそうですね……」

「そうですか？」

「一応もうすぐトゥルダールの女王になるんですけど……」

「そんなの関係ありませんよ！　隣国ですし転移陣を書いておけばいいじゃないですか。お世継ぎだって、お二人お生みになればよろしいんですよ！」

「………………」

何だか脱力感にすぐには何も言えない。ティナーシャは書類を落とさないよう一旦置きに戻る。

――極端な話ではあるが、確かにシルヴィアの言うことは不可能ではない。

不可能ではないが、そんなことをした王はいないだろう。二国の国主の両親が同じなど、揉め事の種になるだけだ。

だがティナーシャには、この問題が致命的なものにならない理由があった。それ自体が目的なわけではないが、付随的にこの障害は無効になるはずだ。

ただ致命的なのは別のことだ。

「オスカーは私のこと眼中にないんですが……」

「えぇ？」

聞き返されたティナーシャは肩を竦めた。

「よくて嫌われていない、ってぐらいですね。完全に子供扱いですし結婚なんてありえませんよ。それくらい私もちゃんとわかってます」

目を丸くするシルヴィアを置いて、ティナーシャはさっさと浴室を見に行く。湯が溜まっているのを確認すると、彼女は香油を入れて服を脱いだ。華奢な手足を伸ばしながら浴槽に浸《つ》かる。まもなくシルヴィアがやって来て、彼女の長い髪を洗い始めた。香油に染みこんだ花の香りが立ちこめる浴室で、ティナーシャは溜まった疲れを吐き出す。

常に複数のことを平行してやっているのだが、たまにどの案件も詰まってしまうということがある。ちょうど今がその時期だ。まったく先が見えないわけではない、少しの辛抱だろうとは思うのだが、体だけは如実に疲労していく。湯船に満たされたお湯と、髪を梳いてくれるシルヴィアの手が心地よかった。

ティナーシャは目を閉じて顔のあちこちを指圧する。髪を洗っていたシルヴィアが湯船の中の白い体を見て眉を寄せた。

「ティナーシャ様、痣《あざ》だらけじゃありませんか」

「ああ、稽古のせいですね。痣は治せなくて……見かけだけでも消しときます」

「何故剣を習っていらっしゃるんですか？　充分お強いでしょうに」

「咄嗟の時の動きが鈍いんですよ。もっと強くならないと、すぐ私を殺しに来る人がいますから」

「どんな命知らずな人なんですか……」

それは最上位魔族の男なのだが、ティナーシャは曖昧に笑っただけだ。その後も雑談に花を咲かせながら入浴を済ませると、彼女は浴槽を上がった。

痣を消した白い裸体は、細すぎる感はあるが同性でも見惚れてしまうような魅惑的な曲線を保っている。思わず視線を奪われていたシルヴィアは、はっと我に返ると確信的な笑顔になった。

「そう言えばさっきのお話ですけどね、どうでもいい女性に服を贈る男性なんていませんわ！　特に陛下は！」

そう言ってシルヴィアは部屋に戻ると、きょとんとしているティナーシャを尻目に、ファルサス国王が彼女のために作らせたドレスを出し始めた。


接宴が始まったのは、月が昇ってからのことだ。

宴席用の広間には城に仕える高官や貴族など数十人が集まり、温かい歓迎にネフェリィは安堵する。今まで自国の宮廷でずっと気を張り詰める生活を送ってきたのだ。つかの間のこととはいえ安全な居場所に辿りつけたことは素直に嬉しかった。

ただそれでも、国に残して来た父と兄は大丈夫かと不安になる。父はもうかなりの老齢であるし兄は気弱なところがあるのだ。二人だけで何とかなるのか、気がかりで仕方がない。

もし自分がファルサスに嫁ぎ、この国の協力を得られたなら父や兄を助けられるのだろうか――

ネフェリィはそんな疑問と共に隣にいるファルサス国王を見上げる。

彼女の視線に気づいたオスカーは、何か言おうと口を開きかけた。

だがその時、広間の入口でざわめきが起こる。

怪訝に思った二人が顔を上げると、そこにはトゥルダールの名を持つ女が立っていた。

ティナーシャは一同の注目を浴びていることに苦い顔を隠す。「主役はネフェリィなのだから地味にして欲しい」と再三シルヴィアに念を押したのに聞き入れてもらえなかったのだろうか。

しかし、もしシルヴィアがこの苦言を聞いたのなら「ご自分の容姿を把握なさってください」と返ってきたに違いない。実際彼女は注文どおり、地味な色を用いて薄めの化粧をほどこしただけなのだ。だがそれでもティナーシャの美貌は誰が見てもわかるほど異質だった。

黒と見紛《みまが》う濃紺のドレスは背中が大きく開いている。生地は何重にも重ねられた薄布で、腰から下はふんわりと膨らんでいた。装飾は少ないが、彼女の体の優美さをよく引き立てる作りだ。

ティナーシャは上座のネフェリィのところまで行くと、膝を折って挨拶した。

「御無沙汰しております。再びお目にかかれて光栄です」

ぼうっとその姿に見惚れていたネフェリィは、慌てて立ち上がると礼を返す。

「こちらこそ突然のことで驚かせて申し訳ありません。よろしくお願い致します」

「とんでもないことでございます。即位間近で慌しくしておりますが、ご無礼をお許しください」

ティナーシャは姿勢を戻すとにっこり笑った。社交的な柔らかい微笑みで一礼して下がろうとする彼女に、オスカーは声をかける。

「似合うじゃないか」

「おかげさまで。ありがとうございます」

あくまで外交的な笑顔を崩さないまま、彼女は謝辞を述べると宴席の中に下がった。警備についていたメレディナと壁際でしばらく談笑した後に広間から辞す。

ネフェリィはその後姿、鮮烈さを見送って溜息を禁じえなかった。あのような女性もいるのだということが目の当たりにしても信じられない。人を惹いて止《や》まない存在の光にやりきれない思いがして彼女は目を伏せた。

隣にいる男がどんな顔をしてその背を追っているのか、とても見る気になれなかったのだ。

※

深夜を回り、自室に戻ったオスカーは、着替えをしないまま寝台に俯《うつぶ》せになった。そのまま眠ってしまいそうな意識をかろうじて保つ。

枕元ではナークが丸くなって眠っていた。このドラゴンは何かない限り大体眠っている。いつの間にか部屋にいないこともあったが、呼べば出てくるので気にしていなかった。彼は何となくナークの尻尾に手を伸ばしかけて、しかし扉が叩かれたのでその手を止める。

返事をすると聞こえてきた声は意外な女のものだ。

「何だ、今回は中から来たのか」

招き入れられたティナーシャは剝き出しになっている肩を竦めた。

「王女を連れ帰っていると申し訳ないので、見張りの兵士に確認しながら来たんですよ」

「お前は俺を何だと思ってるんだ……」

「察してください」

彼女の声に気づいてナークが顔を上げる。小さなドラゴンは前の主人に向かって嬉しそうに羽ばたくと、その肩に止まった。ティナーシャはくすぐったそうに笑いながらナークの喉を撫でる。

決して人に懐くドラゴンではないが、主人である彼とティナーシャには懐いていたし、アルスやドアンら一部の人間には敵意を示さない。ティナーシャはナークとじゃれあいながらテーブルまで行くと、その上に置かれていた果物をドラゴンにあげ始めた。

オスカーは目を細めて彼女を眺める。白い背中は月光の飛沫を受けて眩く光っている。

「まだその格好なのか」

「せっかく作って頂いたので。おかしいですか?」

「いや……」

むしろ似合いすぎているくらいだ。彼自身が注文を出したのだが、よく彼女の魅力を引き出していると思う。ティナーシャは丸のままの林檎《りんご》をナークの口に押しこみながら苦笑した。

「背中が開いてて落ち着かないですけどね」

「暑がってるから開けさせたんだ」

「なら下も短くしてください」

「どこの子供だ、それは」

普段の彼女は暑い暑いと言いながら手足を出した服を着ているが、あっけらかんとしすぎて子供のように見えて仕方ない。むしろ今日のようなドレス姿の方がよほど蠱惑的だ。

あえて彼女から距離を取って寝台に腰かけたオスカーは、書類束を持つティナーシャに問うた。

「で、何の用だ」

「嫌な感じの話と嫌な感じの話がありますが、どっちから聞きますか？」

「…………」

「冗談です。一つしかありません」

脱力しているオスカーに、ティナーシャは書類を示す。

「シミラについてですが、ようやくわかりました。これ、セザルに古くから伝わる邪神らしいです」

「は……？」

「まぁ当然の反応ですね。――一番古い話で五百年ほど前、セザルの東の国境付近にこの邪神を崇める集落があったそうです。で、二百年ほどかけて宗教団体として大きくなり、最終的には教祖が王に意見役としてついたらしいんですよ。結果として当時、生贄《いけにえ》や無実の人間の処刑などでかなりの人数が犠牲になったとか。ただ当の宗教について書面としての記録はまったく残っていません。人々に口頭で伝わるのみで、それも皆話したがらなくて聞き取りが大変でした」

「お前が聞き取りにいったのか!?」

「そうですよ。行く先々で絡まれて、しまいにレナートに『お帰りください』とか言われました」

オスカーは同行者の気持ちがよくわかって嘆息した。ほどほどの美人なら聞き取りにはちょうどいいが、ティナーシャくらいになると相手の印象には残ってしまうし、余計な揉め事を呼びこむしでろくなことはない。

だが今問題なのは別のことだ。オスカーは突拍子もない話に考えこむ。

「つまりその邪神を信仰している奴らがファルサスに入りこんでいたのか」

「ということらしいですね。で、問題なのは今、セザルの宮廷自体がこの宗教にのっとられている可能性があるんです。邪神信仰は五年ほど前に信者のほとんどが急に失踪したらしいんですけど、代わりにその頃から国政がおかしくなったとか。城に魔法士が増え、重臣たちも入れ替えられたようです。兵士として連れて行かれる人間が増えて彼らは帰ってきません。またその他にもよく人が行方不明になるとか。国内が非常に荒れてましたよ。国民に覇気がないです」

「宗教が原因で衰退か。何やってるんだか」

オスカーは信仰は信仰として国政に関わらせるべきではないと思っている。ましてや邪神信仰だ。それで国が荒《すさ》むとしたら愚かの極みだ。

ティナーシャはオスカーの前まで来ると書類の束を差し出した。

「一応細かいことはここに纏めておきました。気になるならどうぞ」

「助かる。悪いな」

「嫌な感じの話ですみません」

外交的な笑顔ではない、少し苦さの混じった微笑を見上げて、オスカーはふと尋ねた。

「解析はどうだ?」

「詰まってますよ見事に。でもここを越えれば終わりなんで、もうちょっとだけ待ってください」

言いながら彼女は結い上げられた髪に指を入れた。そのまま梳くとさらさらと髪が戻る。白い肩と背中を覆うように広がった黒絹の艶やかさにオスカーは目を閉じた。

「駄目なら駄目でいいぞ」

少しだけ間が空く。その空白が感情を孕む前に、答えは返ってきた。

「大丈夫です。早ければ彼女がファルサスにいるうちに解けますよ。こういうのって閃きですから」

彼女の声は波のない水面のように澄んでいる。そんな声音を聞くとやはり彼女は自分と同じ「王」なのだと実感する。緩やかな孤独を当然のものとして胸を張る。私情や迷いで足を止めることはない。すべきことをすべき時にする、それが己の役割だと理解している。

だから彼女の表面が落ち着いていればいるだけ――決められた分かれ道が近づいていることを意識する。オスカーは内心の焦燥を覚えて、自分もまた平静を保った。

目を開けると彼女は少しだけ心配そうに彼を注視している。白い手が頬に触れた。

「平気ですか？　お疲れに見えます」

「平気」

柔らかな手が伝える体温が、体中に染み渡るようだ。

一人でいる時より、彼女といる時の方がより孤独を感じる。それはおそらく、お互いが交わらない道を歩いているからだ。

月が照らす彼女の貌は静けさに満ちている。

だが彼女はそれを悲しまない。全てあるように受け入れる。寂しさも当然のことだ。

だから今、彼女を抱きしめたかった。

華奢な体の温度に触れて、この孤独が自ら選び取ったものだと確認したかった。

ティナーシャは、形にならない感情が入り混じる男の目を心配そうに覗きこんでいたが、不意に闇色の瞳に真摯な光を帯びさせた。

男に向かってそっと顔を寄せ、そのまま彼の左瞼に口付ける。

柔らかな唇を呆気に取られながら受けた男は、その感触に瞬間ぞっとするような衝動に駆られた。

女の肢体を乱暴に引き寄せたくなる。

深く口付けて劣情を教えこみたい。その存在を支配したい。

だが、恐ろしいほど根源的で強烈な衝動を打ち消すと、彼は口元を曲げて彼女をねめつけた。

「何するんだ」

「妙に色気があったのでつい。すみません」

ティナーシャは悪びれもせず軽く手を振った。あっさりとした答えに男は頭痛を覚える。

――こういうところが本当に子供なのだ。自分の好意に素直で、その先を考えていない。

こめかみを押さえたオスカーの膝にナークが飛び乗る。ティナーシャはドラゴンの背を手を伸ばして撫でた。

「ではおやすみなさい」

稚く笑いながら挨拶する彼女は、自分のしたことについて何も思っていないらしい。オスカーは折れそうな肢体を冷ややかな目で見やる。

「次は昼に来い」

疲労感に満ちた言葉の意味が彼女に伝わるとは、とても思えなかった。

※

ネフェリィは初日の接宴以来、ティナーシャに出会わずに日々を過ごしていた。特に避けているというわけではない。ただティナーシャを見ないのだ。そのことをファルサスの魔法士に尋ねると、彼は苦笑しながら彼女が最近はほぼ自室から出てこないことを教えてくれた。

「気になるなら訓練場をご覧になるといらっしゃるかもしれませんね」

別に気になっていたわりではない。しかしネフェリィは何となく言われたとおり、訓練場に出られる回廊に度々足を運んだ。

そこで剣を振るっているティナーシャを見つけたのは、ファルサスに来てから十日ほど経った時のことだ。彼女の相手をしているのはファルサス国王で、ネフェリィは意外な光景に目を丸くして二人を見つめた。

ティナーシャの腕力にあわせて手加減しているのか、剣戟《けんげき》の音は軽く、しかし速く響いている。

その時、オスカーが短く息を吐きながらティナーシャの剣を撥ね上げた。空中を回転しながら飛ぶ剣にネフェリィは息をのむ。だがその剣は地面に突き刺さる前に、ティナーシャの手元に転移した。男は呆れたように彼女を見やる。

「どうも認識に体の動きが追いついていないな。もっと反射的に動けるようになれ」

「努力します」

「相手の肩口を見るとちょっと先が読める。でも全体も見とけよ」

ティナーシャは素直に頷くと右の二の腕を見た。先ほど避け損ねた剣を食らって赤黒い痣ができつつある。彼女は左手の指を伸ばしてその痣を消した。オスカーは感心の声を上げる。

「便利だな」

「見かけをごまかしただけですけどね。痣は魔法では消せないんですよ」

ティナーシャは汗で滑る剣の柄を布で拭く。そうして柄を持ち直して顔を上げ——首を傾げた。

オスカーが啞然としている。その理由がわからなくて、彼女は更に反対側へ首を倒した。

「お前……何でそれを先に言わないんだ！　全身痣だらけだろう！」

「痣だらけですけど、痛くないですよ？　中は治せますから」

「そういう問題じゃない」

「えー？　化粧で肌を馴染《なじ》ませるのと同じじゃないですか。それに痛い目見ないで上達するとは思ってないんで。よろしくお願いします」

「俺は今、結構憂鬱な気分になったぞ」

「何でですか」

不満げに聞き返しながらティナーシャは剣を構えた。男の了承を得ないまま切りこむ。

だが当然ながら彼はそれを難なく受けた。そのまま二人は二十合ほどを打ち合う。

オスカーは軽く剣を返した時にティナーシャの動きがもたついたのを見逃さず、踏みこむと彼女の剣を強く弾いた。がら空きになった白い首を薙ぐために剣を走らせる。

けれどティナーシャはその刃を、咄嗟に上げた左腕で受けながら後ろに跳んだ。

「い、痛い」

「魔法を使え！」

オスカーは腹立たしく叱りつける。元々首に触れる前に刃を引こうと思っていたのに、妙に勘がいい彼女はかえって手を出して傷を作るのだ。死地を通ってきた経験があるからだろう。命を最優先にし、いざという時にはそのために犠牲を払うよう身に染みついているのだ。

ティナーシャは剣を持ったまま左腕に手を当てる。

「言ってもやっぱり殴られるじゃないですか」

「痛い目見ないと学習しないんだろう？　嫌なら魔法使って防御しろ」

「それはズルなので嫌です」

まったく頑なである。親の顔が見てみたい。

オスカーは舌打ちしながら下がった。ふと視線を感じて回廊を見やると、そこにはネフェリィが二人の護衛と共に立っている。

心配そうな彼女の顔を見て、オスカーは苦笑すると彼女を手招いた。ネフェリィは躊躇いながらも回廊の切れ目から訓練場に出てくる。ティナーシャもそれに気づいてにこにこと笑った。

「こんにちは、散策ですか？」

先日の接宴の時とは違うあどけないティナーシャの笑顔に、ネフェリィは驚きを隠して会釈した。

「ええ……少し足を動かそうかと。ティナーシャ様は何をなさっているんですか？」

「訓練を。今は自由時間が多いですし」

目を閉じて微笑むティナーシャの感情は見えない。ネフェリィは理由のわからぬ焦燥感に駆られた。ネフェリィ自身も王族として護身の剣を学んだ経験はある。今でも定期的に稽古は続けているが、こんな風に実戦を意識した訓練をしているわけではない。同じ王族であるにもかかわらず、彼ら二人はまるで戦いの中に身を置くことを当然と考えているようで、怖かった。

ネフェリィの慄《おのの》きに気づかないオスカーは、軽くティナーシャに聞き返す。

「そう言えば、お前まだファルサスにいていいのか？　即位式の準備もあるだろう」

「レジスがやってくれてます。本当は私がやろうとしたんですが、招待客を大幅に削ったら取り上げられたんです。でも、ちゃんと仕事もしてますよ」

それは本当のことだろう。最近は稽古以外で彼女が外に出ているところをほとんど見ていない。時折その顔には疲れが色濃く滲んでいることもあり、オスカーは密《ひそ》かに心配していた。

ティナーシャは外壁の時計を確認して頭を下げる。

「そろそろ時間ですか？　ありがとうございます」

「早く痣を作らないようになれよ」

「善処します」

まだ居残るらしいティナーシャは、オスカーから剣を受け取るとじっと回廊の方を見る。その視線を追ってオスカーは振り返った。そこにいるのはネフェリィの護衛である武官と魔法士だ。

「なんだ……？」

まるで知らない人間を吟味する猫のような視線。その目にオスカーは首を捻りつつもネフェリィを促して帰ろうとする。しかし次の瞬間彼は、機敏な動作で振り返った。視界の中でティナーシャが小さく詠唱しながら腕を掲げる。

それを確認した男は、ネフェリィを腕の中に抱きとった。全てはほんの一瞬の出来事で、ネフェリィが動転する間もなく、周囲に硝子を引っかくような音が響く。

「――散れ」

短い言葉はティナーシャのものだ。耳障りな音がぴたりと止む。オスカーはネフェリィを腕の中に保持したままティナーシャに声をかけた。

「どこからだ？」

「待ってください。ミラ！」

「はいはーい。何用です？」

空中に突然、赤い髪の少女が現れた。ティナーシャは精霊に命じる。

「刺客を追ってください。生け捕り希望。無理なら殺してもいいです」

「りょーかいでっす」

鈴のように笑いながら少女の姿が消えると、オスカーはようやくネフェリィを解放した。彼女は真っ赤になってしまった頬を両手で押さえながらオスカーを見上げる。

「あ、あの……一体何が？」

「いや……刺客が結界を突破して来たようだ。もう逃げたようだが城内に入っていたほうがいい」

ネフェリィの顔は目に見えて青ざめた。武官と魔法士の護衛も顔色を変える。可憐な唇を震わせているネフェリィを見下ろして、オスカーは苦笑した。

「まぁ誰が狙いかわからん。後ろの爆発玉かもしれん」

「あの程度で私が殺せると思ってたら頭の中お花畑ですね。認識の甘さにお仕置きです」

ティナーシャは肩を竦めながら、オスカーの使っていた剣を返すために歩き出した。

だが、何事もなかったように平然としているその小さな背を見ても、また同様に動じていない男に肩を抱かれても、ネフェリィは少しも安心することはできなかったのだ。

※

訓練場から引き上げた後、ティナーシャは汗を流しながら一人大浴場で潜水していた。この習慣は、地下の無言の湖に落ちて以来オスカーの許可を得て行っているものだ。もっとも「泳げるようになれ」との指示は今のところ達成できていない。

水の中に沈んでいたティナーシャは、直接頭に響く精霊の声に立ち上がると、両手で顔をぬぐった。頭上ではミラが宙に浮かびながら彼女を見下ろしている。

「ティナーシャ様、息継ぎできないの？」

「やり方がわからないんですよ。ミラ知ってます？」

「魔族は泳がないからわからないです。それより刺客、捕まえたよ。ここに転送していい？」

「いいですけど、私、裸ですからね」

ティナーシャはまとめた髪を絞りながら洗い場に上がると、手元に服を転移させた。濡れた体の上から水色の夏着を着るうちに、目の前の床に見知らぬ男が現れる。魔法士らしい男は、既に全身に裂傷が走っていた。突然転移させられた彼は、床に這いつくばって辺りを見回している。

ティナーシャは片眉を上げながら男を見やった。

「ようこそ。こんなところですみませんが詳しいお話を聞かせて頂きます」

顔を上げた男が見たのは、この上なく美しく、そして酷薄な微笑みだった。


ネフェリィを部屋まで送った後、執務室に戻っていたオスカーは、やってきたティナーシャとアルスに苦笑した。アルスが拘束しているぼろぼろの男を見て、王はティナーシャに尋ねる。

「どうだった？」

「狙いはやっぱりネフェリィ王女ですね。ヤルダからの刺客でした。ただ中継ぎがいたようで、誰が依頼を出したかは不明です。この人は単なる雇われさんですね」

テーブルに寄りかかって腕組みをしながら、ティナーシャは刺客の男を目で示す。魔力を封じられた男は緊張のせいか額に汗を滲ませている。オスカーは面倒くさそうに頬杖をついて男を眺めた。

「単なる雇われに結界を突破されても困るんだがな」

「んー、中の様子を知ってたんじゃないですか？　結界って無許可で外からは飛びこめませんが、要は歩いて入ればいいんですよ」

「なるほどな。アルス、吐かせろ」

「かしこまりました」

王の命令に一礼すると、アルスは男を引き摺って部屋を出て行く。

ティナーシャの指摘は、城内に内通者がいることを暗に示している。雇われの暗殺者に内通者が顔や名前を晒《さら》しているかは疑わしいが、それでも糸口がつかめるかもしれない。

オスカーは頬杖を解くと背もたれに体を預け、足を組んだ。

「面倒だな。ヤルダの宰相とやらの名前を吐いても、俺には何ともできんぞ」

「できないんですか？」

「他国のことだからな。せいぜいヤルダに教えてやるくらいだ」

手の中でペンをくるくると回しながらオスカーは天井を見上げた。ティナーシャがお茶を飲むかと聞いてくるので是と答える。お茶を用意する彼女の後姿をずいぶん久しぶりに見た気がして、オスカーは微笑んだ。ティナーシャは扉を開けて女官に水を頼むと、彼を振り返った。

「——ああ、彼女と婚約すれば口出しできるんじゃないですか？」

さらりと呈された言葉にオスカーは目を瞠る。それは提案の内容よりも彼女がそれを口にしたこと自体に驚いたからだ。オスカーは内心を表情に出さないよう返した。

「口出しのために結婚か？　一足飛びすぎるぞ」

「冷たいこと言いますね……もともと彼女は有力候補なんじゃないですか？」
――ティナーシャの指摘は正しい。

東部隣国の一つであるヤルダは、十年前の戦争後からファルサスと友好な関係を保っている。ここで婚姻を結べれば両国の関係は当分安定するだろう。

だが、ファルサスと婚姻を結びたがっているのはヤルダに限らない。なんといっても大陸有数の国家なのだ。例外は、分裂してしまったドルーザの他にはセザルとトゥルダールくらいだ。

セザルはファルサスと長らく緊張関係にあって歩み寄る気が無いために、そしてトゥルダールはどの国にも寄らぬ異質な魔法大国であるために、ファルサスとの婚姻は念頭にもない。

二十日後にはそのトゥルダールの女王になる女をオスカーが見ると、彼女は白い両手を伸ばして女官から水瓶《みずがめ》を受け取っている。

普段は威圧的なところを感じさせないティナーシャだが、実際は女王として合理的で冷徹な性格を持ち合わせている。ネフェリィとの結婚を指摘したのもそのためだろう。彼女は魔法で沸かした湯を茶器へと注ぎ始めながら、涼しい声で言った。

「婚約すれば、大義名分と共に多少の手出しはできるでしょう。彼女も安心するでしょうし……元々ここに来たのもそういう意図が多少はあったんじゃないでしょうか」

オスカーは頷きかけて、整った顔を顰める。

「ひょっとしてヤルダにそういう意図があったから刺客が来たのかもな。ネフェリィが死ねば俺がヤルダに口出しする可能性はなくなる」

「ああ、なるほど……。それに王女を国内で死なせたことで、ファルサスに責任も問えますしね」

「参ったな。いつまでかかるんだ」

「ヤルダ本国で決着がつくまでじゃないですか。どれだけかかるかわかりませんが」

茶器をゆらしながら茶葉を燻《くゆ》らせるティナーシャは、真剣な目を茶器に注いでいる。しかしそれは、ヤルダの問題に真剣なのではなく、お茶を淹れるのに真剣なのだろう。

彼女からするとヤルダの問題は隣の隣の国の話なのだ。オスカーよりも更に一段遠い。意見はあっても実行力もその意志もないに違いない。トゥルダールの女王としてはそれが普通だ。

オスカーは彼女の美しい横顔を見て、あることを思い出した。

「そう言えばティナーシャ、さっきお前ネフェリィの護衛を凝視してただろう。あいつらのどちらかが怪しいのか？」

「え。見てたんですか？　いや、そういうわけじゃないですけど。単にあの魔法士、ちょっと魔力量が飛びぬけてたんで驚いただけです」

「魔法士？」

言われてオスカーは思い出そうとしたが印象が定かではない。ティナーシャは苦笑する。

「魔力隠蔽かけてましたけど王族の護衛としては申し分ないですね。多分、彼女の側近の魔法士より強いですよ。だからちょっとだけトゥルダールに来ないかな、って思っただけです」

「気軽に他国の魔法士を引き抜こうとするな」

「口に出してないじゃないですか！」

叫んだ彼女は、柔らかく微笑し直した。

「引き抜きはともかく、私に手伝えることがあったら引き受けますよ。お気軽にどうぞ」

「それはありがたいな。お前がいるうちに片付けたい気もする」

「ちなみに解析はあと二週間くらいですね。今、魔法具を頼んでます」

平然と告げられた内容にオスカーは目を瞠った。十五年間彼を制限した呪詛の解呪が、急に現実味を帯びてくる。まるで嘘のような話だ。手放しで喜ぶべきだろう。だがそれは同時に、彼女との繋がりが切れることをも意味していた。

ややあって湯気が立つカップを机に差し出した女を、オスカーは見上げる。

「失敗しないのか？」

「嫌なこと言わないでください！」

つい口をついて出てしまった言葉に、ティナーシャは非常に嫌そうな顔をした。

※

「失敗したのか。流れ者は駄目だな」

報告を受けたジシスは落胆の息を漏らした。

ネフェリィがファルサスに入ってしまった時はどうしようかと思ったが、今はむしろその状況を逆手に取ろうと考えている。ファルサスで彼女が死んでも、実行犯との繋がりが明らかにならなければすぐには自分は糾弾されない。ならば彼女の死が作る空隙はこちらに有利になるはずだ。

王とサヴァスはジシスが怪しいことなど最初から承知している。だがそれでも手をこまねいて今まで何もできないでいるのだ。――彼らにその程度の力しかないことをジシスは忌々しく思う。

敵の無能は喜ぶべきことなのかもしれないが、相手は自国の王族だ。もし彼らに充分な力があったのなら、自分がこんなことをする必要もなかっただろう。苛立たしさと国への思いが混ざり合って、ジシスは苦い顔になる。

――それにしてもネフェリィについては何とかせねばならない。

彼女は子供の頃からファルサス国王と面識があるのだ。もし婚姻を結ぶことにでもなったら困ったことになる。ヤルダを援助してくれたファルサスの前王とは違って、今の若い王は食えない人間だ。ジシスは、彼がネフェリィを妻としてヤルダの併合に乗り出してこないか密かに不安だった。

「……王女殿下への対応は急務だ」

彼女を弑《しい》することへの躊躇いはある。だが、王族としての義務を放棄し他国に逃げ出したのは彼女自身だ。ジシスはそう自分に言い聞かせると、次の一手のために新たな指示を出した。

※

刺客が現れてから三日後、オスカーはアルスから報告を受けた。

雇われた男は中継ぎを経て、城への侵入経路を指示されたらしい。いつもなら見張りがいるはずの東の通用門は、ちょうど小火騒《ぼや》ぎが起こり一瞬の隙が出来ていたという。

「内通者か。誰だと思う？」

「まず姫について来た者のうちの誰かでしょう。先日の一件で、城内の者は一度厳しく取り調べましたから」

先日の一件とは、とある宗教集団が暗躍し、ティナーシャの毒殺や女を送りこんでの宝物庫侵入などを図った件だ。オスカーの指示によって捕縛された教徒たちのうち、幹部であった者たちは全て処刑されており、一般の信者たちは監視のもと街に戻された。

その時に城に仕えていた者たちも全て、怪しい者に関係していないか一度調査対象になったのだ。

オスカーはペンの背で額を押す。

「どこまで手出しするべきか……とりあえずヤルダの人間には注意していてくれ。方針が決まったらまた指示する」

「かしこまりました」

アルスが退出すると、オスカーは面白くない気分が蘇ってきて書類に目を落とした。先程のティナーシャの様子を思い出す。

彼女は嫉妬深い女だと思っていたのに、妙に平然としていたのが気になった。無言の湖から帰った晩「私はこれで充分です」と言っていた彼女は、本当にもう己の執着を捨ててしまったのだろうか。泥酔していた時はさておき、デリラの時とはまったく異なる反応だ。ただあの時は相手が相手だったので、事情が違うのかもしれない。

彼女に興味がないよう振舞っているのは自分自身なのだから、怒る筋合いはないと承知はしている。それでも考えていると何だかむかむかして、オスカーは要らない書類を丸めるとちょうど入ってきたラザルに向かって投げつけた。

一方その頃、嫉妬心が見えないと思われているティナーシャは、自室で逆さまに浮いていた。普段とは反対に、椅子に座った精霊が呆れたように主人を見上げる。

「苛々するくらいなら殺しちゃったらどうですか?」

「殺しませんよ!」

話題になっているのは、命を狙われたばかりのヤルダ王女である。

ティナーシャは忌々しくも自分の両手を見つめた。白い指には全て封飾具が嵌《はま》っている状態だ。

——自分が口出しできる立場ではない。だから一番合理的に思える意見を述べただけだ。

ただそれは別としてティナーシャは、オスカーが単なる外交を越えてネフェリィと親しいことがどうにも落ち着かなかった。もっと率直に気に入らないと言ってもいいのだが、そう認めてしまったら何だか歯止めがきかなくなりそうで、あえて意識しないように努めているのだ。

しかしそれでも、魔力は彼女の感情に呼応して揺れる。圧力に音を立てる窓硝子へ結界を張るとティナーシャは空中を蹴って回転した。

その時、部屋に男の声が響く。

「あー、殺せ殺せ。堕《お》ちると楽だぞ」

「トラヴィス!?」

ティナーシャは慌てて姿勢を戻す。テーブルではミラが驚愕に体を引いていた。

精霊の対面の椅子には、いつのまにか一人の男が座っている。ティナーシャは知己の男に緊張の混ざった声をかけた。

「何の用事ですか……」

トラヴィスは、形式的な礼をするミラに向かってぞんざいに手を振る。

「ちょっと暇になったから冷やかしだ。お前も次から次に敵が絶えなくて楽しそうだな」

「別に敵じゃないですよ……私は無関係ですし」

ふてくされた彼女に、トラヴィスは面白い玩具を見る眼を向けた。わざとらしく両手を広げる。

「ヤルダの王子は気弱でな。お前ならよっぽど宰相の方が話が合うと思うぞ」

「そうなんですか?」

「ああ、宰相は中々曲者《くせもの》だ。王子に執務能力も人を見る目もないとわかると、途端に牙を剝いた。大のために小を犠牲にできるし、速やかな決着のためには手段を選ばない。なかなか潔い男だろ?」

手放しの賛辞だが、口にしているのが魔族の王では素直に受け取れない。床に降りたティナーシャは苦い顔で空いている椅子の背に寄りかかった。

「何で貴方がそんなこと知ってるんですか」

「俺は今ガンドナにいるからな。隣国の情報くらいは把握してる」

ガンドナは、ファルサス・ヤルダと国境を接する東の大国だ。そこにトラヴィスがいるとはさほど意外ではないが、まるで人間のような発言には違和感がある。彼女は怪しんで聞き返した。

「把握してどうするんですか。隣国も何も関係ないでしょう」

「関係あるさ。王位継承者の後見をやってるからな」

「はぁ!?」

「まぁ見てろ。いずれ俺の女に国を獲《と》ってやる」

——まったく意味がわからない。

わからないが、トラヴィスが気に入った女性のためにガンドナに干渉しているということだけはかろうじてわかった。前例などあるはずもない。ぞっとするような話だ。

「国を獲ってどうするんですか……」

「さぁ？　まだ決めてない。まぁお前の国には手を出さないでいてやるよ。レオノーラの借りがあるしな」

「あれ、私が負けた時の借りと相殺されてないんですか？」

「お前に貸してあるのは命だからな。いずれ返してもらう。それとは別だ」

自信たっぷりに笑う男に、ティナーシャは嬉しいような嬉しくないような気分を味わった。「手を出さないでいてやる」と言われても、ガンドナとトゥルダールの間にはファルサスがあるのだ。どちらかというとファルサスの方が危ないし手を出さないで欲しい。

が、そんなことを口にしては、人の嫌がることが大好きな男の余計な興味を呼びこみそうだ。

トラヴィスは彼女の心配を見抜いているのか、唇だけで笑う。

「どうだ、そろそろ女を殺したくなったか？」

「なってない！」

もしティナーシャがその誘惑に乗っていたなら最強の刺客になったに違いない。だが当然ながら彼女は渋面で拒否した。トラヴィスはつまらなそうに鼻を鳴らす。

「お前そんな力持ってて、もっと使ってみようとか思わねぇの？　やられてからやり返すだけじゃつまらんだろ」

「力なんて人の一部分じゃないですか。部分に支配されたくはないです」

「持っているものを使って何が悪い。あの男が欲しいんだろ？」

「誰を殺したって、人の心なんて手に入りませんよ」

それはただの事実だ。たとえ彼の愛する女を殺しても、それで彼に愛されることはない。むしろその逆の運命が待っているだけだ。

無表情で返すティナーシャにトラヴィスは眉を寄せる。彼は何か言いたげに口を開いたが、結局何も言わぬまま不機嫌そうに押し黙った。突然の沈黙にティナーシャがトラヴィスの様子を窺うと、彼は美しい顔に皮肉げな笑みを乗せる。

「まあいいさ。それよりお前、この城の中に虫が入りこんでるぞ。気づいてるか？」

「刺客のことですか？　国を越えて追いかけてくるなんてヤルダ王女も気の毒ですね」

「それじゃない。もっと別の虫だ」

「ええ？」

刺客以外の何かがこの城に入りこんでいるとしたら、さすがに看過できない。

眉を寄せたティナーシャに、トラヴィスは溜飲《りゅういん》を下げたように笑う。

「せいぜい足掻《あが》けよ。自分の力を過信してると簡単に足元を掬《すく》われるぞ。そういう類の相手だ」

「そういう類って一体――」

詳しいことを聞こうとした瞬間、けれどトラヴィスはふっと姿を消す。言いたいことだけ言って消えた魔族の王に、ティナーシャはぽかんとなった。

「な、なんなんですか今の……」

「さあ……」

ティナーシャは不可解な男の言動に精霊と顔を見合わせる。それでも「人の心など手に入らない」と言われた時の彼はどこか傷ついていたような気がして、ティナーシャは言いようのない後味の悪さを覚えた。

「なんか……すっきりしませんね」

「あの方が絡むと大体そうだよねー。虫とやらをあぶりだします？」

「と言われてもちょっと見当がつかないですからね」

ティナーシャはこめかみを指で叩いていたが、かぶりを振ると自分の魔法着に手をかけた。

「とりあえずちょっと訓練場行って体動かしてきます。何か思いつくかもしれませんし、すっきりしそうです。オスカーが捕まったら合法的に打ち据えられもします。打ち据えたい」

「ティナーシャ様がアカーシアの剣士に一撃入れられたところなんて見たことないけど」

「魔法使ってないからですよ！」

叫んでティナーシャは着替えると部屋を飛び出していく。そんな主人の後ろ姿をミラはにやにや笑いで見送った。


「すっきりしなかった……」

「何か言ったか？」

「いえ何も」

ティナーシャは不可視の球を生み出しながら答えた。

彼女と相対しているオスカーは、向かってくるそれらを黙々と斬り落としている。この訓練を始めてからまだ七回ほどだが、彼はほとんど魔力視を身につけつつあった。

最初オスカーは、自分の訓練をティナーシャの剣の稽古と同時に行えばいいと提案してきたのだが、どうしても彼女はオスカーと打ち合いをしながら構成を組む集中がとれなかった。結果として二人は順番に互いを訓練をすることになったのだが、その進捗はどう見ても後から始めた彼の方が順調だ。ティナーシャは球を生む速度を上げながら別のことを尋ねる。

「結局どうするんですか？」

「どうするかな」

他人事のような答えが返ってくる。ティナーシャは唇を曲げて、同時に着弾するよう三つの球を放った。だがオスカーは、半歩足を引きながらそれらをあっさり斬り裂く。まったく動じていない様子に、彼女は内心いらっとした。

「何とかしてやるのか、しないのかは決まってるんですか」

「決めてない。けどまぁ他国の最善を意識するのも変な話だ。流れに任せるさ」

「……結婚して併合しちゃえばいいじゃないですか」

「面倒」

あっさりとした答えにティナーシャは形のよい眉を寄せる。オスカーは、苛烈になってくる不可視の攻撃を捌きながら続けた。

「大体侵略して国を大きくしても、俺の死後どうなるかわからん。だったら現状維持で充分だ」

その発言の裏にあるものは「自分が生きている間なら、国が大きくなっても何とかできる」という自信だ。余裕たっぷりの男の姿に、ティナーシャはすっきりしない気持ちが腹立たしさに変わっていくのを感じた。八つ当たりをこめて構成を組む。

「――捉えよ、蜘蛛《くも》の糸よ」

次の瞬間、巨大な網がオスカーを襲った。彼は目を瞠りながら構成の要に刃を滑らせる。しかし切り裂かれたはずの構成はあっという間に自己修復する。広がる網が彼めがけて押し寄せてきた。オスカーは咄嗟に大きく後ろに跳ぶが、その距離を一瞬で詰められる。

魔力の網はそのまま彼の全身に到達した。不可視の網に絡みつかれて身動きが取れなくなったオスカーは、半眼で対面にいる女を見る。

「何だこれは……」

「この前トラヴィスにやられたんです。複数の要所を同時に打ち砕かない限り、自己修復するんですよ。本物は骨まで到達するんですが、ちょっと使えそうなので真似てみました」

「……そうか」

オスカーがそれ以上何も言わなかったのは、八つ当たりの空気を感じたからだろう。ティナーシャが構成を解くと彼は溜息をつきながら戻ってくる。剣の握りを確かめながら彼女を手招きした。

「じゃあお前の番だ」

「お願いします」

オスカーは彼女に痣を作ることを嫌がったが、一度稽古に入れば容赦なく打ち据えてくる。それでも手加減はしてくれているのだろうが、彼女に怪我をさせることは厭わなかった。

だが彼女にはそのことがありがたい。

痛みもなく何かが手に入るとは思っていない。それに、戦いの高揚の中にいれば、確かに何かしらを得られる気がするのだ。

ティナーシャは息を整え、剣を上げると軽く地面を蹴って踏みこむ。

意識が透き通るような錯覚がそこには満ちていた。

※

その日の夕方、王女付きの魔法士であるゲートは、ネフェリィの私室の前で見張りをしながら今後について思案していた。

オスカーやアルスからはさりげなく仄《ほの》めかされたが、おそらくヤルダから来た人間の中に内通者がいるのだ。彼以外にファルサスに来たのは、三人の武官と一人の魔法士、そして二人の女官がいるだけだが、どの人物も信用が置けると思っていただけに、いざ疑おうとしても誰が怪しいのかわからない。ネフェリィに内通者のことは言っていないが、彼女も薄々察しているのか部屋に閉じこもりがちになってしまい、今では食事もほとんど部屋で一人取っていた。

「このままではネフェリィ様が持たないか……」

「どうなさいましたか」

横からかけられた声にゲートは顔を向ける。そこにいるのはヤルダから連れてきたもう一人の魔法士だ。茶色の髪に人懐こい顔立ちの彼は、まだ若いが実力は確かだ。ゲートは仕官して五年目になる彼に苦笑する。

「ヴァルトか。せっかくファルサスまで来たのに刺客に狙われるとは、ヤルダにいた方がよかったかと思ってな……」

ヤルダ王の目が届かない場所だからこそ相手が勢いづいてしまったというのなら、今回の国外脱出は失敗だ。いっそヤルダに戻ろうかと考えるゲートに、ヴァルトはかぶりを振る。

「ファルサスにいた方が対応できますよ。この国には王剣もありますし」

「アカーシアか……。だが相手が魔法士とは限るまい」

絶対魔法抵抗を持つ大陸でただ一振りの剣は、確かに貴重なものだがあくまで剣に過ぎない。それに王剣の主はこの国の王だ。まさか四六時中ネフェリィについてくれることもしないだろう。

けれどそう悩むゲートに、ヴァルトは笑う。

「どちらかというとアカーシアよりその主人の方が肝心です。きっと殿下の強い味方になってくださいます。向こうとしても国内で他国の王族に何かあってはことでしょうし、できるだけのことはしてくれるでしょう。将来的には、国同士の繋がりになるかもしれません」

ヴァルトが言っているのはファルサスとの婚姻のことだ。ゲートは思わず苦笑した。

「それは確かにそうなればネフェリィ様も――」

ちょうどその時、ネフェリィの食事を持ってヤルダの女官と武官の二人がやってきた。ゲートが彼らに付き添って入室すると部屋にはもう一人の女官がいて、ネフェリィの髪を結っている。

「ご気分は如何《いかが》ですか？　ネフェリィ様」

ゲートの問いかけに彼女は弱々しい笑みを見せた。日々を過ごすこと自体に疲れているのだろう。ゲートはやりきれない思いで可憐な王女を眺めた。

「たまには部屋の外にお出になっては如何でしょう。護衛ならおりますし、せっかくファルサスにいらしているのですから」

「そうね……」

ネフェリィは頷くが、頷くだけならもう何度目かのことだ。ゲートが顔を曇らせるうちに、女官の毒見を経て食事がネフェリィの前に出される。食欲のない目を向ける彼女に、ゲートが言った。

「少しだけでも召し上がってください。ご病気になってしまわれますよ」

「わかってる」

彼女はそう言うとお茶が入ったカップを手に取った。そっと赤い唇をつける。

だがその直後、何か重いものが落ちる鈍い音がした。ゲートが音のした方を振り返ると、女官の一人が床に倒れている。

焦点のない濁った両眼。口からは血の泡が零れていた。

それを見た全員の時間が止まる。死の匂いが、あらゆる音を吸いこんで部屋に漂い始める。

忌まわしい空白の数秒間、その呪縛を断ち切るように、ネフェリィの悲鳴が城内に響き渡った。


人々が駆けつけてきた時、女官は既に絶命していた。

検死に加わったティナーシャは、やって来たクムとオスカーに向かってかぶりを振る。

「珍しくもない魔法薬ですね。製作者は未知の人間です。あまり役に立たなくてすみません」

「充分だ。何に入ってた？」

「スープです。毒見をしてあたってしまったらしいですね」

「誰が作ったか調べさせる」

兵士に指示を出そうとするオスカーを、しかしティナーシャは手を振って止めた。

「作成段階じゃないと思いますよ。私も同じもの飲みましたから」

顔を顰める王に向かって、アルスが補足した。

「問題のスープはティナーシャ様以外にも何人か口にしておりますが、異常はありません。また鍋からも魔法薬は出ませんでした。食事はヤルダの女官と武官が運んだそうですが、その武官が行方不明になってます。女官曰《いわ》く、その男から食事を受け取ったとか」

「冗談みたいに怪しいな」

オスカーは鼻で笑った。亡くなった女官と行方知れずの武官は、どちらも数年前から王女に仕えている者たちだという。エニアスという名の武官の方は二人の女官とも親しく、だからこそ今回のような真似ができたのでは、というのはゲートの弁だ。とりあえずオスカーは、城内にエニアスが潜んでいないか捜索を手配する。

近くの会議室に移動したオスカーたちの前で、ついてきたゲートが深く頭を下げた。

「ご迷惑は承知です。どうかネフェリィ様にお力添え頂けませんでしょうか」

「もちろんより一層の警戒はするし、犯人は捜すつもりだ」

「ありがとうございます。ただ、そうではなく……」

言い淀んだ言葉の先を全員が察した。ゲートはもっと大元からの助力を望んでいるのだ。すなわちオスカーがヤルダの内輪揉めに介入することを。

他国の王に頼るとは、それだけ国にいる王太子が頼りないということだろうか。その場の何人かは辛辣な感想を抱いたが、他にも理由はあるらしい。ゲートは言いにくそうに口を開いた。

「ネフェリィ様は十年前より貴方様のことを気にかけていらっしゃいます。もしよろしければ……」

オスカーは手でその先を遮った。隣ではティナーシャが無表情で目を閉じている。暗に示された内容に彼は内心顔を顰めた。

とてもではないが割に合わない。ネフェリィのことは嫌いではないが、彼女を王妃、或いは側室として迎え入れて、ヤルダに介入するということは、面倒なだけであまり面白い事態ではない。しかし、だからといって明確につっぱねるのも躊躇われる。おそらくヤルダ王室側の望みは最初からそれなのだ。

彼は渋々、しかしそうは聞こえない平然とした口調で言った。

「わかった。できるだけのことをする」

ゲートは目に見えてほっとした表情になった。深く頭を下げる。オスカーはそのまままいくつか聞き取りをすると彼を下がらせた。隣の女が平坦な声で聞いてくる。

「手を出す気になったんですか？」

「仕方ないな」

「なら手を貸しますよ」

「……悪い」

オスカーは前を向いたままティナーシャに返す。

何だか気が重い。その原因がどこにあるのか、彼は自分でもよくわからなかった。

※

「宰相のジシスと王太子のサヴァスは、おおむねティナーシャ様の仰った通りの人間でした」

ネフェリィの女官が殺されてから三日後、エニアスはまだ見つかっていない。ティナーシャの命でヤルダの調査に行ったレナートは、報告書を手に要約した。

元々レナートはレジスの側近だったのだが、今は直接ティナーシャの命を受けることも多い。ファルサスのティナーシャの部屋で二人共、お茶を飲みながらの報告だ。

「サヴァスが徐々に公務を手伝うようになってから、彼は宰相の出した改革案などを『慣例にそぐわない』という理由でことごとく却下したそうです。同時に姻戚からの登用を増やし、ジシスの発言権を取り上げたとか。土はその後まもなく病気がちになってますね」

「その登用した姻戚ってのはどんな感じなんですか？」

「家柄だけみたいですね。余計な装飾ばかりに金を使ってます」

「うーん……これ、王家側を助けたらむしろヤルダが傾くんじゃないですか？」

「そうかもしれません。ただ王家側は王家こそが国だと思っているかもしれませんよ」

中々迷うところだが、今回あくまでも彼女はオスカーの手伝いであって、ヤルダを手伝うわけではない。その是非や今後の影響にまで気を配る必要はないだろう。

その時、部屋の扉が軽く叩かれる。見に行ったレナートが、来客を連れて戻ってきた。意外な人物にティナーシャは目を瞠る。

「貴方は……」

「ヴァルトと申します、殿下」

にこやかに笑って礼をする魔法士は、確かネフェリィの護衛の一人だ。訓練場でも見かけた彼をティナーシャはまじまじと見やる。

「貴方、隠蔽かけてますよね。本来の魔力量は一国の魔法士長を凌駕するくらいじゃないですか？」

「さすがにそこまでは。ただこの魔力の大半は後天的なものでして、あまり人に知られたくもないので普段は隠しております」

彼の話にティナーシャは頷く。魔力を後天的に似た人間はえてして人に言いにくい事情があるものだ。自身もそうであるティナーシャは、彼についての興味をそこで打ち切ると改めて問うた。

「私のところに来るなんてどうしました？　刺客について何か心当たりでも？」

「いえ、そういう訳ではなく……」

ヴァルトはそこでばつの悪そうな顔で手に持っていた魔法書を挙げて見せる。

「魔法構成についての質問をさせて頂けたらと思いまして。こんな時に申し訳ありません」

予想外の要望にティナーシャはきょとんとしたが、すぐに破願した。他国の魔法士にとってトゥルダールはいわば興味と憧れの対象だ。このような状況でも研究心を隠さない青年に、彼女はむしろ好感を持って椅子を勧める。

「どうぞ。私で答えられることでしたら。私にわからないことはレナートが答えます」

「ティナーシャ様、それはさすがに無茶な……」

「お言葉に甘えます。ありがとうございます」

三人はテーブルにつくと、様々な魔法についての議論を交わす。ここのところ解析作業と即位準備にかかりきりだったティナーシャにとって、それはいい息抜きになった。

お茶を二杯おかわりしたところでヴァルトは立ち上がる。

「本当にありがとうございました。これで心置きなくネフェリィ殿下の護衛に戻れます。ファルサス国王のご協力も得られたことですし、ご婚約も間近でしょう」

「え？」

にこやかに言われた言葉にティナーシャは思わず聞き返す。ヴァルトは当然のように続けた。

「ネフェリィ殿下を今回引き取ってくださったことで、ヤルダはもうそのつもりでおります。元々ご縁のあるお二人ですからちょうどよい機会ですし、あのお二人であればきっと仲睦《むつ》まじい夫婦になられます。――ティナーシャ様、あの方はどなたを娶ってても相応に幸せになるんですよ」

ヴァルトはそこで言葉を切ると、ひどく真摯な目でティナーシャを見つめた。

「ですからもう、貴女も自由になっていいんです」

まるで同情しているように、実際そうとしか思えぬまなざしで青年は苦笑する。

その言葉は何を意味しているのか。ティナーシャが呆然としている間に、レナートが声を上げた。

「どういうおつもりです？　この方は――」

「トゥルダールの女王陛下であるとよく存じ上げております。どうぞご自愛を。お付き合いありがとうございました」

ティナーシャが何かを言うより先に、ヴァルトは滑らかに礼をして部屋を辞す。

部屋に残る彼女は、まるで自分が何ものからも取り残された気分でテーブルの上を見た。そこには冷めてしまったお茶を湛えたカップがある。

「自由に……？」

何を言われたのか、まるで多くを見透かしているような目だった。だからこそこんなにも喪失感を覚えるのかもしれない。ティナーシャはずきりと痛む胸に触れる。

「……あの人が誰と結婚するかなんて、私には関係ないです」

他国のことなのだ。そして自分たちは私人ではなく公人だ。

だから寂しくても、それ以上何を思うこともない。何をする気もない。ただ一生消えぬ熱を抱えて生きるだけだ。

ティナーシャはファルリスから自分が去る日のことを思う。

即位式は、十九日後に迫っていた。

※

一週間が経過しても行方不明になった武官は見つからなかった。

虚脱していたネフェリィはその夜、オスカー直々の誘いによって躊躇いながらも部屋を出た。護衛の兵士と女官に支えられ広間へと顔を出す。天井が硝子張りの広間の床には深い青の敷物《しきもの》が引かれ、その上に果物や料理が並べられていた。奥にいた城の主はネフェリィに問う。

「気分はどうだ？」

「ご迷惑をおかけして申し訳ありません……」

「構わない。こちらこそ捜索が捗《はかど》らなくてすまん」

オスカーは敷物の上に直接座りながら、ネフェリィとその護衛たちにも料理を勧めた。同席している護衛は残る武官のニノとルーカノス、そして魔法士のヴァルトだ。一同は皿を囲んで円状に座る。ファルサス側ではアルスとクム、ドアンとシルヴィアが顔を見せていた。

オスカーの隣に座ったネフェリィは、勧められる料理や酒に徐々に笑顔を返しながら久しぶりにほっとする気分を味わう。

ささやかな宴席が始まってから三十分ほど経った頃、広間の入り口に魔法士の男女が現れた。一人はトゥルダールの次期女王たる女であり、もう一人は彼女に仕える魔法士である。女は長い黒髪をかき上げながら一同を見回すと、奥にいる男に手を上げた。

「すみません、今からしばらく国に帰ります」

「わかった。急用か？」

「そうでもないです」

苦笑するティナーシャに、シルヴィアがにこにこと笑う。

「ティナーシャ様、ちょっとお飲みになりませんか？」

「ファルサスで飲むと怒られるんですよ」

「まったくだ。……ああ、急用じゃないなら一曲歌ってくれ。せっかくだから」

「歌ですか」

ティナーシャは少しだけ迷う素振りを見せたが、結局男の要望に応えることにしたようだ。シルヴィアとドアンの間に腰かけると、小さな琴を手元に転移させる。彼女は全ての弦の音を確かめるように一度鳴らすと、透き通る声で歌い始めた。

望むものは見えざるもの　見えざるものは違うもの
日の光が白く地を照らしても　何も知ることはできぬまま
女の貌は残らない　歌う声がやまない
過ぎ去った夢の跡のように　途切れ途切れの記憶が彷徨う

よく響く彼女の声は、深く体内に染み渡るような力を持っていた。

自然と一同は聞き惚れて目を閉じる。その歌詞に遠い過去の情景が浮かんだ。

夜の空気に溶け入る歌は、ゆるやかに二度繰り返して終わる。だが、まるで長い物語の後のような陶然から、彼らはすぐに抜け出すことができなかった。余韻を伴って沈黙が広間を満たす。

ティナーシャは立ち上がると入り口で待っていたレナートの元に戻り微笑んだ。

「では失礼致します」

「ああ、気をつけて帰れよ」

「ネフェリィ様も、どうかご自愛ください」

「はい……」

ティナーシャは両手を広げるとそこに転移の詠唱を組んだ。レナートを範囲に入れながら門を開く。かき消すようにいなくなった二人の魔法士を見送ると、ネフェリィは再び深い溜息をついた。


なかなか浮上しないネフェリィを気遣ってか、オスカーは宴席の終わり際に、翌日城を出て外を回ってこないかと誘った。城都から少し南にある小さな湖に狩がてら出かけようというのだ。

ネフェリィは逡巡したが、彼からのせっかくの誘いだからということと、警備が厳重であるとのことでその予定を受け入れた。

そして翌朝、ネフェリィは早くから起きると、まだ約束の時間までは大分あったが着る物を選び始めた。散々迷ったが、結局彼が好きらしい純白のドレスにする。

――こんな風に何かを楽しみにすることはとても久しぶりだ。

馬を借りて城門に出たネフェリィは、そこで待っていた男を見上げて微笑んだ。

彼はまじまじとネフェリィを見ると、後ろに控えていた女官に何事か命じる。女官はすぐ、薄布の短いヴェールを持って戻ってきた。

「日に焼けるかもしれない。被っていくといい」

「あ、ありがとうございます……」

ネフェリィは赤らめた頬に気づかれないようにしてヴェールを被った。

こういった細やかな気遣いが嬉しい。大事にされているようで、温かい気持ちになれた。

二人は、二十人ほどの護衛の兵士たちと共に転移陣を使う。たどり着いた場所は、小さな森の手前にある広場だった。見ると森の中央には奥へと続く道が伸びている。その道はどうやら途中で分岐しているようだ。

「迷うほどでもないが、傍を離れるな。森を抜ければ湖がある」

オスカーの言葉にネフェリィは頷いた。慎重に彼の後について馬を進める。すぐ後ろにはゲートやヴァルトの他に、ヤルダの武官、ニノとルーカノスがついていた。その前後はファルサス兵が固めている。中にはちらほらと魔法士も混じっており、襲撃への警戒は充分に思えた。

オスカーは馬を片手で操りながら、斜め後ろのネフェリィに声をかける。

「たまには外の空気を吸うといい」

「ありがとうございます」

彼女は男を見つめて微笑んだ。

この距離が今は幸福だ。もしこの距離を零に出来たら……そんなことさえ考えてしまう。

一行はゆっくりと森の中の道を進みながら、幾度目かの分かれ道に達した。

その時不意に日が翳る。

見上げると雲が太陽をちょうど覆っていた。上空は風が強いらしく、雲の流れる速度は速い。

オスカーは振り返ってネフェリィを見た。日が沈んだばかりの空の色の瞳に、妙に鋭い光を見た気がしてネフェリィは息をのむ。何かを言おうと口を開いた。

だがその時、辺りに急に霧が立ちこめ始める。

自然ではありえないほどの速度で密度を増した霧は、あっという間に彼女の視界を奪った。

「な……っ」

本能的な恐怖に叫びかけた彼女はしかし、霧の中から伸ばされた男の手に、その体を支えられた。


突然奪われた視界に、ゲートは慌てて主君のいた方へと馬を進めた。

「ネフェリィ様!」

濃い霧は、伸ばした手の先さえも見えない程だ。彼は必死に腕で空をかいた。

その手が柔らかな体に触れる。

「ゲート?」

透き通った声、よく知る可憐な声に彼が安堵した時、霧は現れた時と同じくらい唐突に薄れ始めた。辺りの景色が戻り、日が差し始める。

だが視界を取り戻したゲートは、周囲の様子に気づいて愕然とした。振り返るとヴァルトと二人の武官がやはり呆然と辺りを見回している。

——いつの間にかそこには、王を始めファルサスの人間は誰もいなくなっていた。

「こ、これは一体……」

三人の男は顔を見合わせ警戒したが、今のところ怪しい気配は感じられない。ただその代わりファルサスの人間の気配も感じ取ることができなかった。

ゲートは振り返ると、動転しているらしき女に声をかける。

「ネフェリィ様、とりあえず城に戻りましょう。転移門を開きます」

「だけど……」

「御身のことが第一です。まず安全なところについてから、他の方のご心配をなさってください」

彼女はしばらく躊躇していたが、やがて小さく頷いた。主人の了承を得てゲートは詠唱を始める。

とは言え、異国の城内に直接は飛べない。とりあえずは城門でいいだろう。

そうして転移門が開きかけた時——森の中から空を切る音が聞こえた。

ネフェリィに向かって真っすぐに射られた矢。それはけれど、ヴァルトの張った結界に当たって落ちる。皆がぎょっとしたのも束の間、辺りに矢の雨が降り注いだ。

「刺客か！」

武官の二人が剣を抜いた。矢は左手奥の森の中から射られているようだ。ルーカノスが叫ぶ。

「早くあちらへ！」

彼が指すのは道の向こうだ。森の切れ目の先は湖があるらしく、水面がきらきらと輝いていた。

彼らはあわてて手綱を取ると湖の方へ向かう。

だが湖の畔《ほとり》に出る寸前、先頭を走っていたニノが強く手綱を引いた。行く手を塞ぐようにして、三十騎ほどの男たちが道の先に現れたのだ。軍属ではないばらばらな服装を見るだに、どうやら野盗の類のようだ。彼らは既に抜かれた剣を手に、五人の中にいる女をにやにやと見やった。

「あの女だ。逃がすなよ」

ゲートはそれを聞いて、絶望しかけた意識を奮い立たせた。

――これが仕組まれたことなら、せめてネフェリィだけでも逃がさなければならない。

彼は転移の構成を組むと、前にいる彼女に手を伸ばす。

だがその時ゲートの目に、信じられない光景が映った。

彼女の背後にいたルーカノスが、ゆっくりと小さな背に向かい剣を振り上げたのだ。

王女を見据える冷ややかな目に、ゲートは瞬間絶句する。

そしてルーカノスは――白刃を真っ直ぐ彼女へ振り下ろした。

「ネフェリィ様！」

叫び声は遅れて響く。

ゲートは手遅れを予感して慄き、ルーカノスは任務の達成を確信して笑った。

だが、彼らの予想は同時に裏切られた。

女は、どこから出したのか自身の剣によってルーカノスの刃を受けたのだ。

薄く紫に光る刀身をルーカノスは唖然とした目で見つめる。彼女は楽しそうな笑い声を上げた。

「貴方が当たり？」

女はヴェールを取り去る。

その下の貌は、恐ろしいほど美しいトゥルダールの魔法士のものだった。

「馬鹿な……！　いつ入れ替わった！」

「そんなのさっきしかないじゃないですか。鈍い」

ティナーシャはルーカノスを見据えながら馬首を巡らせる。紅い唇に酷薄な笑みが刻まれた。

隣でゲートが呆然と呟く。

「そんな……私がネフェリィ様を間違うはずが……ネフェリィ様はどこに……」

「彼女はオスカーといますよ。平気です。貴方たちが間違えたのは呪歌のせいですね。昨晩、認識混同をかけさせて頂きました。まあ、効かなかった人もいるみたいですけど」

ティナーシャは横目でヴァルトを一瞥する。彼は申し訳なさそうに苦笑した。

一方まったく気づいていなかったゲートはあんぐりと口を開けた。呪歌の存在は知っていたが、まさかその使い手が現存しているとは思ってもみなかったのだ。

刺客であったルーカノスは、うろたえる様子を見せながら馬ごと後ずさる。ティナーシャは彼に対し艶やかな笑みを見せた。

「行方不明になった武官は貴方が殺したんですか？　彼は女官と親しかったですし、毒見のことを知っていたでしょうから。本物の刺客が時間稼ぎのために、彼を殺したことは察しがつきました。だから後は――残った人間から炙り出すだけです」

ティナーシャはそう言うと、挑発的な笑顔で剣を構える。

「今更退《ひ》けませんよ。貴方が私を襲ったのは事実です。ここからはトゥルダールが相手になります」

「……おのれ」

失態に男の声が歪む。ティナーシャは素早く馬を駆って間を詰めた。男に向かって細身の剣を打ちこむ。ルーカノスはそれを自身の剣で防御し、打ち返した。

男の剣を受け流しながら、ティナーシャは残る三人に叫ぶ。

「ヴァルト、結界保持を！　あとの二人は後ろ頼みます！」

「かしこまりました」

ヴァルトの即答を聞いて、ゲートとニノは後ろを振り返った。

森の中の細い道を、野盗たちが馬を駆って近づいてくる。緊張しながらもゲートは男たちに向かい構成を組んだ。七つの風の刃を生むと、野盗たちの只中に打ち出す。

空を斬って飛ぶ刃は先頭の十騎ほどを切り裂くと、血を撒き散らせながら次々彼らを落馬させた。

だがそこで敵が混乱したのも一瞬のことで、残る野盗たちは雄叫《おたけ》びを上げて馬を走らせてくる。

倒れ伏した同胞を馬蹄《ばてい》が踏みしだく嫌な音が、森の中にまで響いた。

ニノはゲートよりも前に出ると、仲間に先んじて襲いかかってきた野盗と斬り結ぶ。鋭く息を吸い、次の一閃で相手を斬り伏せた。

——宮仕えの武官と野盗では剣の実力差は明らかだ。だが押し寄せる数が違う。

しかし焦りに彼らが動転しかけた時、野盗の更に背後からファルサス軍が現れた。

先頭のアルスが命じる。

「全員殺していいぞ。逃がすな！」

受諾の声が次々に上がる。たちまち森の中は戦場となる。


ティナーシャはルーカノスの強烈な斬撃を受けながら、馬を操っていた。

剣を以て人と殺し合いをするのは初めてだ。正体を明かした時点で相手が逃げ出す可能性も考えていたが、ルーカノスはティナーシャを殺す気のようだ。おそらく混乱で正常な判断ができないのだろう。彼女は緊張を滲ませながら相手の剣を受け流し続ける。ルーカノスが笑った。

「実戦慣れしてないな。他国の問題に首を突っこんでこなければ不自由なく生きられただろうに」

「実戦には慣れてますよ。剣に慣れてないだけ」

それでも、越えていかなければならないものはある。王であるなら越えなければ。

ルーカノスは体格差を乗せるように、正面から重い剣を打ちこんできた。

ティナーシャはそれを外側へ払うようにして弾く。細い手首に痺れが走った。

彼女は柄を掴む指に力をこめると、すぐに男の首を狙って斬りこむ。相手が軽く剣を引いて、彼女の左側面に剣を振るおうとしているのが見えた。

――だが、迷わない。決して退かない。

ティナーシャは息を止める。

瞬間、脳裏に、「魔法を使え！」という男の叱り声が聞こえた気がした。

けれど彼女は不敵な笑みを浮かべたまま、前だけを見つめる。

構成は組まない。男の剣を受けるため左手の肘を上げる。

――自分の方が速い。

その確信を以て、彼女は剣をルーカノスの喉元に突きこんだ。

鈍く重い感触が手に返る。血飛沫《ちしぶき》が上がり、男の顔が歪んだ。

同時に――ルーカノスの剣の刃が、ティナーシャの肘に喰《く》いこむ。

「つ……あっ」

痛みで頭の中が白くなりかける。だがティナーシャはそれを意志の力だけで押《お》し退《の》けた。突きこんだ剣を振りきる。ルーカノスの剣が彼女から抜かれ、腕がだらりと垂れた。馬上で大きく揺れる男を、ティナーシャは肩で息をつきながら見やる。

「……貴方の背後にいる人間の名を吐いてもらいますよ」

喉笛を貫かれた男は首を垂れている。だがその体は馬上にあるままだ。ルーカノスが即死しなかったのは狙い通りだ。治療して知っていることを全て吐かせる。そこから先は国同士の駆け引きだ。

だがそう宣告して剣を下ろしたティナーシャに対し――返ってきたものは恐ろしい速度の白刃だ。

「え」

虚を突かれた彼女に迫る刃。瀕死《ひんし》のはずのルーカノスが振るう剣を前に、ティナーシャは反射的に防御構成を組む。瞬時に張られた結界は、振り下ろされた剣を弾き……けれどその剣は、ティナーシャの乗る馬の頭蓋を叩き割った。崩れ落ちる馬の上から彼女の体は地面に叩きつけられる。

「ぐ……っ」

衝撃に息が詰まる。痛みに意識が遠のき、そんなティナーシャの上に黒い影が差した。

再び自身へと振り下ろされる剣を、彼女は滲みかけた視界に見やる。

遠い昔のこと、少女だった自分に突き刺さろうとした短剣のことを、短い瞬間に思い出す。

——けれど男の剣は、彼女までは届かなかった。

横合いから振るわれた剣がルーカノスの剣を弾く。男の苦い叱責が響いた。

「何で魔法を使わない！　馬鹿かお前は！」

その声にティナーシャは息をのむ。無意識に彼の名を溢《こぼ》す。

「オスカー……」

鏡のように煌く両刃の王剣。それを携え目前にいる青年を見上げ……彼女は熱い息をついた。


ティナーシャの状態は一見しただけで重傷とわかるものだ。左腕は切断されかかり、落馬したせいで足がおかしな方向にねじれている。オスカーはその有様に一瞬激しい怒りを覚え、だがすぐに判断を狂わせそうなその感情をのみこんだ。彼は後ろにいるヴァルトに言う。

「手間をかけさせた。助かった」

「ご遠慮なく。彼女に死なれては困りますので」

ヴァルトは苦笑する。この魔法士の青年が離れた場所に待機していたオスカーを転移で呼び寄せたのだ。計画外に呼ばれた時には驚いたが、ティナーシャの有様を見るとヴァルトの判断に感謝す

るしかない。どうしてほんの短い間にここまでぼろぼろにされたのか、ただひたすら腹が立つ。

オスカーは、未だ馬上にある暗殺者を見上げた。ヴァルトに問う。

「で、なんであれは動いてるんだ？　さすがに馬に乗っていられるのがおかしいぞ」

「おそらく禁呪の種でも飲んでいるんでしょう。生命の危機に至る損傷を受けた際に発動し、肉体限界を超えて人に力を与《つ》《て》えます。その代わりに本来の理性や思考は失われますが……。ヤルダの宰相にこの類の伝手はないので、ルーカノス自身がどこかで手に入れていたんでしょう」

「なるほど。それであれか」

オスカーの視線の先で、ルーカノスは如実にその変化を示しつつある。血に塗れた喉元は新たな肉がぼこぼこと盛り上がり始め、それだけでなく体のあちこちが脈動し、少しずつ膨張していた。

応急処置で傷を塞いだティナーシャが立ち上がる。

「あの手の禁呪、延々傷が塞がるんで吹き飛ばすのが一番なんですが……それをすると証言が取れないですよね」

「生かして捕まえないとまずいだろ。こっちの正当性が怪しくなる」

「うっかり殺しちゃわないように魔法じゃなくて剣で応戦したのに」

「そもそも怪我をするな。怪我をするくらいなら吹き飛ばせ」

二人は淡々と応酬しながらもルーカノスから目を離さないままだ。馬上にいる男の目は、既に何も見ていない。ただ白く濁っている。彼の跨《また》が る馬が主人の異常に気付いたのか高く嘶《いなな》いた。

ヴァルトが前に立つティナーシャに問う。

「対処法がわからないならお手伝いしましょうか？」

「いえ、大丈夫です。――この人がいますから」

ティナーシャは隣に立つ男を見上げる。その目にあるものはただの信頼だ。彼女はアカーシアの主である男に問う。

「オスカー、彼の中に淀む魔力が見えます？」

「大体は。葉脈みたいな白い線が全身にぼんやり見えるな」

「そのみぞおちの下にひときわ魔力が固まっているところがあるでしょう。あそこをアカーシアで打ちくだいてください。そこが要です」

言われて彼は片目を細める。確かにルーカノスの体の中央、腹の部分が他より強く光っていた。

「場所はわかったが、あそこを突くと普通の人間は死ぬぞ」

「そこから先は私が何とかします。証言が取れる程度には生かしますよ」

「わかった。任せる。……怪我を増やすなよ」

その言葉をきっかけとして、オスカーは目の前の男に意識を集中させる。ルーカノスは視線の定まらぬまま、頭だけがぐらぐらと揺れていた。滴る血が馬の上に落ちると、悲鳴に似た嘶きが上がる。ティナーシャの落ち着いた声が付け足した。

「できれば彼の血に触れないでください。禁呪に穢されます。万が一触っちゃったら私がひたすらお風呂に入れて洗浄するんで、後で文句言わないでくださいね」

「それは反応に困る。どっちが得か迷うから後で言え」

「触らないで！　ください！　冗談言ってるともろとも吹っ飛ばしますよ！」

その言葉を聞き終わるより先にオスカーは地面を蹴る。頭上に振り下ろされる剣を紙一重で避けた。狂乱する馬の首に彼はアカーシアを走らせる。

大量の血飛沫を上げて崩れ落ちる馬の背から、ルーカノスは重い音を立てて飛び降りた。奇妙に体を捻《ね》じ曲《ま》げながらオスカーに迫る。

目に見えぬ速度で突きこまれる剣。それを可能にするのは人を超えた膂力だ。

オスカーは相手の刃を弾き上げる。その一撃で手から腕に痺れが走った。

「重いな。これが人を放棄した力か」

冗談混じりに言いながら、オスカーは第二撃を右に避ける。ルーカノスの左側に回りこみ、けれど生まれた隙を突く前に、彼に向けて大剣が横に薙がれた。

歪《いびつ》な体に見合わぬ速度。予想以上の動きにオスカーは舌を巻く。相手の攻撃を避けて大きく跳び下がった彼に向けて――ルーカノスは足元の馬の死体を蹴った。

馬の巨体は、鈍い音を立てて破裂する。肉片と血がオスカー目がけて飛散し、けれどそれらはティナーシャの張った不可視の壁に阻まれた。代わりにほんの一瞬、真っ赤な血の壁が視界を塞ぐ。

まずい、と思った時には既に、オスカーは左に跳んでいた。

打ちこまれる大剣が、空を斬って地面に喰いこむ。震動が足元を揺らし、飛んできた小石が体のあちこちにぶつかった。

軽い痛みに構わず、オスカーは前に出る。大剣を握る手を狙ってアカーシアを振るい、だがその刃はまたもや相手の剣に阻まれた。金属同士がぶつかり合う鈍い音が森の中にこだまする。

「これはきりがないな」

相手の血に触れられない以上、ある程度距離を取って一撃で決めるしかない。

そう思いながらオスカーがアカーシアを引いた瞬間、ルーカノスは大剣を振り上げた。

そして——それを投げつける。

「は?」

定石破りの行動。驚愕しつつもオスカーの体は反射的に剣を避ける。

しかしそこまでを読んでいたかのように、伸びてきた腕が彼の右肩を摑んだ。鎧の上から骨を砕く鈍い音がする。激痛が全身を駆け抜けた。

「オスカー!」

ティナーシャの悲鳴が聞こえる。

彼の眼前にあるものは、人を越えた速度と力だ。本能的な恐怖を呼び起こすもの。

ルーカノスの首はがくりと横に折れている。白く濁った眼が彼を見る。

己の肩を握り潰してくる激痛を味わいながら……けれどオスカーは笑った。

「まったく、それで自分の口を封じたつもりか?」

理性を失い、肉体を蝕む禁呪。

それを恐れることはない。歩みを止めることはない。

殺すことは容易いが、殺してしまっては多くが闇に葬られるだけだ。

オスカーは左手にアカーシアを持ち替える。

「俺の国で、女を、ずいぶん好きに痛めつけてくれたな」

うっすらと光る腹に狙いを定める。

「だが、ここまでだ」

オスカーに向かい振り上げられる拳。

アカーシアの刃が煌く。

王剣の剣先が、寸分違わず禁呪の要を貫いた。

男の体がびくりと跳ね——同時にその背後に黒髪の魔法士が舞い降りる。

宙に浮くティナーシャは、ルーカノスの背に手を当てて笑った。

「これで貴方は、私のものです」

砕かれた要に新たな魔力が注がれる。圧倒的な力が全てを支配する。

血の臭いを消し去って溢れる光。それはこの戦闘の終わりを示す、始原の色だった。

※

一向に来ない連絡に、ジシスの苛立ちは限界近くなっていた。

成功も失敗も連絡がないということは、ルーカノスは捕らえられたのだろうか。

だとしたらサヴァスから追及される前に、素早い攻勢に出なければならない。既にサヴァスが登用した貴族以外の文官は、ほとんどが程度の差こそあれ彼の意見に賛同しているのだ。将軍も三分の一が彼に好意的であり、宮廷内の人脈は圧倒的に彼が有利な状況だった。

——ならば今しかない。このまま王宮を改革する。

既に覚悟はできている。後世において、彼が失敗した反逆者と伝えられるか、改革の成功者となるかは今にかかっているのだ。

意を決して部屋の扉を開けたジシスはしかし、部屋のすぐ外に困惑したヤルダの文官二人と、見知らぬ男二人がやって来ていたことに気づいて足を止めた。不審に思って男二人を見やると、内の一人がジシスの前に立つ。

「私はファルサスからの使いでドアンと申します。この度のファルサス国内での襲撃事件について、貴君にお聞きしたいことがありお迎えに上がりました。このままファルサスへご同行願います」

予想外な、しかしある程度は予想していた口上にジシスは息をのんだ。冷静に返す。

「何のことか心当たりがございません。それに何故ファルサスに行かねばならないのです。もしそちらにお世話になっている姫君に関係したことでしたら国内の問題のこと、ヤルダでうかがいます」

男二人は顔を見合わせた。ジシスは自信たっぷりに笑みを浮かべる。

——しょせんファルサスには、ネフェリィ襲撃の件で彼を拘束するほどの権限はないのだ。もしそれを押し切るようならば、内政干渉としてこちらにも出方はある。

ジシスの態度にドアンは苦笑しながら一歩下がった。代わりにもう一人の男が前に出る。

「貴方におうかがいしたいのは、ヤルダの姫君に関係したことではございません。貴方の手の者によって我がトゥルダールの王女が重傷を負いました。この件についてレジス殿下が是非お話をお聞きしたいと仰っております」

「……は？」

ジシスは一瞬で青ざめた。言われた言葉を咀嚼する。

——何故そんなことになっているのかわからない。

ファルサスにトゥルダールの王女がいることは知っていたが、まったく関係ないと思っていた。ルーカノスにも、ファルサスの人間には極力手を出さないよう念を押していただけなのだ。

レナートと名乗るトゥルダールからの使者は、ジシスの内心などお構いなしに「ファルサスでのことなのでファルサスに召喚する」と告げる。その目に殺意が揺らめくのをジシスは見て取った。

「いらしてくださいますね？」

否とは言えない。ジシスは自分が坂道を転がり落ち始めていることに気づき、戦慄した。


転移陣を経由してファルサスに連行されたジシスは、広間の一つに通された。

そこには既にファルリス国王とトゥルダールの王子、そしてネフェリィが待っている。

青ざめているネフェリィと違い、男二人は冷ややかな目をジシスに向けた。

ジシスはレナートに押し出されるようにして前に進む。トゥルダール王子レジスは、柔らかな容姿にそぐわぬ鋭い声音で口火を切った。

「さて、既に事情は聞いたと思います。ネフェリィ王女に付き従っていた武官が、ティナーシャを襲った件について。かの者は自ら禁呪を使い正気を失いましたが、既にこちらで治療が済んでいます。その際に貴方の指示で動いていたことも自白済みです。何か言いたいことはありますか？」

「私は何も……」

「しかし目撃者も大勢いる。彼女があと十日余りで即位する予定なのは知っていますか？　これはヤルダからトゥルダールへの宣戦とも取れるのですよ」

ネフェリィの顔から血の気が引く。ジシスはそれを視界の端に認めながら必死で思考した。

──わかってはいたことだが、改めて突きつけられると冷水を浴びせられる思いだ。

トゥルダールはどこにも寄らない魔法国家だ。他国に侵略をしたこともなければ、四百年前のタァイーリとの戦争以来攻めこまれることもなかった。それもひとえに、魔法を主軸に戦うトゥルダールを諸国が忌避してのことだ。かの国はこの四百年間、禁忌的魔法や巨大な魔法要素が絡む事件において大陸のあちこちに人員を派遣し収めている。その実力は確かで、圧倒的だ。

とてもではないがトゥルダール相手に戦争などできない。ヤルダはファルサスの力を借りてようやく安定し始めた国なのだ。黙しているオスカーの表情を見るだに、もし戦争にでもなれば、ヤルダが孤立無援のまま魔法大国に蹂躙されるのは明らかだった。

──それだけはどうにか避けなければならない。

ジシスは考えを巡らせる。自分ではないと言い逃れることはできるだろうか。

しかし彼はすぐその甘えを打ち消した。これだけの人間たちの前に引き出されては、証拠がなくても彼を断罪することが可能なのだ。

逃げ場はない。陰謀の輪は逆に閉じられた。

ジシスは唇を舐める。

決意するのに時間はかからなかった。彼は両膝をつき深く頭を垂れる。

「全ては私の独断でしたこと。国には関係ございません。今回のことはこの命を以てお収めくださいますよう、僭越《せんえつ》ながらお願い申し上げます」

女の溜息が漏れる。

それは決着がついたことを意味していた。


ジシスがレナートに拘束されると、それを見計らったように扉が開いた。広間に二人の男女が入ってくる。ジシスはその気配に気づき、首だけで振り返って驚いた。

男の方はヤルダ王子のサヴァスであり、女の方は初めて見る顔だが、長い黒髪に闇色の瞳が印象的な絶世の美女だ。彼女はジシスを見ると微笑んだ。

「初めまして。ティナーシャと申します」

「貴女が……！　け、怪我は……」

「治しました。あちこち骨が折れて痛かったんで……」

ティナーシャは事もなげに言うと一歩横に避けた。サヴァスが歩み出る。

彼は、今まで見たことのない沈痛な顔で、床に膝をつくジシスを見下ろした。

ジシスは僅かな驚きと共にその目を見上げる。この気弱な王子は、貴族たちに請われてはそれらを受諾し、甘えがちですぐ責任を他者に求めていたのだ。その彼が批難の目ではなく悔恨の目で自分を見つめていることが、ジシスには意外だった。

サヴァスは力ない声音で言う。

「詳しいことはヤルダで聞かせてもらおう」

「……かしこまりました」

サヴァスの後ろに控えていた兵士たちがジシスを引き立てる。両脇を固められ部屋から連れ出される男の背中に、ティナーシャの声がかかった。

「貴方、面白いですね。処刑されなかったら私のところに来るといいですよ。欲しい人材です」

突拍子もない発言にジシスは目を丸くした。背後ではオスカーが眉を顰め、レジスが苦笑している。ヤルダの兄妹《きょうだい》は唖然として口を開いた。

ジシスは驚きから脱すると、自嘲的な表情で頭を下げる。

「ありがたいお言葉、恐縮でございます。しかし……ヤルダが私の祖国なのです。できれば国で死にたいと思っておりますので……」

「そうですか。残念です」

ティナーシャは笑って手を振った。ジシスが部屋の外に消えると肩をすくめる。

「振られちゃいましたね」

その可愛らしいとも言えるあっけらかんとした仕草に、部屋に集まっていた人間たちは呆れた視線を送った。

ジシスがヤルダに送還された後、三国の王族と部下たちは事後処理の話し合いについた。

今回のことは全て、オスカーが介入を決めた時より水面下で進められていた計画だ。決着に関しての発案はティナーシャで、彼女は自分とネフェリィを入れ替えて襲わせることにした。

オスカーは静かに息を吐く。

「手っ取り早く片付けたかったから採用したが、あの呪歌ってのは面白いな」

「犯人が誰だかわからなかったので呪歌は全員にかけてしまいました。ファルサスの人間にはあらかじめ対抗構成をかけておきましたけどね。今はもう解いたんで影響はないはずです」

レジスが興味深そうに尋ねた。

「それほど人の認識を操れるんですね。髪の色もまったく違うのに」

「思い込みを強化しただけですよ。ヴェールを被ってもらって服装はそろえましたけど」

森で霧を発生させたのもティナーシャだ。彼女はそれに乗じてネフェリィと入れ替わり、ファルサス軍ごと王女を少し離れたところに転移させたのだ。

オスカーはティナーシャが淹れたお茶のカップを見下ろす。

「禁呪の種なんて持ちこまれたせいで最後に手間取ったが、何とか予定範囲だな」

「ああいうのとやりあうと見た目が凄惨になるのが駄目ですよね。洗浄も面倒ですし」

さらりと言う二人は二人ともが血みどろの有様だったのだが、なんとも思っていないようだ。むしろ居合わせた他の人間たちの方が慄いていた。

ティナーシャは茶器を女官に渡してしまうと、壁際のシルヴィアのところに行き雑談し始める。その気紛れぶりをよそに、オスカーとレジス、サヴァスの三人は、今回のことは公にせずヤルダに事後を委ねることを取り決めた。サヴァスは二人に頭を下げてたどたどしくも礼を述べる。

「お力添え本当に有難《ありがと》うございました。ネフェリィ共々、感謝の念に尽きません」

二人は苦笑と共にそれに応えた。サヴァスは立ち上がると、部屋を辞すため部下を連れて扉に向かう。そしてそこに立っているティナーシャにも頭を下げた。

「お言葉、身に染みました。ありがとうございます」

「しょせん他国の人間の無責任な言葉です。どう捉えるかは貴方次第で、私は礼を言われるようなことはしておりません」

ティナーシャは悪戯っぽい微笑を見せる。その様子から見るに、サヴァスはジシスと入れ違いにヤルダを訪ねた彼女に、何かしら苦言を賜ったようだ。オスカーは何だかんだ言ってお節介な彼女に内心笑い出した。

「即位式の際には是非伺わせて頂きます。それで、あの……」

サヴァスは口ごもった。ティナーシャを注視する視線が熱を帯びる。

彼女は小首を傾げて言葉の続きを待っているが、中々続きが出てこない。

「――ティナーシャ」

離れたテーブルから名を呼ばれ、ティナーシャは視線を転じた。レジスが微笑みながら自国の王女を手招いている。彼女はサヴァスに会釈をするとレジスの元に駆け戻った。

「僕はもう帰りますね」

「忙しいのに来てもらってごめんなさい。お送りします」

「貴女の望みならいつでも何でも」

ティナーシャの肩越しにレジスの目に牽制の光が浮かぶ。その視線に射抜かれてサヴァスは硬直した。二人はオスカーと周囲の人間に挨拶をすると、転移してその場から消える。

緊張の一端を担っていた人物がいなくなったことで、ふっと緩んだ空気にオスカーは笑った。

「まぁ当然の反応だな」

即位直前なのだ。レジスも公私共に悪い虫をつけたくないのだろう。本来自分が最も牽制される人間だという自覚を持つオスカーは、溜息にならない息を吐きながら立ち上がる。彼は対面に座っていたネフェリィに話しかけた。

「ようやく祖国に戻れるな。今まで大変だったろう」

「い、いえ。ありがとうございます」

ネフェリィは慌てて立ち上がるとオスカーの隣に並んだ。

二人は部屋を出ると歩き出す。彼女は前を見つめたままぽつりと切り出した。

「十年前の申し出を覚えてらっしゃいますか？」

「休戦調停のか？　大体は覚えている」

ネフェリィは深呼吸した。隣を歩く男を見上げる。

秀麗な横顔。青い瞳は彼女を見ていない。一瞬の躊躇を乗り越えて、彼女は口を開いた。

「もし、今婚姻を希望しましたら、受けてくださいますか？」

オスカーは軽く目を瞠った。青い目が彼女を捉える。

数秒の沈黙は、何と返すべきかの思案の時間のように思えた。

「そうだな……それがお互いにとって益となるなら、その時改めてこちらから申しこもう」

——遠まわしな言葉。

それは私人としては彼女に興味がないことを意味していた。そしてその上で政略的に意味があるなら婚姻を結ぶということも。

ネフェリィは予想通りの言葉にほろ苦さを堪えた。

そんな気はしていたのだ。元より自分も王族だ。自由に恋愛ができるなど思ってはいない。

それでも何かを期待していたのは否定できなかった。

期待が裏切られた今も、恨む気持ちはない。当然のことだ。

ネフェリィは瞬きをすると視線を前に戻した。胸を張って歩く。

たとえ何も生まなくても、自分の、この気持ちは本物だ。それだけで半分は満足だった。

残りの半分を満たす苦さは、いずれ変質するだろう。

そうやって彼女は歩いていく。

その小さな背には、自分だけではない生の責任が負われていた。

ジシスはヤルダに戻り罪を明らかにされた後、終身刑となった。

王太子のサヴァスはその後、徐々にだが貴族たちの意見に惑わされず、信用のおける者を重んじるようになっていったという。度々獄中にあるジシスの元を訪れ、彼に意見を求めながら手探りで成長しようとするサヴァスの話を、後に聞いたティナーシャは無言で小さく笑っただけだ。

それは彼女の物語とは別に回る、別の道を行く話だ。

※

「――それにしても今回、予定外に貴方の手をわずらわせてしまいましたね……」

ネフェリィが国に帰った後、王の執務室でお茶を淹れながらティナーシャはぼやく。

彼女の言葉にオスカーは書類を見たまま返した。

「ルーカノスのことか？　ああいうのは最初から俺に回せ。お前が相手にするだけ二度手間だ」

「だって、狙われてる王女の安全確保が第一じゃないですか！　別働がいたら困りますし！」

だから色々話し合った末、「オスカーがネフェリィを守り、ティナーシャが刺客の相手をする」と決まったのだ。お互いを最大戦力と見積もっての案は、けれどいささか予想外の反撃を受けた。

ティナーシャはほう、と溜息をつく。

「もうちょっと剣が上達してると思ったんですけど、実戦してみないとわからないものですね……」

「実戦したいなら訓練場に出ろ。痣を増やしてやる」

「そういう意味じゃないですから！　助けて頂いた借りはちゃんと返しますよ！」

「トゥルダール女王に恩が売れたなら、ファルサスとしては充分だな」

「この借りは私個人のものなので、国政は関係ありませんー」

小さく舌を出してティナーシャは長椅子に座る。その細い両足を見ながらオスカーは思案した。

「個人的な借りか……。返させる方法は色々思いつくが、相手が女王だと後で問題になるな」

「何の嫌がらせをする気なんですか、貴方は！」

ティナーシャは真剣に叫ぶが、借りというならお互い様だ。オスカーは喉を鳴らして笑い出す。

「別に何をさせる気もないさ。ただ……そうだな」

彼はじっとティナーシャを見つめる。

光のない夜色の髪に瞳。雪よりも白い肌。華やかな存在はまるで大輪の花のようだ。

四百年前より来た奇跡のように美しい女。その中身は誇り高い女王で……ただ寂しがり屋の女だ。

オスカーはそんな彼女に微苦笑する。

「またドレスを作ってやるから、それを着てファルサスに顔を出せ。年に一回でいいから」

隣国の女王である彼女に己が願えるとしたらそれくらいだ。

違う道を行く自分たちが、ほんのいっとき向き合う。その時に彼女を自分の好きなように飾れたら、彼女自身を手放していてもきっと幸福を感じられるだろう。

ティナーシャは彼の願いに闇色の瞳をまたたかせた。

「それだけでいいんですか？」

「ああ」

「貴方、よくわかりません」

「ほっとけ。俺の趣味で気晴らしだ」

語らぬ多くをのみこんでオスカーは書類に署名をする。

ティナーシャはそんな彼をじっと見つめた。彼女は少しの逡巡の後、遠慮がちに口を開く。

「そう言えばオスカー、ネフェリィ王女を帰してしまってよかったんですか？」

「何だそれは。これ以上ここに置いとく意味はないし、向こうも帰りたいだろ」

「でも貴方は、彼女と――」

ティナーシャはそこで言葉を切ると、形のよい眉を寄せる。生まれた空白にオスカーは顔を上げて彼女を見た。

――お互いの視線にあるものは、伝える気のない感情ばかりだ。

表に出さない感情と、無自覚な恋情。

細い体に熱をもてあました女王は、睫毛を揺らして彼に問う。

「なら……もう少しだけ一緒にいてもいいですか？」

透き通って細く、だが強く縒《よ》られた糸を思わせる声は、彼女の心そのものだ。

オスカーはその声が己にさざなみを生むのを感じながら、穏やかに返した。

「好きにしろ。お前が女王になるまでなら」

見えている終わりであれば、受け入れることも容易いはずだ。ティナーシャはそれを聞いて、ほっと顔を綻ばす。

その時、扉を叩いてドアンが入ってきた。怪訝そうな顔の臣下に王は問《と》い質《ただ》す。

「どうした？　何かあったか？」

「いえ、ヤルダの事後処理なんですけど、少し気になることがありまして。ネフェリィ王女の側近の他にもう一人魔法士が来ていましたよね」

「あ、ヴァルトですね。彼もトゥルダールに来ないか誘ったんですけど」

「だからお前は気軽に他国の人間を引き抜こうとするな！　ファルサスからはやらないからな！」

「そんなの個人の勝手じゃないですか。私は交渉するだけですよ」

放っておけばすぐ脱線していってしまう二人の話に、ドアンは真面目な顔で割って入った。

「その彼ですが……ヤルダの宮廷に籍がありませんでした」

「は？」

オスカーが聞き返し、ティナーシャが目を丸くする。ドアンは手元の書類を見ながら続けた。

「記録では元々存在していない人物なんです。王女やゲートは『五年前から宮廷にいた』と思っていたようですが、それは一時的に彼らに植えつけられた記憶だったようです。書簡のやりとりをしていて、ゲートが本来あるべき記憶の欠落に気づきました」

「それって……」

――精神魔法で人の記憶を操っていたのだ。ネフェリィはともかく宮廷魔法士のゲートの記憶まで改竄するなど、並大抵の技術ではない。

思わず絶句するティナーシャの向こうで、オスカーが問う。

「で、当のヴァルトはどうした？」

「行方知れずです。いつの間にか姿を消していたようでして。実は彼の容貌が、デリラの証言にあった魔法士と酷似していたので気になって調べたのですが」

「あの宗教団体に出入りしていた魔法士か！」

もしヴァルトがその魔法士と同一人物なら、彼はティナーシャに毒を盛らせた一人だ。にもかかわらず何故今回は、彼女を助けたのか。

同じ疑問に達したのか、ティナーシャが口を手で押さえる。

「え……なんで……」

青ざめる彼女の横顔に浮かぶものは、不可解なものへの恐怖だ。

それを見ながら、オスカーはドアンに言う。

「この件、調査を続けろ。何か狙いがあるのだとしたらなおさら、これ以上の手だしはさせるな」

もうまもなくティナーシャはファルサスを去る。そうなれば今までのように助けてはやれなくなる。王の厳しい声音に、ドアンは黙して頭を下げた。

彼が執務室から辞すと、オスカーはきっぱりと告げる。

「気にするな。お前はお前のすべきことをすればいい」

遠い四百年前から旅をしてきた彼女が、今のこの時代で迷わず歩いていけるように。
その道筋に憂いがないことを願う。それが己を騙す欺瞞《ぎまん》でも、そう思っている。
オスカーの言葉に、ティナーシャは目を瞠った。けれどすぐに彼女は柔らかく微笑む。
「大丈夫です。私、貴方の役に立つために来ましたから」
それだけが自分の握る大切な一欠片であるように。
誇らしげに笑う彼女に、オスカーは目を細める。

これは、二人の王が紡ぐ新たな話。
そして彼らの運命が変質するまでの、一年間のお話だ。

あとがき

初めましての方もお世話になっている方も、この度は『Unnamed Memory Ⅳ』をお手に取ってくださりありがとうございます。古宮九時《ふるみやくじ》と申します。

このお話は、二〇〇八年に個人サイトで発表したウェブ小説を改稿の上、書籍の形にしたものです。初稿を書いた当時はまた小説投稿サイトもない頃で、ネットの片隅に約百万字のテキストをぽちぽちと体裁を整え一気に公開しました。……という既視感を覚える始まりのあとがきです。あとがきは繰り返さないのでご安心ください。今巻から後半戦スタートです。

王と魔女の一年間を描いた話が終わり、ここからは新しいお話が始まります。

白紙からもう一度、ではありますが、三巻までお付き合いくださった皆様には、色々変化にお心当たりがあるかと思います。滅びたはずの国が健在であることはもちろん、呪歌で全滅しているはずの強盗団が現存していたり、逆に現役だった騎馬民族が入植して農耕に転向していたり、魔法湖発生に押し潰され滅んでいた邪教集団が某国の中枢部に入りこんでいたり、など様々です。

これらの出来事は、一部の怪しいキーキャラクターを除けば、今は皆様しかお持ちになっていない記憶ですので、どうぞ何も知らない登場人物たちの右往左往をお楽しみください。Unnamed Memory第二幕、呪いをかけられた王と、彼に執着する不思議な魔法士の女。彼らの再びの一年間と、明かされる謎の終着点に最後までお付き合い頂ければ幸いです。

ではでは、今回も謝辞を！

いつもいつもいつもお世話になっている担当様方、本当にありがとうございます！　毎回ぎりぎりまで原稿弄っててすみません！　ティナーシャの駄目可愛いところが増えているのはお二人のおかげです。引き続きよろしくお願いいたします！

そしてキャラデザとイラストを担当してくださったchibi様、素晴らしい絵をありがとうございます！　同じ人間なのに印象がここまで違うの本当すごい……。そして相変わらず服がころころ定まらないティナーシャに、可愛い挿絵をたくさんつけて頂きました！　かわいい！　素敵！

また一巻から引き続き、長月達平《ながつきたっぺい》先生には篤い応援を頂きありがとうございます！『このライトノベルがすごい！2020』（宝島社）でも推薦レビューを賜りました！　レビュー格好いい……。ありがとうございます！

最後にこの本をお手に取ってくださった読者様、本当にありがとうございます。おかげさまで前述の『このライトノベルがすごい！2020』にて、単行本・ノベルズ部門一位を頂くことができました。この結果は全て、今作を楽しんでくださった皆様のお力によるものです。ご恩に報いられるよう第二幕の三冊も全力投球してまいります。

ではまた、無名の歴史のどこかで。ありがとうございました！

古宮　九時

おまけ

「お前、もっと色んな服を着たりしないのか？」

ファルサス王の執務室にて、そんな疑問をティナーシャに投げかけたのはオスカーだ。お茶を淹れていた彼女は、怪訝そうに振り返る。

「色んな服って……魔法着の効果を変えろってことですか？」

「違う」

会話の噛み合わなさに、二人は二人とも眉根を寄せる。執務室に微妙な沈黙が流れた。

オスカーは隣国から来た女を眺める。実年齢は四百歳を軽く越える彼女だが、その大半を眠っていたため外見は彼より少し若いくらいだ。世間知らず過ぎて幼さがちらつく美しい容姿は、さぞ着せ替えがいがあるだろう。だが当の彼女は魔法着を着ているばかりだ。

ティナーシャは薄紅色のお茶をカップに注ぎながらぼやく。

「魔法着って便利なんですよ。何か術式を使っている時とか魔力の飛沫が上がったりするじゃないですか。そういうのも微小なものなら弾いたりできますし」

「ああ、なるほど」

「仕立てるのは大変なんですけどね。トゥルダールの城に行けば多分いっぱいありますよ」

「それ、俺が選んで買い上げることってできるか？」

「魔法着を着てみたいんですか？」

「違う」

まったくもって噛み合わない。正直に「色んな服をお前に着せてみたい」と言ってしまえばいいのだろうが、下手なことを言うと「結婚してくれるならいいですよ」と返されそうな気がする。彼女自身がそれを聞いたなら「そんなこと言いませんから！　いい加減に私の印象修正してくださいよ！」と怒りそうだが、微妙な話題には触れないのが肝心だ。

執務が立てこんでいて気晴らしをしたかった、と思いつつ落胆をのみこむオスカーの前に、ティナーシャはお茶のカップを差し出す。

「でも、ファルサスにいるんですから少しは着替えた方がいいかもしれませんね。たまには」

「服が必要なら用意するぞ」

「自分でできますよ、それくらい。子供じゃないんですから」

即座に断られてオスカーは無言になる。だが経過はどうあれ、別の服を着た彼女を見ることはできそうだ。密かな期待にいくらか彼の気分も軽くなる。そんなオスカーの内心を知らないティナーシャは考えながら部屋を出ていき……数時間後、違う服装で現れた。手足を出した簡素な白いドレス——城都の子供がよく着ている夏着を見て、オスカーは嘆息する。

「お前は本当残念な女だな……」

「え、なんでですか。ファルサスらしいのに」

「もう好きにしろ。面白いから」

呪いの元凶たる
「沈黙の魔女」が、
ついに二人の前に現れる。
オスカーの呪いを解いたティナーシャは、
自国に戻り魔法大国の女王として即位する。
別々の道を行き始めた二人は、
けれど邪神信仰に支配された国からの侵攻に巻き込まれ――。
Unnamed Memory V
アンネームドメモリー
［著］古宮九時　［イラスト］chibi

2020年夏、

電撃の新文芸

Unnamed《アンネームド》 Memory《メモリー》 Ⅳ
白紙《はくし》よりもう一度《いちど》

著者／古宮九時《ふるみやくじ》
イラスト／chibi《チビ》

2020年1月17日　初版発行
2024年3月10日　３版発行

発行者／山下直久
発行／株式会社ＫＡＤＯＫＡＷＡ
〒102-8177　東京都千代田区富士見2-13-3
0570-002-301（ナビダイヤル）
印刷／図書印刷株式会社
製本／図書印刷株式会社

【初出】……
本書は著者の公式ウェブサイト『no-seen flower』にて掲載されたものに加筆、訂正しています。

ISBN978-4-04-912803-1　C0093　Printed in Japan

ファンレターあて先
〒102-8177
東京都千代田区富士見2-13-3
電撃文庫編集部

「古宮九時先生」係
「chibi先生」係